Quiero dedi
de este libro,
a DRS Truck sales, Their workers
Mecanics And special To
Aymara y Donny

Que Dios los bendiga a todos

Mágico Verso

Mágico Verso
Colección de escritos de un poeta callejero

Antonio V. Romo

MIAMI

Mágico Verso
Colección de escritos de un poeta callejero
Antonio V. Romo, 2022

ISBN: 979-8793330343
Registro de Copyright: Txu 2-059-860

Diagramación de interiores y portada: Vilma Cebrián

www.alexlib.com

Todos los derechos de esta obra están reservados Ninguna parte de este libro puede ser reproducida, distribuida o transmitida en cualquier forma o por cualquier medio, sin la autorización escrita del autor.

DEDICATORIA

Quiero hacer una breve dedicatoria de mi libro a mis hijos y a mi maravillosa familia, por la fuerza que me inspiran; a mis grandes y buenos amigos, por sus años de lealtad, y a todos mis hermanos cubanos, donde quiera que estén, porque nunca los olvido. Muy especialmente y en pocas palabras, dirijo mi mensaje de aliento a todos aquellos que sueñan, en algún lugar del mundo, con poseer el más preciado de los tesoros, que es el preciado tesoro de la libertad, *porque sin libertad, no somos nada.*

Agradecimientos

Mis más humildes agradecimientos al equipo de editores, diseñadores e ilustradores de Alexandria Library Publishing House por su gran y hermoso trabajo, y he de felicitar en especial a Vilma Cebrián, que desde el inicio acogió mi trabajo con amabilidad, paciencia y mucha dedicación.

Nuevamente, les doy mis más infinitas gracias.

Contenido

Prólogo	15
Introducción	17
Nazareno, el más grande poeta	21
No es tan sencillo tonto, detente	25
Nací en una Isla	28
A mí me llaman Burundanga	32
Somos	34
Metamorfosis	38
El Sillón de Oro	41
Primaveras y poetas	44
La Tomatera	48
El Secreto	52
El martillazo	81
Yo no quiero ser millonario, yo quiero ser "milenario"	86
El subconsciente	93
Así es la vida	102
Lo impensable inalcanzable	106
Conversación telefónica con la Tierra	106
El sándwich	110
Rey de los mequetrefes	112
Despertar	115
Lady Day	118
"Guernica"	120

Planeta Invisible	122
Escalando	129
Gaviotas	136
Pesadilla	141
Escuela de magia	149
El pacto	154
Pensé	159
Nada es para siempre	164
Si yo pudiera	168
Pampa	172
Charlatán	175
El adivino	181
Mamarracho	185
Érase un hombre a un pene pegado	190
Marchando	195
Mi madre	200
Cocinero de poemas	203
Aburrido, nublado y malhumorado	213
Meditando	220
La fotografía	222
La cola del Diablo	224
Llegaron los extraterrestres	229
Tuna	237
Senadores, crápulas y presidentes	242
EL pilluelo de China Town	246
El silencio	249
Dos y muchos más	251
Esqueletos rumberos	254
Casi	258
Semidesnudos	263
Nadie	269

Precioso Capital	273
Amigos para siempre	278
Me faltó poco	281
El Doctor de Poemas	284
La Lista	288
Cruel y Brutal	296
¿Dónde estamos?	299
Gansos de cuellos negros	303
Equipo de trabajo	307
Lo derecho torcido	312
Dulce y bendecida simpleza	315
El cacharro de Ray Charles	321
De qué estamos hechos	324
Dichoso pescador	327
¡Cómo me quieren!	331
Cristianos que muerden	335
¿O estás con Yin o estás con Yang?	337
Corazones de tomate	341
Foto escrita	344
Risueño	347
Fugitivo	351
Descubrimiento	352
No llores	353
Rarillo	355
Dos mundos	358
Con nombre y dos apellidos: Agapito Mogollón y Chinchurreta	361
El ángel delincuente	366
Cuco Maqueta	370
¿Qué te pasa?	377
Crisanto mala suerte	380

Extraño poema 384
Dicen 389
Sabias palabras 397
Universalismo hermético callejero 400
La incomprendida llamada Democracia 404
Elemental 412

PRÓLOGO

Mágico Verso (Colección de un poeta callejero) nació en sus inicios en las carreteras de los Estados Unidos, y no fue realizado precisamente por un escritor de profesión, lo cual no me considero. Todo se creó originalmente en libretas, pedazos de hojas, versos creados en pequeñas agendas y todo tipo de soporte disponible a la mano, que fue acumulándose con el tiempo y que más tarde sería editado en una vieja computadora. El timón del camión fue mi mesa de escritura, y la ventanilla del chofer, mis ojos al mundo de la imaginación, en tiempos que hacía largas travesías a lo largo de este anchuroso y hermoso país que me acogió como emigrante.

Este libro va dirigido a toda gama de lectores. En primer lugar, a los que valoran la poesía y la belleza de la simplicidad, los que aprecian el humor de la gente común, el dicharacho popular y el relato de ficción; pero es también para aquellos que aman la justicia y la hermandad entre los hombres, palabras difíciles de comprender por estos tiempos, donde muy pocos logran develar ese gran secreto que hará nuestra estirpe inmortal.

Es todo lo que tenía que decir, lo demás, depende de su opinión como lector.

Antonio V. Romo

Introducción

He llevado largos e infatigables años preguntándome qué demonios era la poesía. Yo pensaba que era un conjunto de frías o rígidas estructuras de sílabas y estrofas; pero un buen día comprendí que poesía era mucho más que eso; es poner el corazón en la punta de un pluma, porque de lo contrario no podrías escribir poesía. El Universo entero se rinde a tus pies si te esmeras en silencio en captar la esencia de lo bello, incluso hasta en las cosas ordinarias, simplemente plasmando en un papel las exactas palabras como te salen del alma.

Si me preguntan qué tipo de escritor soy o a qué corriente artística pertenezco, no sabría que decirles; tal vez, un escritor callejero y un alumno de mi propia escuela. No me gusta escribir cosas para llenar páginas; escribo cosas que me complacen y de las cuales disfruto, creándolas de la nada, cosas sencillas que cualquier persona pueda leer; ese es mi estilo.

Yo comienzo a escribir y después pienso; y si lo haces con pasión y amor, Dios te guía la mano; yo diría que es la magia incomprensible y natural con la que todos nacemos, libres y sin muchas reglas y es a lo que verdaderamente yo llamo poesía; que es esa música que brota limpia y pura desde el fondo de nuestros corazones y la grandiosa fuerza que nos hace cantar a la vida.

Ando buscando a la humanidad con una lámpara prendida y a plena luz del día; y cuando encuentre al primer ser humano, lo mostraré con regocijo y con orgullo al mundo, y diré y preguntaré al mismo tiempo, a todo el que quiera mantener bien abiertos sus oídos:

¡He aquí a un hombre! Puro de alma y limpio de conciencia...

Es el reflejo exacto del Todo y del Único

¡Observadlo bien! ¿Es acaso, un animal impuro?

Nazareno, el más grande poeta

En la Cruz del Calvario yace el Hijo del Hombre;
El Cristo, el Redentor, al que llaman Nazareno;
Que de la melodiosa lira del amor eterno,
Es el único guardián y el celoso tesorero.
Y de su imagen solemne y herida,
Que es pureza e inspiración para artistas,
Brota el manantial de notas nítidas,
Para la magia sublime de toda poesía.
Inagotable es la sangre que cae de su bendito cuerpo,
Tinta para mis letras y la substancia para mis versos;
Llevando el Rey, de espinas una corona, y de corona,
el más hermoso sombrero.

Y los locos como yo,
Que de escritor lo que tienen es un pelo,
Construyen escaleras para subir al cielo,
Y desde allí, hasta donde me lleve la suerte;
Caminando entre las nubes blancas o en el espacio inerte,
Y llamándote a gritos, a ti Nazareno, ya sin detenerme,
Rogándole a la vida poder hallarte para recitar
frente a ti,
cada teorema de tu sacrificio inmenso,

Para con certeza, en la altitud enaltecerte.

Eres el Hijo del Hombre, todos lo saben,
Y emerges espléndido y silencioso ante mí
Como un gigantesco faro de luz,
Y digo frente a tu Cruz...
...Mirad, ¡He ahí a los traidores!
Siempre temerosos, miserables, pretenciosos,
Que intentan vivir como dioses, con tan solo una vida;
Esos que obstruyen los senderos y lugares por donde tú, humilde y callado iluminas, por donde solo los de almas limpias te han aclamado,
Donde te escucharon los que te amaron, te escuchan los que te aman
Y los que te seguirán amando.
Tus oraciones son para los mercaderes de maldad, afilados dardos, castigo y cardos.

Dicen en todas partes que los océanos y montañas se abrirán al anunciar tu paso,
Que cantarán eufóricas las aves al escuchar de nuevo tu voz, y que harás florecer a los corroídos prados, que reinarán tus salmos y que tú espíritu regresará a la Tierra intacto.

Pero la desalmada humanidad con su desatino y crueldad,
Y sin que me asombre de tanta necedad y de tantos cerebros opacos,
Apenas recuerdan el significado de tu sabiduría noble;

Pero aquí estoy yo, proclamándome a mí mismo tu aprendiz y tu soldado;
Parado firme y duro como roble; cerrando mis puños o brindando amistosa mi mano, para recordarles a todos, el significado enorme de tu bendecido Nombre.
Y hoy les dejo a los impíos saber,
Que de ti, un símbolo Universal,
Brota clara e inagotable mi fe,
Y que a partir de ahora, rosas rojas dibujaré,
Por donde caminarán siempre, suavemente tus pies;
Y que estando sediento de escribir poesía,
Como el agua fresca de cada día,
Tú siempre andas calmando, con gran regocijo mi sed.
Y que tengo la osadía de escribir lo que me dictas,
Sin tener en cuenta, el conteo de las sílabas,
O lo que las lingüísticas academias, quieran de mí entender.

Está hecha tu alma de sencillez,
Y en tu juicio hay solo piedad;
Y aquí estoy escribiendo las verdades que me das,
Y escribiendo con valentía, solo la verdad...
La bondad nació cuando como esplendoroso fruto naciste;
Te acusaron y te condenaron cuando la luz del amanecer,
Con tus brazos abiertos trajiste,
Y predicaron desde entonces tus majestuosas melodías,
Cuando con tu infinita devoción, a la eternidad te fuiste.

De justicia es tu grandeza,
Y del pan compartido tu gloria,
¿Y lo demás?
Es para algunos solo retórica;
Pero aunque pasen muchos siglos...
En la gente vivirá, tu reconocida historia,
Y el significado inmortal de tus inolvidables estrofas.
Y que sin pensarlo lo digo y con toda razón,
Que no eres más, que el más bello e idílico corazón;
Y que los locos como yo,
Que de escritor lo que tienen es un pelo,
Y junto a mis zapatos rotos,
Y de los que ya, ni confío,
Que hasta de caminar ya casi me hastío,
Lo dicen y lo repiten para que el incrédulo mundo
lo sepa,
Que eres tú Nazareno, el más Grande Poeta.
En la Cruz del Calvario, yace el Hijo del Hombre;
El maestro, el redentor, el profeta...
Los cuerdos no se dan cuenta, de que tus palabras son
Realmente...pedazos de poemas.

"Padre, ¿Por qué abandonas mi destino?
Madre, mirad sin dolor a tu hijo;
Hijo, mirad con amor a tu madre;
Perdónalos, no saben que son Culpables"

No es tan sencillo tonto, detente

No se trata de creer cuán grandioso crees que eres;
¡No es tan sencillo tonto, detente!
No eres de las escarpadas montañas, ni siquiera un pequeño saliente;
Y el ciclo de la vida desconoces y no entiendes;
La grandeza y el buen juicio beben de la humildad,
Que es de los sabios la fuente.
No se trata de creer cuán brillante crees que son tus ideas;
¡No es tan sencillo tonto, detente!
No eres más brillante que un rayo de sol en una pendiente;
Sueña, abre tus alas y del Universo observa y aprende;
Ten coraje y siembra una hermosa idea en tu mente.

No se trata de vanagloriarse de cuán lujosa es tu casa;
¡No es tan sencillo tonto, detente!
El exceso de ilusiones te tiene demente...
Morirás casi desnudo y con las manos vacías,
¡Pobre como un indigente!
Y tu última morada, será ovalada o cuadrada,
Muy oscura y pestilente.

No se trata de ir a la iglesia a rezar tres padres nuestros;
Mejor entra por tus propios pies,
Acariciando poco a poco tú aliento y detente;
Arrodíllate ante la Cruz del Altar, en silencio,

Manteniendo siempre bien alta tu frente, y mira con profundo amor
a Jesús de Nazaret, Luz eterna, bendito fruto de un vientre.
Pobre de aquellos canallas que se creen poderosos,
Quemando el fruto de la inocencia y cayendo después
Como hojas secas y mustias del árbol de la vida,
Sin haber presenciado nunca, la majestuosa primavera.

No se trata de decir simplemente cuán infinito es tu amor;
¡No es tan sencillo tonto, detente!
Toma un afilado puñal y abre tu pecho consciente;
Agarra el corazón en tu mano y sin temor,
Aunque el dolor sea ardiente,
Y ofrécelo a tu hijo, cuando la esperanza y la vida le mienten;
Recuerda, que corazón que no ama, es corazón que no siente.

No se trata de creer cuán valiente cree eres,
Porque vas de soldado a la guerras;
Causando dolor a tu prójimo, en vez de labrar la tierra;
No te manches y recapacita,
Que a quien el Creador la vida le da,
El Creador a su voluntad se la quita;
¿O acaso tienes la autorización?
¡Malas noticias!
¡Te engañaron!
Documentos falsos de la civilización;

¡Dime! ¿Dónde está plasmada la firma de Dios?
Camina erecto y observa bien por donde patinas,
En el piso de la verdad, o en el hueco oscuro, de las malvadas doctrinas.
¡Detente tonto, te lo repito, detente!
O vas a ir a parar al hotel de los esqueletos durmientes...
Debes preguntarte siempre, ¿Qué causas estás defendiendo?
¿Oscuros gobiernos? O ¿Trasnochados Tiranos?
¡Sangrienta arena en tus ojos, santísimo idiota!
Ambición y poder y compra de glorias;
¡Puro oro!
Y tu nombre soldado... olvidado en el lodo;
Césares y victorias, banal sabiduría.

¿O dime?
¿Si es acaso por tu patria?
Pero ese es tu reino.
¿O por tu derecho a ser libre?
Pero es el pan en tus manos.
¿O por los besos de tus hijos?
Pero esos son tus eternos amores.

¿O por causas nobles?
¿Es acaso... por la dignidad del hombre?
Por su puesto, porque esa, no se vende.

¡Ahora, detente! Señor letrado, y aprendiz diligente,
Para que el concierto Oboe d'amore... comience.

Nací en una Isla

Nací en una orgullosa isla caribeña,
Hermoso archipiélago de tricolor bandera,
De gente simple y de yerba buena.
Un país lleno de grandes hombres,
De fértiles campos y de ancestrales cantos;
De miradas nobles y de embriagante encanto.

Nació por primera vez en Dos Ríos;
De sus rocas emergieron titanes;
De sus colosales glorias germinaron pinos;
Y del fruto de su historia se fermentaron vinos,
Vinos amargos, amargos vinos,
Manos francas, corazones enardecidos...

Rincón primaveral de mis primeros amores;
De mis pequeños pasos y de mis cascabeles;
Jardín de mi juventud para mis boleros,
Y romántica luz para mis frescos claveles.

Terruño de mi viejo barrio, de mi viejo y mi amigo;
En un bolsillo por el mundo te llevo,
En mis largos andares o en los tortuosos caminos,

Y en las noches oscuras y como luna testigo,
Silenciosa y resplandeciente, como luciérnaga,
En mi tibia mano... yo, con asombro te miro.

Las tormentas inadvertidas, avasalladoras la azotan;
Ellas pasan iracundas, pero el verdor sigue reinando
en sus prados;
Y sus palmares danzando al compás del viento, alegres
gozan,
Viviendo sin preocupación, la eterna fiesta de verano.

Dice la historia que pagan las naciones por
sus tiranos;
Pero que los pueblos, no sufren sin fin y que no sufren
en vano;
Qué se aprende sin rencor y que el alma de la tierra es
eterna,
Allí donde viven perpetuas sus calles y donde
sus melodías quedan;
Donde levantas la frente, una y otra vez, sin dejarle
lugar al llanto;
Y en mi isla, cantamos erguidos y al compás del himno
de Bayamo...
Un concierto de pocas letras, pero de gran y simple
significado...
¡Al combate corred mis valientes hermanos!
y al escuchar el clarín,
Para que nuestra Patria nos contemple orgullosa,
libres pero sin amos,
Porque en cadenas y en oprobio sumidos, no queremos
vivir.

Nostálgica por sus golondrinas, a sus golondrinas añora,
Ellas volaron en invierno y regresarán a sus nidos en primavera,
Y despertarán al amanecer, con su algarabía... a la aurora.

Sus silenciosos atardeceres y la melodía del Sinsonte son mis nostalgias favoritas...
Frías nostalgias que nunca del alma se esconden;
Recordando alegres vivencias de rostros y de nombres,
Que como eco, diligente a mi memoria responden;
Añorando desde mi ventana aquellos cálidos vendavales,
Y aquella rumba pegajosa y arrolladora de sus carnavales,
Con aquellas benditas carrozas, con sus benditas mujeres,
Destellando magia... ¡magia! cómo bellas diosas en altares;

De las lomas y claro como manantiales son sus cantares,
Y fresco como rocío, del llano sus pregonares,
Y en julio o tal vez enero, espléndidos son sus rosales;
Suave y cadencioso es el vaivén de sus olas,
Y perfumada de tabaco y café, inolvidable su aroma.
Esa es la isla donde nací, pequeña o insignificante tal vez,
Pero es la llave de todas mis puertas,
El código de mi sangre,

El desvelo de mis madrugadas inciertas.
Archipiélago de playas azules y de arena fina,
De almas libres, de blanca espuma y espinas,
De artistas, de trovadores, de negros, de mulatos y blancos,
De conquistadores, de libertadores y santos,
De imperfecciones, de grandiosos anhelos,
O de esperanzas rotas.

Es el país de la niña Pilar, junto a sus Zapatitos
de Rosas;
De la hermosa Habana y de la bella prosa,
De ensoñadoras tendederas y de arrulladoras palomas;
De cuenteros, de parlanchines, de amigos, de risas...

Es la tierra de mi madre, tan dulce como el azúcar,
Como el olor de la melaza en el viento;
Un verde y salitroso caimán, aprendiz de los tiempos;
Embajador del ritmo y maestro de los ingenios...

¡Oh mi querido y travieso archipiélago!
La buenaventura deseo para ti,
Junto a todos tus hijos y junto a todos sus sueños;
Los de alma cubana y aquellos de nacimiento;
Porque infinito e inmenso, es el amor que por ti,
Que por ti yo siento.

A mí me llaman Burundanga
(Folklor cubano)

A mí me llaman Burundanga,
Porque bailo con muletas y de baile poco sé,
Cuando bailo mi pachanga yo parezco un tentempié.

Yo bailo muy despacito, moviendo tan solo un pie,
Mi ritmo es tan sabrosito que en mi baile hay solo aché,
Yo soy de la Habana, pero conga bailar no sé,
Solo bailo mi pachanga, mi pachanga solo sé,

Ahí llegó María la coja y con tremendo caché,
Bailando y moviendo el cojo,
Y cojo yo tengo un pie,
La fiesta está muy caliente,
Y caliente está el calcañal de mi pie,
Mi ritmo es tan sabrosito y en mi cintura, hay solo aché.

A mí me llaman Burundanga,
Porque yo bailo en muletas y de baile poco sé,
—¡Ya eso lo sé, Burundanga... Ya eso lo sé!
¡Pues que te compre quien no te ve!
A María la coja le metiste un traspié,
¡Mal rayo te escupa el güiro Burundanga tentempié!
¡Que te quito las muletas!
¡Ya tú ni bailando... respetas!
Te lo digo y de buena fe,

Cuando bailes en muletas, mueve suave el esqueleto,
Y si puedes con aché,
—Qué tú quieres que yo haga si esto es una fiesta de cojos,
¡Mira! Ya tengo el pie rojo, las muletas al rojo vivo
Y de tanto aguardiente, ya tengo los ojos rojos.

Pues que siga la pachanga, que mi nombre es Burundanga
Y bailando con muletas, con muletas... ¡Soy
de ampanga!
Yo bailo muy despacito moviendo tan solo un pie,
Mi baile es tan sabrosito y en mi baile, en mi baile
Hay solo aché.

—Y no lo digo yo, lo dice la fiesta entera y la coja
Asunción.

—Oye Burundanga, apaga la luz y vamos que se acabó
la función.
Cojo, borracho y mentiroso...
¡Burundanga Tentempié, se te acabó esta canción!

Somos

Nosotros los seres humanos,
Somos el deseo del Todo en el tiempo…
Eso es indiscutible,
La indisciplina de la célula,
El portavoz de la inteligencia,
Perfeccionistas de la impaciencia,
Y enfermedad de la insuficiencia.

Somos riquezas, pero somos sin cesar miserias,
Ilusiones compartidas, de las que poco ya quedan,
Humanidad sin memoria, adictos a las victorias,
Pero… convertimos en cementerios las glorias;
Corazones que no piensan,
Cerebros que amor no sienten,
Mercaderes de mil conciencias,
Y eruditos de las ciencias.

Somos la magia de la química,
Reino de los brillantes colores.
Divinidad de los mágicos sabores,
E inventores de los exuberantes tumores;
Soldados del apocalipsis,

Servidores del enriquecido uranio,
Paladines de la inconsciencia,
Y testigos de nuestra propia sentencia,
Traidores de nuestra propia traición;
¡Qué sensación!
Que nos quemamos como cirios y con intensa pasión,
Convirtiéndonos en esclavos de nuestra propia creación.

Somos ojos repletos de ambiguas ambiciones,
Fervientes cazadores de arduos sueños,
Hombres libres entre rejas;
Añoramos lo opulento y lo grandioso,
Pero poco observamos, la majestuosa gentileza de una abeja,
¡¡Ciegos ante lo que es precioso!!
Somos suspiros y quejas,
¿Y la piedad? Eso es lo tedioso.

Pero somos también el amor de una madre y
La dicha de haber sido un niño, pero la desventura
De convertirnos en hombres;
El reflejo de lo efímero, en el espejo de nosotros mismos,
Rompiéndose a cada instante, como anónimos cristales rotos.

Somos la casualidad y la dicha de la existencia
En un mar inacabable de estrellas;
Magníficos pensadores y sanguinarios destructores,
Arquitectos de cosas muy bellas.

Construimos suntuosos castillos con determinación,
Sobre pedestales de cráneos humanos,
Que con orgullo, llamamos civilización.
Somos océanos de falsedades,
Sin preguntarnos... ¿Cuáles son las verdades?
Somos mortales apasionados,
Y de la necedad, verdaderos aficionados;
Las horas contadas de una vida llena de pesadas rocas,
La demencia evolutiva de cabezas arrogantes y locas,
Creyéndonos estupendas mentiras de que somos
Una estirpe superior...
Espacio reservado para los que aman con devoción;
¿Superior? ¿Qué es ser superior?
¿La burla de la razón?
¿O creadores de doctrinas convertidas en caricaturas?
¿O el corto tiempo en miniatura?
¿O acaso seremos, del género animal, la más débil criatura?

Somos simplemente, la triste comedia de nuestra propia representación...
Marionetas que no ven sus hilos, ni las manos de quien las creó,
En un teatro silencioso y casi vacío, con tan solo un espectador;
¡Ríe y aplaude con emoción la muerte al acabar la función!

Somos tan solo, el eterno retorno del polvo en el viento,

Dentro de una pequeña gota de agua azul, flotando en lo desconocido;
Una hermosa gota azul, tan hermosa, que nos negamos a creer que en ella vivimos...
¡Oh! Pobres lerdos de alma, buscadores de paraísos prometidos;
Que no pueden ver ni siquiera de cerca, la cara de Dios.

Metamorfosis

A veces te miro...
Y me vienen a la mente lindos e imaginarios anhelos...
Quiero escalar con pasión tus bellas montañas,
Y con una red hecha de rosas, poder atrapar tus celos;
Explorar tu cuerpo y visitar tus entrañas;
Barriendo de tu mente, los malos e irreconciliables recuerdos,
Y dejando tan sólo las alegrías que has tenido entre mis dedos;
Caminar por tus oídos y escuchar tus secretos y tus credos;
Soñando a cada instante con conquistar el bosque tropical de tu pelo,
Y descubrir tus lunares escondidos, conquistando así, a tu piel de terciopelo.

Me imagino corriendo desnudo por el libre espacio de tu figura,
Sin tener que dar al mundo explicaciones,
Despertando así a mi locura;
Y asomarme por las ventanas de tus ojos,
Para divisar de cerca tu surreal hermosura,
Acosando a tus enemigos con el poder de tus lágrimas,

Y demostrar con tu bondad de mujer,
Tu exuberante belleza y el poder de tu ternura;

Quisiera navegar por el río maravilloso de tus venas,
Para poder llegar a tus bellos labios rojos,
Para así, pescar de tu boca un beso,
Calmando mi hambre de hombre y aliviando
mis penas,
Y tirar el ancla en tu arena y atarte a mis cadenas;
O cabalgar en las gaviotas de tus manos y remontarme
A las inconmensurables y ensoñadoras alturas de tu
mundo,
Y poder ver como llueve... siempre que tomas
una ducha,
Y acariciar tu desnudez y pedirte de limosnas y palabras de amor,
Como un vagabundo.

Me llamas y estoy tan lejano recorriendo tu topografía,
Que tan solo escucho las resonantes vibraciones
de tu voz,
Y perdido en mis pensamientos, reflexiono,
calculo veloz;
Buscando matemáticamente la congruencia
entre los dos,
Retocando con arte, cada pincelada en el lienzo de tu
fotografía;
Y sin que nadie lo note...
Insertar tu imagen en los mapas, y cambiar
la geografía;
¡Me siento tan feliz!

Que hasta estoy pensando mudarme para tu cuerpo,
Y definitivamente.

A veces te miro y me vienen a la mente lindos e
imaginarios anhelos,
Siempre que me ordenas hacer algunos quehaceres
hogareños;
Caigo en un profundo letargo, te miro fijamente
y sonrío en silencio...
Comenzando de nuevo mi viaje a las añoradas tierras
de tu cuerpo...

Ya estoy en el trance de mi metamorfosis
y preparación final,
Para una vez más, recorrer el espacio de tu universo.

El Sillón de Oro

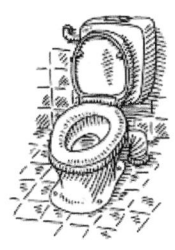

Voy directico al Sillón de Oro;
¡Ay Dios mío, pero cuánto lo adoro!
Y a mi viejo periódico, charlatán y amigo,
Lo he leído cien veces,
Lo llevo siempre de paso conmigo,
Y cansado de trabajar quiero ya el alma relajar;
Llego extenuado y apaleado de tanto colaborar,
Demasiadas peripecias que no quiero yo recordar.

Oigo la voz de un extraño y pequeño vientecillo sonar;
Miro a mi barriga y siento el sonido de un pistón fallar;
Y misteriosamente, la puerta se cerró casi al yo llegar;
Y yo con mis apuros formé tremendo jaleo;
Subí enojado y triste, mis ardientes deseos al cielo,
Salté en un pie, sentí picazón en un dedo;
Traté de trotar en mi lugar o de soñar despierto,
Pero en mi subconsciente no hubo ya credo.
Vi un inmenso cañaveral,
Hermoso, casi primaveral;
Maravillosamente astringente;
Pero me dije y de repente:

¡Un momento, alguien me ha robado el cuarto que conduce al paraíso!
Calma, me digo; canto, me distraigo
Y me imagino de carne un guiso;
Me impaciento y toco la puerta de la paz;
Me preguntan... ¿Qué quieres?
Y en voz alta le grito:
¡Suelta el sillón que no puedo más!
Vuelve el jodido silencio misterioso;
Y la insolencia me pone nervioso;
Pido a Dios que me ayude, y que no me tema;
Y de repente, las clavijas oxidadas suenan;
Y yo sin hablar, no quise ni tocar más el tema;
¡El gorrioncillo dorado... salió muy fresco y sonriente!
¡Mírenlo, Mírenlo!
¡Frío demonio, corazón que no siente!
¿Y yo?
A lo que el quehacer mundano siente;
Voy directo al Sillón de Oro;
¡Santa Virgen pero cuanto lo adoro!

A la gloria llegué, no lo niego,
Porque mantuve la fe,
Y mis deseos, del cielo apresurado bajé;
¿Y a mi viejo amigo? ¡Qué sé yo!
Lo cogí, lo leí, lo dejé;
Y la recreación de mis suspiros
Con firmeza reclamé;
Cancionero de una sola canción;
Agua bendita en porcelana;
¡Vamos a ver ahora, astuto señor palangana!

¡Que te grito desde aquí, y porque me da la gana!
¡Teja su trasero como a las alpargatas de lana!
Que de este sillón celestial no me sacan,
Ni con las mil y una rana.
Y el regocijo que siento ahora y la felicidad ya resuelta,
Me hacen sentir al fin renacer...
¡Y digo lo que sea menester!
Que mi silloncito Dorado, es bendición y placer.

Primaveras y poetas

Han pasado ya muchas primaveras,
Y a la pelona de la guadaña,
Le he jugado ya, mil veces cabezas;
La veo desde lejos y desaparezco sin dejar ni huellas;
Pero se la pasa buscándome y tocando sin cesar
a mi puerta;
¿Dígame señora, a quién desea?
¡No señorita, el señor no se encuentra!

Han pasado muchos inviernos,
Y en la felicidad, yo sigo creyendo,
Y como perro viejo, me envalentono ladrando
Y tratando de aparentar que muerdo,
Escandalizando y levantando el polvo del suelo;
Avanzando, pero retrocediendo;
Oliendo aún enamorado las flores,
Y como aprendiz sin escarmiento,
Estornudando en español y con mi rítmico acento;
Esparciendo el elixir amarillento de la vida;
Y preguntándome cada día,
Si podré escapar de este socioeconómico infierno;
Pero reconozco al final de que soy un mentiroso,
Y yo me miento pretendiendo;

Pero no lo niego y no me arrepiento;
¡Soy un mentiroso soñador!

Han pasado ya muchos otoños y sigo estrujando
Las hojas secas en mis manos, las hago polvo;
Y le grito al bosque cada estación:
¡Señor mío, pero esto es un robo!
Y el bosque me responde:
¡No sabes que todo es cíclico, cabeza de alcornoque!
Me responden los algarrobos...

Trascienden trescientos sesenta y cinco mañanas,
Con sus doscientos cuarenta despertares,
Con sus tiránicos despertadores y con sus minuteros tacaños,
Vilipendiándome cada madrugadas y años tras años...
Y sigo maldiciendo con ganas a esos endemoniados ermitaños,
Y siempre me pregunto:
¿Quién habrá inventado a esos desgraciados huraños?
Que no hacen más que robarme el tiempo
con sus patrañas y
Con sus escandalosos regaños.

He visto caer aguaceros sobre océanos,
Y ver reinar después, casi siempre la calma;
Escuchando sus románticos truenos,
Y mirando las silenciosas centellas con
Asombro y nostalgia desde mi ventana;
Pero la vida sigue vibrando con ilusión en mis venas
Y grabando mi historia en su vieja madera,

Como Robinson Crusoe, en la isla desierta.
Y esperando con mi amigo Viernes,
El barco de los sábados y los domingos,
Festejo con gran regocijo, el retorno de mis días libres,
Desdeñando siempre el pasado, porque ya está perdido;
¡Al diablo con las penas! Me digo
¡Pues que venga Dios y que venga el vino!
¡Díganle a ese caprichoso que lo invito!

Han rozado mis oídos, maravillosos y extraordinarios sonidos,
Cantos de alegres momentos y gritos que me dejan el corazón aturdido;
Rotando en este grandioso planeta, ya repleto de concreto fundido;
Caminando sobre el abismo y haciendo a diario, malabares sobre un fino hilo;
Aprendiendo de memoria unas cuantas verdades,
Las reales y las que nos dejan siempre confundidos.

Corremos y corremos, hasta que divisamos exhaustos el fin de la meta,
Y vemos que ha sido un privilegio,
Disfrutar de unas cuantas primaveras;
Pero nunca nos hemos preguntado,
Por qué las mariposas duran tan poco pero nacen eternas,
Y por qué son inolvidablemente bellas...
Tal vez, porque son la incógnita de quien las crea...

"Sí, son esplendidas y mis mensajeras de mi amor en la Tierra;
Representan tu mundo y la sublime paz para quien en ellas crean;
Las envío cada año pero no hay reciprocidad en mi oferta,
Excepto... por los poetas; esos holgazanes trotamundos se la pasan descubriendo
Mis secretos y armando mis rompecabezas, pero siempre quedo satisfecho con sus sabias respuestas"

La Tomatera

Se formó la tomatera,
Porque los tomates lanzados,
Padecían de sordera.

Los políticos haciendo discursos,
Prometían lo que no era,
Y la gente vociferando,
Formaban la gritadera.

Vuelan los tomates y nadie los puede parar,
¡Ni la madre de los tomates!
¡Salsa roja, mucha salsa!
Gritaban por donde quiera;
¡Ojalá se los lleve el viento!
¡Que se los lleve la ventolera!
Y el barullo era tan grande,
Que los tomates saltarines,
Salían a volar, desde las manos justicieras;

¡Esto es una embarradura!
Decían los corruptos representantes,
Limpiándose con dolor, sus lujosos
Trajes de seda.

A quien le pica el pillo de la robadera,
Pues que pague sin compasión,
Bañándose en las bañeras;
Que aquí hasta el gallo pinto y los

Mentirosos agarran tomates maduros,
En las esquinas y hasta en las aceras.

¡Qué alivio que llegó la policía!
'Decían los aduladores sin fronteras'

Y los tomates se mantenían en las manos de los
ciudadanos rufianes...
¿Rufianes?
¿Quiénes son los rufianes?
¿Los de la tribunita abierta?
O
¿La gente humilde de los arrabales?
¡Queremos pan y trabajo!
¡No nos hablen de cosas triviales!

Vino la comitiva de la paz, a hablar mentirillas de los
bandidos de cuello blanco,
Los bandidos de Alcatraz, que son como cagadas en
los palomares.

—¡Señores, cálmense!
Que el futuro es luminoso y lo veremos pronto llegar;
Lean nuestras utopías de la civilizada y de la dulce
sociedad;
Pero ¿Cuándo llegará?
Tal vez cuando la rana críe pelo, pero traten de buena
fe escuchar.

Los tomates permanecían impacientes en las
Manos de sus amos, esperando la orden de lanzar,

Afilándose los dientes con deseo de reventar;
Dios los crea para imitar la pura sangre,
Y advertirles a los ladrones que deben dejar de explotar.

Los obreros van al tomatal a recoger las municiones,
Porque la paciencia se les ha vuelto a agotar;
Y ahí viene el Presidente con su palabrería de portal;
Y vienen detrás los bomberos y la guardia nacional,
Desenvolviendo un cartel que decía:

"Se prohíben los verdes, porque son municiones
Militares y levantan grandes chichones, solo para
Uso internacional"

¡Les temen a los verdes!
¡Señores traigan aguacates verdes que se formó la aguacatera!
Y empezó la tiradera.
Aguacates, tomates y hasta las cagadas verdosas de los caballos de huelga,
Eran lanzadas desde los balcones y hasta desde las azoteas,
Como lección histórica nunca vista...ni en las telenovelas...

Y el hidalgo Don Quijote entraba triunfante a la arena...
—Y le decía a su merced, que de las pasadas epopeyas, las tomateras

Eran las de mi preferencia... Caballero andante a su escudo;
Y aunque dejase de llamarme Sancho sería capaz de tirar mil
Tomates a esos agigantados molinos...
—¿De qué hablas Sancho? Que a esos gigantes cabronazos, le
Podríamos haber destruidos con aguacates, verdes y duros;
Porque dejándose tirar de los rojos flojos, no os hacéis muy valientes.

Y la huelga acabó con consecuencias muy feas...
"Señores, denle al pueblo lo que es del pueblo
¿Y al Cesar? la sobra de lo que queda"

El Secreto

Homenaje a John Muir
(Cuento)

Aquello respiró sin respirar y bajo su propio poder, pero por el deseo del Gran Espíritu de su Creador. El mismo que hizo nacer un indestructible mundo material, dentro de un infinito y oscuro abismo de cataclismo y de luz. Un misterioso Universo, inagotable, incomprensible e impredecible, pero el artesano de todo lo bello y de toda la existencia, conectado al Reloj de los Billones, colosal arca del tiempo, donde se guardan todos los secretos del Principio, colgando precioso, en la eterna mano de Dios.

Reventó entre sus dedos aquella esfera,
Se extendió el tiempo;
Emprendió su camino el eco;
El ciclo reclamó lo redondo;
Y el retorno pactó con lo eterno;
El polvo se convirtió en roca;
La roca se fundió con la roca;
Y la lava corrió como sangre;

Y Dios dijo antes de que existiera el nombre:

"Que sea la Tierra"
Y Dios creó con sus propias manos, increíblemente bella la Tierra;

"Que sean los océanos"
Y se crearon profundos océanos; y Dios sembró con sus propias manos el hermoso coral e hizo funcionar la vida en los mares.

"Que sean los valles y las montañas" Y el verdor fue frescor y alimento;
Y Dios trabajó duro, muy duro, moldeando con sus propias manos las majestuosas montañas y los hermosos valles;

"Que sea la lluvia y el azul del cielo"
Y cayó la lluvia; y Dios coloreó el arcoíris y el azul del cielo con sus propias manos;

"Que cante el águila y la gaviota y que sean las flores"
Y cantó el águila y la gaviota y florecieron los prados; y Dios sembró con sus propias manos los árboles y cada una de las especies de plantas en toda la tierra; y diseñó con sus propias manos a la abeja y a la mariposa. Fue un trabajo arduo y paciente.

"Que sean las cascadas y que sean los ríos"
Y calló el agua cristalina y fresca de las cascadas; y Dios creó de sus propias venas los hermosos ríos, con asombrosas vertientes de majestuosa belleza.

"Que se sea el hombre y que reine con sabiduría"
Y el Creador creó al hombre con sus propias manos. Le quitó y le puso todo cuanto pudo, hasta que quedó

casi... no perfecto, pero casi perfecto. Y la humanidad reinó, pero sin sabiduría.

Había algo que Dios no comprendía y quedó pensativo...

Y habiendo meditado desde el fondo de su corazón, pensó y se preguntó qué podría ser para el hombre "verdad", o que necesitan saber para vivir de forma lógica y armoniosa en aquel hermoso mundo creado por Él.

Quedó pensativo por un buen rato, y convencido de que aquella era la clave de todo, se dijo a sí mismo...
"La humanidad no podría encontrar nunca la verdad, si no puede encontrar las razones para amar; porque amar es la única razón para la humanidad de existir, pensó complacido"

Y se decidió a crear una cláusula para que el hombre reinara con sabiduría, y por el cual hizo nacer a el Mesías en la Tierra; Hijo de su propio espíritu y deseo, y le transmitió todos sus secretos.

Y le dijo al Hijo: "Transmítelo a todos los hombres en la Tierra mi Cláusula para que tengan una guía de cómo cuidar lo que con mis propias manos he creado; una guía que servirá para todos los tiempos; y todos aquellos que te sigan serán premiados por mi"

La sabiduría solo existirá para hacer el bien;
No serán mis ríos envenenados;
Ni mis océanos serán empañados;
Ni el renacer de la vida prohibido;

Ni las almas serán sombras;
Ni el pan de cada día será la envidia;
Ni la codicia será semilla;
Ni el espíritu del hombre será roto;
Ni la humildad será la gula;
Ni la gula la gloria;
Ni la nobleza será la maldad,
Ni el crimen será la victoria;
Ni la mentira será la verdad;
Ni la verdad será la banalidad;
Ni el camino recto será el camino torcido,
Y el camino torcido será un laberinto perdido;

Pero la humanidad crucificó al Mensajero, Hijo de su propio deseo, creyendo que aquel Mesías del amor era insignificante, sin entender que Él era el portador de un Gran Secreto, nunca antes revelado a la civilización.

Y la sabiduría fue puesta al servicio de los mercaderes del odio y de la ambición, siendo utilizada, no para hacer el bien, sino para crear armas letales para hacer guerras y causar el exterminio, sin entender, que ellos no eran más grandes que su Creador y ni siquiera conocían, cuál era el verdadero significado de Poder.

Y contaminaron el agua limpia y clara de los ríos y sus vertientes, envenenando a los peces y a las criaturas que habitaban en sus aguas, sin entender que "ellos no eran sus creadores"

Y empañaron los océanos con una podredumbre negra, utilizada como energía para mover maquinarias, condenándolos irrespetuosamente a la ruina, sin entender que "ellos no eran sus creadores"

Y prohibieron el renacer de lo bello, sin entender que la vida era sagrada y que "ellos no eran sus creadores"

Y convirtieron sus propias almas en sombras; y el hombre nunca más tuvo hombros y piernas fuertes para correr libremente y vivir en armonía en su majestuoso mundo;

Y la envidia se convirtió en el pan de cada día, mirando a su prójimo con recelos;

Y la codicia se convirtió en semilla, creyendo que construían reinos majestuosos;

Y el libre espíritu del hombre fue roto, utilizando de esclavos a otros seres humanos, condenándose ellos mismos a vivir entre paredes, viviendo entre aguas pútridas y ratas, convirtiéndose ellos mismos en esclavos de sí mismos;

Y la humildad se convirtió en gula; y algunos hombres se transformaron en monstruosos cerdos, casi irreconocibles;

Y el crimen se convirtió en victoria; y se vanagloriaban de herir de muerte a su prójimo, proclamando con éxtasis ser el vencedor;

Y la mentira se convirtió en la verdad; mintiéndose ellos mismos y creyendo que la maldad era infinita y que caía sin importancia al vacío;

Y la riqueza lo convirtió en un ser banal, creyendo que podían necesitar más de lo que necesitaban y mostrando con orgullo sus riquezas a los más desafortunados y proclamando su verdad como ejemplo, sin comprender cuán pequeños y mortales eran.

Y el camino recto se convirtió en el torcido, creyendo que el camino torcido siempre tenía salida, aun de la oscuridad...

Y mucho antes de que sucedieran los más grandes y terribles acontecimientos que estremecerían a la civilización moderna, Dios quiso revelarle de nuevo el Gran Secreto a un hombre, para que lo llevara a cada rincón del planeta, porque cuyo desconocimiento podría conducir a la raza humana a un abismo insalvable; el de su propia destrucción; ¿Quién fue? ¿Y cómo sucedió? Yo se los contaré, pero les advierto que esta es una de las historias que parecen haber salido de libros de cuentos, y no me asombraría o me ofendería si alguien en la audiencia me tildara de mentiroso, pero en ese caso, sentiría mucha pena por aquellos que no creen en cosas verdaderas.

Ocurrió hace mucho tiempo, en un lejano e inmenso país y en épocas turbulentas, de días oscuros y de calles llenas de sucio lodo, donde las caras tiznadas de pobres mineros parecían salir de las sombras sin emitir palabras de aliento, de lúgubres tabernas donde se murmuraba en secreto y se servía al crimen y al pecado. Un mundo gobernado por hombres despiadados y por comerciantes de la lujuria y del oro, donde sólo regía la ley del dinero. Allí, en un pequeño pueblecito llamado

"Pueblo Viejo", donde la tristeza permeaba los días y las noches, nació un lindo bebé al que llamaron, Juan Montaña; hijo de un humilde herrero y una bondadosa mujer. Su madre se llamaba Adelina y su padre Gaspar.

Y la llegada de aquellos adorables piececillos, les traía tanta felicidad, que era como si entrara un rayo de sol en sus vidas ya llenas de desvelos. Por supuesto, por aquellos extraños y siniestros tiempos en que les tocó vivir; aquel pequeñuelo parecía un regalo caído del cielo...

Ya veo que están ansiosos y llenos de preguntas, como por ejemplo, ese nombre inusual de "Juan Montaña". Eso se los responderé pronto, pero primero vamos a hablar de algo muy importante, para que comprendan bien esta historia; una hermosa historia, basada en hechos reales.

Miren, se conocía una leyenda por aquellos tiempos, de que existía un lejano y hermoso valle; el más hermoso paraíso terrenal nunca visto por ojos civilizados; un inolvidable lugar donde abundaban majestuosas y cristalinas cascadas y ríos y azules lagunas habitadas por cisnes reales, por somormujos e inmensas bandadas de flamencos, y donde existían árboles tan altos que parecían rozar con las nubes. Un lugar florido, llenito de rosas blancas, de magnolias y de tulipanes, que crecían silvestres en sus prados, sin dejar casi espacios vacíos, y donde la fragancia de la gardenia, el lirio y el jazmín, inundaban el aire de tal forma, que podías sentir sus aromas a mucha distancia. Una maravillosa tierra llena de animales, de hermosos ciervos y de inmensas tortugas que parecían pequeñas colinas llenas de musgos, y un mundo donde las piedras preciosas abundaban por doquier; incrustadas como ostras, en las rocas humedecidas ya de tanta vida. Las esmeraldas, los rubíes, los zafiros, las turquesas y el lapislázuli, eran ya las últimas pruebas de que aquel lugar, sólo podría haber sido creado por alguna mano celestial.

Se decía también, que aquel valle estaba oculto detrás de inmensos glaciares y rodeada de una inmensa cordillera, cubiertas de blancas nieves y que era protegido por misteriosos nativos, al cual llamaban Gran Valle de Ahwaneechee o Valle del Gran Espíritu; un lugar que era sin dudas, el último e inaccesible bastión natural de la Tierra, libre de la codicia humana.

Y esto que les voy a relatar ahora, fue realmente así, tal y como fueron los hechos.
Se rumoraba... que del más alta y estruendosa de todas las cascadas y a la cual llamaban sus habitantes, El Gran Salto, vivía el mismísimo Dios; donde asomaba su gigantesca cara formada de gotas de agua en un exuberante y estrepitoso despliegue de poder, dejándose ver desde muy lejos un inmenso arcoíris. Pero contaba la leyenda, que todo aquel que mirara su imagen habiendo en su corazón maldad, eran convertidos en cuervos; y que para aquellos de gran nobleza que se bañaran en su orilla, podrían vivir incluso, casi una vida eterna, que podría ser hasta más de cien de años.

¿Que cómo sé todo esto?

Reconozco cuan curiosos están por saber, pero eso no se los diré hasta el final de la historia.

Y es de todo esto que les acabo de explicar, es de donde sale el nombre del pequeño Juan Montaña, ya que aquel, era el sueño más grande de Adelina y Gaspar, sus padres; el de ir a vivir juntos a aquel majestuoso mundo, oculto de los ojos de la maldad. Claro, muchas veces las cosas no son tan simples como parecen, porque hay obstáculos y cosas irreparables en la vida que entristecen a las almas, y que entorpecen muchas veces la realización de los grandes planes; y que de la noche a la mañana cambian el curso de los acontecimientos.

Pero hay algo que no les he dicho, y es que Juan Montaña nació ciego.
¿Me escucharon bien? Totalmente ciego. No podía ver, ni siquiera la luz.
Pero afortunadamente, el amor, siempre se sale con la suya ¿No les parece?
Ese no se deja vencer tan fácil, ni siquiera, en las peores batallas.

¿Que si hubo tristeza?
Pues claro que hubo tristeza, y mucha, pero no hubo derrota. Yo no creo en las derrotas; ¿Creen ustedes en las derrotas? Estoy seguro de que no; pero si es así, les aconsejo que no sigan el hilo de esta historia, porque yo no soy un narrador de causas perdidas.

Y les diré algo, aunque lo crean o no, Juan Montaña creció muy feliz. Su madre le leía desde pequeño, cuanto libro caía en sus manos, leyendas, historias, e incluso hasta la Ilíada de Homero; y hasta Las Sagradas Escrituras las aprendió, casi de memoria. Creció sabio y noble. Y algo muy importante; se le incrementó su olfato, se le desarrollaron sus oídos y su tacto, y aprendió aún ciego, el oficio de herrero. Martillaba el metal al unísono, y era capaz de distinguir por el sonido, el buen acero del acero mal fundido; y con un largo y pulido madero que su padre le había labrado como largo bastón, palpaba la tierra, golpeaba las piedras del camino, y saltaba riachuelos. ¿Y Las chicas? Esas se derretían por él; pero se enamoró de la bella Luisa, la hija del dueño de una casa donde se alojaban viajeros; y también llegó a tener buenos y grandes amigos; y como sus padres, el Gran Valle llegó a formar parte, del más grande de sus anhelos.

Una noche, Juan Montaña tuvo un extraño sueño; se le apareció un ángel y le dijo:
"Juan Montaña, has de partir pronto al Gran Valle, que Dios quiere revelarte un secreto muy importante que has de transmitir a toda la humanidad. Un pequeño pajarillo rojo te guiará"

Imagínense, aquel sueño parecía tan real, que a la mañana siguiente se despidió de su amada Luisa y de sus queridos padres, para emprender una gran aventura. Una gran aventura que cambiaría para siempre el mundo.

Y así fue, Juan Montaña se marchó de Pueblo Viejo, con un pedazo de pan, con su largo madero y aquel pajarillo rojo que el ángel le había dicho, el cual lo guiaría dándole señales en el difícil camino y que sería casi como sus propios ojos.

Caminó días enteros, alimentándose con lo que podía, y dormía en las noches en los huecos de los árboles. Anduvo veintiún días, y al veintitrés llegó ante unas de las altas montañas del Gran Valle de Ahwaneechee y a una de sus infranqueables paredes.

Ahora bien, el problema radicaría en cómo subir por aquellas rocosas murallas naturales y ¿Cómo podría llegar Juan Montaña a la cúspide, si él era totalmente ciego? ...He ahí el dilema.

Déjenme explicarles algo, para que vayan entendiendo. Había algo que su madre Adelina le dijo un día; escuchen:

"No importa que no veas, porque el mundo te ve a ti si lo palpas, si lo hueles y si lo escuchas, y tú tienes brazos fuertes de herrero, la nariz de un lobo y el oído de un búho"

¿Pero entonces, qué piensan ustedes que hizo Juan Montaña?

Pues a la mañana siguiente y después de haber recuperado sus fuerzas por el largo viaje, Juan Montaña empezó a escalar a las alturas. Agarraba con todas las fuerzas de sus manos, cuanto resquicio o saliente encontraba en la dura roca, haciendo su tarea increíblemente bien; aunque de tanto esfuerzo, sus brazos y sus dedos estaban tan lastimados, que ya casi sangraban;

pero como dice el dicho, "Aquí triunfa no el que puede, sino el que quiere"

Llegó a la cima al anochecer, pero estaba tan cansado, que se quedó dormido hasta el amanecer, y por supuesto, necesitó de otro día para descender por la cara opuesta, que daba al Gran Valle y poner pie en su tierra añorada.

Entonces, al amanecer se presentaron ante él, los nativos y guardianes del lugar, hablando entre ellos un idioma desconocido, y al ver al rojo pajarillo de guía, parecen haber comprendido algo y condujeron amablemente al visitante ante el Gran Salto.

Juan Montaña quedó totalmente solo; se sentó en la orilla, donde podía escuchar de cerca a la estruendosa cascada. Solo sentía las pequeñas gotas, que le humedecían de vez en cuando la cara, pero respiró profundo tratando de mantener la calma. Entonces se preguntaba ¿Cómo podría ver a Dios? Si él no podía ver, ni siquiera la luz. Pasó un buen rato escuchando con atención, el más ínfimo sonido de la naturaleza que lo rodeaba, hasta que pudo notar sorprendido, un raro murmullo mezclado con el viento y el burbujeo del agua, que era como una voz dormida, pero que se hacía cada vez más y más clara y firme, y que finalmente le dijo:

"Juan Montaña,
¿Por qué crees que no puedes verme?
¿Acaso no sientes el frescor que te ofrezco?
Mírame, estoy justo frente a ti...

Entonces Juan Montaña miró convencido de que podía ver a Dios y comenzó distinguiendo la silueta de su cara transparente, saliendo caprichosamente del Gran Salto; una cara gigante, que podría amedrentar, hasta el más valiente de los hombres, pero, la conversación entre los dos fue bien cordial y como padre e hijo.

¿Nadie se pregunta por qué Juan Montaña pudo ver?

Pues, porque quien vio fue su corazón y no sus pupilas.

Y el Creador De Todas Las Cosas le hizo una pregunta, dándole a su vez la respuesta:
"¿No sabes para qué has venido Juan Montaña?
Pues para poder revelarte el Secreto más importante que llevarás a la humanidad, para que puedan encontrar el camino de su propia salvación"

Y le explicó la misma cláusula que le había revelado a su propio Hijo y Mensajero, crucificado hacía ya mucho tiempo y al que llamaron Nazareno.

Y le dijo:

"Juan Montaña, el hombre no podrá encontrar nunca la verdad, si no puede encontrar las razones para amar, porque amar es la única razón para la humanidad de existir…"

"Yo no puedo devolverte tus ojos, porque naciste así, pero haré que puedas ver las almas y los caminos con toda claridad, y yo te guiaré siempre para que puedas llevar mi mensaje de amor por todo el mundo; pero estarás un tiempo en mi valle de aprendiz. Ahora descansa y aliméntate con todas las frutas y los alimentos que te ofrezco para que te repongas del largo viaje... aunque sean dos días"

Y en esos dos días, Dios le enseñó a Juan Montaña a hablarle a la naturaleza y a todos los animales e insectos a través de sonidos y palabras claves. No se crean que él estuvo viviendo la dulce vida durante su estancia en el Gran Valle.

Había aprendido de los nativos del lugar incluso hasta construir una casa de troncos en tres minutos; o cabalgar en los lomos de los osos y de los ciervos salvajes; y aprendió a hornear pan en pocos segundos, con un horno hecho de rocas.

Pero hay un pequeño detalle que no les he contado...
La estancia de Juan Montaña en el hermoso valle fueron dos días, pero de cincuenta años; porque cada día en el Gran Valle, eran veinticinco años.

Juan Montaña realizó su travesía para ver a Dios en veintitrés días y dos días de entrenamiento; entonces estuvo en el Valle, cincuenta años; simplemente porque el tiempo en el Gran Valle era diferente al resto de la Tierra entera.

Entonces ¿Qué edad tenía Juan Montaña cuando salió a su misión de mensajero?

Si cuando él llegó al Gran Valle, tenía unos veinte años de edad; pues nada más y nada menos tendría a la hora de su partida, pues setenta años de sabiduría y veintitrés días de travesía; esa era su edad. Pero algo curioso, seguía tan joven como siempre, aunque le hubiese crecido una larga y blanca barba en esos dos días de aprendizaje, que eran, cincuenta.

¿Y qué edad tendría entonces su amante Luisa, el amor de toda su vida? si ellos eran de la misma edad antes de partir de Pueblo Viejo...

Luisa tendría veinte años, pero del tiempo regular de la Tierra.

¿Pero todavía nadie se ha preguntado de dónde salió el pajarillo rojo que Juan Montaña llevaba como guía?

La respuesta es muy simple... era un pedacito del corazón del mismísimo Dios al que había convertido en ave.

Ahora les contaré algunas de las anécdotas para que comprendan bien esta historia verídica.

...Un día después de su partida, Juan Montaña pasaba por un pueblo y vio que un tabernero golpeaba y maltrataba a su hijastro; y se acercó y le preguntó:

—¿Por qué maltratas a tu hijastro?
Y el hombre le respondió:
—Porque ha robado un pedazo de pan de mi bodega el muy holgazán.
Y Juan Montaña le dijo:
—Si tu hijastro te roba un pedazo de pan, pues debes regalarle otro para que mitigue el hambre, y enseñarle el oficio del trabajo; y si te robase un tercero, entonces tú eres el culpable por no enseñarle bien el oficio del

trabajo; y si no eres capaz de enseñarlo es porque no lo amas como a tu hijo.

Y le preguntó al jovenzuelo:
—¿Dónde está tu madre?
Y el chico le respondió:
—No tengo, señor...
Y entonces Juan Montaña le respondió:
—Pues entonces serás mi aprendiz desde ahora en adelante y yo seré como tu familia.

Y fue su primer discípulo, llamado Daniel. Y le regaló como obsequio el largo madero que le había labrado su padre, y le dijo... —Cuídalo bien que es muy preciado para mí y de la misma forma, debe ser para ti, porque te lo doy con amor.

Y le preguntó a su aprendiz... —¿Qué edad tienes Daniel?
Y Daniel le respondió: —Tengo doce años señor...
Y Juan Montaña, humoroso le dijo: —Entonces tienes doce años y veintitrés días de travesía.

¿Y saben por qué?
Porque gracias a los veintitrés días de travesía de Juan Montaña al Gran Valle él no hubiera podido estar allí y tener a Daniel como su discípulo, ayudándolo así a salir de su miserable vida llena de vejaciones. El chico volvía a nacer.

Y siguió su camino con su primer discípulo, y entraban caminando por otro pueblo; y pasaron frente a una multitud; y se encontraron con un hombre vestido de soldado, y Juan Montaña le preguntó:

—¿Qué es lo que más amas en el mundo?
Y el soldado le respondió, sorprendido por semejante pregunta:
—Pues a mi madre...
Y Juan Montaña le respondió:
—Entonces ¿Por qué vas a las guerras?
Y el soldado quedó pensativo.

"Amar es la única razón para la humanidad de existir"
Y al escuchar aquellas palabras, otro hombre le preguntó:
—Señor, ¿Qué haría usted si le robaran su Biblia?
—Pues entonces, le daría las gracias al ladrón y tal vez lo haría mi discípulo, le dijo.
Y la gente reía por tan inteligente respuesta.
Y siguieron con las preguntas, porque estaban ávidos de saber...
—¿Cuál es el mejor amigo del hombre?
Y Juan Montaña respondió: —Usted mismo
—¿Cuál es el camino correcto a seguir?
—El que no está torcido.
—¿Y cómo podría yo saber si está torcido?
—Si lo amas todo, entonces, no será torcido tu camino.
—¿Tendré entonces que amar a mi enemigo?
—¿Acaso alguien te pide que lo ames?
—Pero, al menos puedes demostrarle que no eres su enemigo y si no te escuchase, entonces él se convertiría en su propio enemigo.

—Señor Montaña ¿Traicionaría usted a un gran amigo?

—¿Por qué razón he de traicionarme a mí mismo, a mi propia imagen? ¿Por qué apreciamos a un gran amigo, sino por su lealtad? Entonces, ¿Por qué has de traicionarlo?

Y el hombre quedó pensativo.

Y al abandonar Juan Montaña el segundo pueblo, se les unieron muchos más seguidores. Ya no eran dos, ya eran diez. Y con algunas piedras preciosas que había cogido del Gran Valle, pues entonces compró dos carretas con bueyes e instrumentos de labor y dos grandes tiendas de lona para acampar; y compró varios sacos de harina para hornear pan en improvisados hornos hecho de rocas, y también un poco de vino para las frías noches y así seguir con la misión de transmitir el mensaje que le había encomendado El Creador De Todas Las Cosas.

Y en su camino vio un hombre que tenía pájaros cantores en jaulas...
Y le preguntó:
—¿Por qué razón los tienes encerrados en jaulas?
—Porque cantan siempre para mí (le respondió)
—¿De veras quieres a tus pájaros cantores?
—Sí señor, porque es toda la riqueza que poseo.
—Entonces déjalos libres y podrás escuchar, no solo los tuyos, sino todos los pájaros de la naturaleza que cantarán en coro para ti. Mirad, le dijo, yo tengo este pajarillo rojo que revolotea alrededor de mí y que es como mis ojos, pero es libre de volar donde él quiera.

Y le dijo a aquel señor:
"Amar es la única razón para la humanidad de existir, pero la solución está en el 'entonces' y el 'por qué' Si amas a tus pájaros, entonces ¿Por qué los tienes prisioneros?

El hombre quedó pensativo y los dejó en libertad; y varios de sus pájaros se posaron en su hombro y comenzaron a cantar al unísono y al final, se sintió feliz.

En otra ocasión el dueño de una hacienda iba a matar a su caballo porque se le había partido una pata, y Juan Montaña se presentó ante él y le preguntó:

—¿Por qué razón has de sacrificar a tu caballo, después de haberte servido fielmente durante mucho tiempo? ¿Por qué no lo curas y te servirá después mucho más agradecido que antes?

Y el hacendado le respondió:
—Pues porque ya no tengo paciencia y creo que es mejor que me deshaga de él.
—Pues muy bien señor, en ese caso le pediría amablemente que me lo regalara y así le quitaría el doloroso trabajo de sacrificarlo.

El dueño estuvo de acuerdo.
Juan Montaña colocó acostada la todavía hermosa bestia sobre unas de sus grandes carretas y le atizó fuertemente la pata rota, poniéndolo de reposo por tres largos meses, siendo alimentado por él mismo y por sus discípulos.

Y miren lo que son las casualidades. A su paso por uno de esos pueblecillos polvorientos, estaban preparando un pedestal y una larga soga para ahorcar a un hombre por robarle un caballo a un comerciante. Pues muy bien, Juan Montaña se mostró ante el tumulto y ante la gente de la ley que lo condenaba y le gritaban, para que lo llevasen al patíbulo...

Y en voz alta Juan Montaña dijo:
—Si la vida de ese hombre vale menos que un caballo, pues yo le cambio un hermoso corcel por este sucio bandido.

Y les mostró el caballo; aquel hermoso ejemplar de pura sangre, que quería sacrificar el hacendado por tener la pata partida, pero totalmente curado y bien mantenido. Imagínense, con aquel acto, Juan le salvó la vida a aquel desafortunado pecador, que se arrodilló ante él, pidiendo perdón y queriendo ser su fiel aprendiz. Y así fue. Y le dijo: —Tu misión de ahora en adelante será la de transmitir el mensaje de amor entre los hombres, ya que es la única solución para su salvación.

Aquí les traigo otra anécdota real, espero que me sigan:

En una de sus travesías por aquel inmenso país, Juan Montaña se enteró de la violenta disputa de dos propietarios de ganado, debido a un río que pasaba por la propiedad de uno de ellos, mientras las reses del otro vecino apenas podían beber, debido a dicha división. Al enterarse Juan Montaña de lo que pasaba, se reunió con las dos cabezas de familia y les preguntó:

—¿Acaso podría alguien poseer el aire? Entonces ¿Cómo podéis poseer un río? ¿Acaso ustedes fueron sus creadores? ¿Sabrán ustedes cómo obtener el agua de la nada? —Y continuó— ¿Qué culpa tiene el río de que ustedes tengan vacas? ¿Es acaso culpable el ganado por el odio entre sus familias? ¿Valdrá la vida de una res más que la de uno de sus hijos?

Y así cambió totalmente la visión de sus problemas, y les mostró que la amistad entre ellos era más valiosa que el odio entre sus familias.

Los vecinos ganaderos se dieron la mano y el agua del aquel río fue finalmente compartida por las dos familias para sus reses. Se sentían tan felices por aquella reconciliación, que hasta le regalaron a Juan Montaña cuatro vacas lecheras, con las cual obtenía queso y leche para sus discípulos y para los hambrientos que se encontraban en su camino.

Un día un hombre le preguntó a Juan Montaña por qué se esmeraba tanto en revelar tal Secreto si muchos en la Tierra no lo escucharán.

Y él respondió:

—Pues porque es mi deber transmitirlo; y si alguien odiase a sus iguales, pues sus hijos serán odiados, y si ellos amasen a sus iguales, entonces sus hijos serán amados; porque somos el espejo de nosotros mismos. Se me encomendó la tarea por el Creador de Todas las Cosas, y es lo que hago. Y si alguien no me escuchase, pues no sería mi problema, pero sería el de ellos.

Aquel hombre quedó avergonzado y entonces le preguntó a Juan Montaña, cómo podría ayudarlo; y Juan Montaña le respondió: —Transmite el mensaje que me dio el Creador De Todas Las Cosas "De que la única razón de la existencia del ser humano es amar"

Y se encontró un mendigo; y le preguntó —¿Por qué mendigas? ¿Acaso eres ciego como yo?

Y le palpó los brazos y las piernas y le dijo:
—Aún tienes brazos, aunque no muy fuertes, pero no te faltan los pies. Muy bien podrías ser mi mensajero y llevar el Secreto a todos los lugares de la Tierra y yo te garantizo el pan y el vino cada noche, y te daré un caballo para que puedas realizar la tarea.

Veo que están ansiosos de saber, ¿De dónde Juan Montaña sacaba caballos y recursos para cumplir la importante tarea que Dios le había encomendado? Es muy simple de explicar, simplísimo. Yo les voy a poner un ejemplo para que entiendan bien esta epopeya real.

Miren, un día Juan Montaña se enteró de que había un hombre muy rico tratando de construir una gran mansión, pero que llevaría, tal vez un par de años construirla. Pues bien, él y sus discípulos se presentaron ante dicho hombre y le dijo: Te construyo tu mansión en un día por diez caballos. Imagínense, aquel señor no podía creer que aquello fuera posible; pero sonriente e incrédulo le respondió afirmativamente, pensando que aquello era una broma.

¡Un día! Le repitió Juan Montaña,

Y mandó a llamar todos sus amigos, que eran ya bastantes, de los pueblos más cercanos, entre ellos, carpinteros, albañiles y jardineros y junto a sus discípulos, terminaron la mansión, no en un día, pero en veintitrés horas y cincuenta y nueve minutos; con hermosas fuentes y con hermosos jardines sembrados. Pero recuerden que Juan Montaña aprendió a construir casas en el Gran Valle en tres minutos, recuerden que aquí el reloj era muy diferente.

Pues nada, pudo reunir a todos sus seguidores para acometer tan difícil tarea; y todo quedó listo y en el tiempo acordado.

¿Ven por qué es tan importante tener muchos amigos?

Y Juan Montaña obtuvo no solo sus diez caballos para diez de sus mensajeros, sino algo más. El dueño de la mansión estaba tan pero tan contento que hasta le regaló una bolsa llenas de monedas; monedas que utilizaba para construir casas para gente pobre.

Y así fue. Juan Montaña siguió su travesía, pasando muchas veces a través de las grandes ciudades; y pudo ver con sus propios ojos las crueldades de la miseria, no solamente de la niñez, sino también de la mujer...

Una tarde iba caminando por una de esas lúgubres callejuelas con algunas de su gente, vio una prostituta y le preguntó:

—¿Quién eres, mujer? (Aun a sabiendas de quién era) Y la infeliz dama le respondió: —Soy una prostituta, señor.

Y entonces Juan Montaña le dijo: —No lo eres, eres la flor de la vida.

Y la pobre mujer cayó ante sus pies llorando. Y Juan Montaña mandó a llamar a unos de sus aprendices cuya esposa era una gran tejedora, para que le hiciera el favor de enseñarle el oficio. Y desde aquel entonces, aquella mujer dejó de ser prostituta para ser tejedora y hacer con sus propias manos hermosas prendas de vestir, las que podría vender y vivir de forma honesta.

Pero claro, Juan Montaña no podría arreglar totalmente las cosas malas que existían, ni aunque tuvieran muchos seguidores, ya que no eran suficiente para transmitir el Secreto a la entera humanidad en tan poco tiempo. Aunque les aseguro que iba avanzando a pasos agigantados.

¿Pero lograría Juan Montaña cambiar al mundo?

¿Me lo dicen o me lo preguntan?

Por supuesto que sí, porque su mensaje era transmitido a todas las personas que veían a lo largo del camino y muchos de sus mejores discípulos eran mandados a todos los confines del mundo. Pero déjenme explicarles brevemente un pequeño detalle. A cada uno de sus aprendices Juan Montaña los mandaba al Gran Valle, donde tenían contacto con Dios en el Gran Salto, bañándose en sus aguas sagradas y obteniendo su dos días de entrenamiento, que recuerden ustedes que eran de cincuenta años. Y a todos se les garantizaba muy larga vida, para que pudieran llevar el Secreto a través de los siglos, debido a que la evolución del corazón del hombre era sumamente lenta; y eso lo sabía muy bien el Creador De Todas Las Cosas.

Bueno, volviendo al tema de esta historia real y de todas las peripecias, ahora les contaré algo que ustedes querrán saber...

¿Qué fue de la vida de la madre, el padre y la amante de Juan Montaña? ¿Por qué él no regresó a Pueblo Viejo después de esos dos días de cincuenta en el Gran Valle? Pues la razón era, que él temió regresar sin haber cumplido gran parte de su misión. Me imagino que tal vez él no quiso quedar atrapado en el calor de hogar y no haber continuado con tan difícil trabajo, encomendado por Dios. Pero en realidad pasó fuera de Pueblo Viejo tan solo un año y veintitrés días de travesía; es decir no fue tanto tiempo como pensamos. Pero para ese entonces, Juan Montaña había realizado ya una enorme proeza, porque su mensaje ya estaba en casi todos los rincones del planeta.

Regresó una mañana a Pueblo Viejo, entrando con muchos de sus discípulos y seguidores, con su larga y blanca barba y con su largo báculo, con el cual marcaba el camino, pero estando tan joven como cuando partió. Absolutamente nadie lo reconoció, excepto, su madre y su amante Luisa, quienes vinieron a su encuentro, pero desafortunadamente, no estaba presente su padre Gaspar. Les explicaré de inmediato que pasó.

Gaspar murió atrapado por el derrumbe en unas de las minas de carbón donde a veces iba a reparar los herrajes de raíles por donde corrían los pequeños trenes de carga, donde se depositaban la negra roca y eran transportados a la superficie. Desafortunadamente, así sucedió. Fue muy triste aquella situación para todos y en especial para Juan Montaña, el cual guardaba de su padre grandes y hermosos recuerdos.

Y ya estando en Pueblo Viejo, Juan Montaña se enteró de buenas manos de que algo estaban tramando los mercaderes del oro y de la extorsión. Sabían ya de las infinitas riquezas que se ocultaban en aquel Gran Valle, de donde él había venido. Los mismos inescrupulosos mercaderes que pagaban a informantes por todas partes. Planeaban una invasión con soldados y máquinas gigantes, para así, abrir un camino hacia aquel majestuoso lugar y explotar todas sus bondades; pero al oír aquello, Juan Montaña, mandó a llamar a todos sus discípulos y simpatizantes para trazar un plan y así sabotear aquella siniestra idea; y envió a su pajarillo rojo a Ahwaneechee, para alertar al Creador de Todas las Cosas de todos acontecimientos.

Se habían reunido los mercaderes y usureros, interesados en aquel ambicioso proyecto en la capital de aquel gran país, y planeaban a través de la ley, adueñarse del último bastión natural de la Tierra. Querían inundar sus idílicos valles para almacenar agua para que pastasen grandes cantidades de ganado, además de extraer sus piedras preciosas y sus preciosas maderas, sin que les importara destruir sus inmensos y hermosos bosques.

Y entonces, aquellos mercaderes dijeron ante los hombres de leyes y jueces:

—¡Esas tierras nos pertenecen y las necesitamos por sus riquezas!

Y Juan les respondió en voz alta:

—¡Esas tierras pertenecen a la humanidad y a Dios y deben ser preservadas!

Y con su largo báculo golpeó con fuerza el piso del salón de leyes.

Y de repente... tronó y relampagueó; y el cielo se nubló y de repente llovió.

Y sus discípulos y seguidores comenzaron a gritar fuertemente.

—¡Esas tierras pertenecen a la humanidad y a Dios!

—¡Esas tierras pertenecen a Dios!

Y cada vez que Juan Montaña golpeaba el suelo con su báculo, tronaba y relampagueaba estruendosamente, cada vez más y más fuerte.

Imagínense, los hombres de leyes, acobardados y muertos de miedo por semejante espectáculo, declararon aquella tierra, tierra sagrada.

Oigan bien, El Gran Valle de Ahwaneechee fue salvado de la ambición, y Juan Montaña y sus discípulos cantaron victoria.

Por supuesto, después de aquello, hubo grupos de mercaderes y sus lacayos que trataron de entrar al Gran Valle, pero algo inusual e inesperado les pasaba. Como en aquel lugar un día era equivalente a 25 años y dos a cincuenta, pues lo que ocurría era lo siguiente; que cada día de estancia en las tierras de Dios, envejecían tan rápido que muchas veces, no les daba tiempo de salir de aquel paraíso terrenal.

¿Y qué decir de aquellos avaros que se bañaban en las aguas del Gran Salto, pensando que obtendrían la juventud eterna? Pues se convertían en cuervos; porque recuerden y como les dije al inicio de esta historia real, eso les pasaría a todos los que en sus almas y corazones hubiera ambición y maldad. Tan solo una gota bastaba para quedar maldecidos para siempre.

Pues bien, enseguida se corrió la noticia por todo aquel inmenso país, de que aquel paraje, oculto entre la Sierra de las Nieves, era impenetrable y poseído por poderosas fuerzas sobrenaturales, y que no podían nunca ser explotados por las manos del hombre.

El tiempo pasó y después de aquello, nunca más vieron a Juan Montaña. Cuenta la leyenda que regresó al Gran Valle junto a su madre Adelina y su amante Luisa, con la cual tuvo muchos hijos y que sus discípulos, los que con el tiempo se convirtieron en grandes maestros, andan esparcidos por toda la Tierra y transmitiendo el mismo mensaje:

"El hombre no podría encontrar la verdad si no puede encontrar las razones para amar, porque amar es la única razón para la humanidad de existir"

Escuché a Juan Montaña decir una vez, de que Dios arremeterá con todas sus fuerzas, si la humanidad no aceptara de buena voluntad sus palabras. Y me comentó muy seriamente y mirando al horizonte:

¡Dios está muy pero muy enojado!

¡Este es el último chance aprendiz, el último chance!

Y es por eso que un día como hoy, me decidí a contarles a ustedes esta historia verdadera, porque quiero seguir llevando mi mensaje de amor y de hermandad a todos los rincones del mundo, al cual llamamos "civilizado", y en especial a ustedes, los estudiantes, que son el futuro.

Sé que nunca aprendí a ser un gran escritor, pero al menos tengo la facilidad de narrar rudimentariamente los hechos, tales y como fueron y que ocurrieron hace ya mucho tiempo. Puedo decirles que tengo una gran memoria.

¿Que quién soy?

Entiendo cuan curiosos y ávidos están ustedes de saber quién soy y es lógico que pregunten. Pues bien, se los diré, pero no se sorprendan cuando se los diga. Mi nombre es Daniel y fui el primer discípulo de Juan Montaña; era yo aún un niño de doce años cuando lo conocí. Soy un hombre muy afortunado porque ahora tengo 176 años, con dos días de entrenamiento y veintitrés días de travesía. Nací en el año 1840 y puedo vivir una larga vida. Mi misión es la de transmitirles a cada ustedes y al público, el Gran Secreto.

… Sí, estoy casado, y ya llevo 101 años de matrimonio. Me casé en Venecia en 1918.

El martillazo

¡Me he dado un martillazo en un dedo!
Que he maldecido hasta su puta madre,
Que gracias a Dios no la tiene.

¡Maldito martillo!
Confianzudo y cruel;
Me golpeaste y no fue sin saber;
No tienes corazón y no sientes por nadie querer;
Frío arrogante, astuto narizón, desdentado y orejón;
Que me has dado un coñazo que hasta el clavo se burló.

Te maldigo cabezón del infierno;
¿Sabes lo que haré ahora?
Te pondré a congelar en mi refrigerador
¡Ven villano, agarra por los cuernos el invierno!
Sufrirás por mi desdicha ¡infeliz! y no voy a ser tierno;
Pero mejor te torturaré por el golpe bajo que me diste;
Creo, que te vendría bien un interrogatorio...
¡Habla ahora hijo de la herrumbre!
¡Mira a la luz!

¿Qué me dijisteis?
Te quitaré tu palo y lo quemaré en la hoguera;
¡Y llora ahora que la inquisición te espera!
Vamos criminal cara dura... ¡Suelta la lengua!
¡Confiesa, que se me está agotando la paciencia!
¡O te tiraré al basurero como carroña tiesa!
¡Mira haragán, mi inflamación!
Infernal, metálico cabezón;
¡No sabes con quién te has metido!
Aún siento por tu culpa, en mi dedo un latido;
Pero me vengaré, traidor mal amigo;
Ven, ven ahora, que al inodoro te tiro,
¿Tienes asco?
¡Ahora te orinaré, cara dura!
¡Te lo dije, cabronazo, tortura es tortura!
¿Y yo? Soy tu inquisidor, ¡Y de altura!

¿Quieres saber ahora lo que haré contigo, señor de la maldad?
Te pondré en la electricidad,
¿Que no hay de eso necesidad?
¿Todavía me hablas cara de hierro?
¡Mira, mejor te callas, que de que te entierro,
te entierro!
—¿Y encierro?
De eso nada dulzura;
Para ti, ni siquiera destierro;
A los martillos endemoniados como tú,
Los meten en las máquinas de picar hierros.
—¡Pero eso es demasiada tortura!
Mira buitre, mírame a los ojos;

¿Sabes dónde irás ahora callo cojo?
¡A los tiburones!
Ya veo, ya veo que te cagas flojo;
—Los tiburones no comen metal
¡Vamos idiota, pero tragan anzuelos!
Y para eso traje este soplete,
Para fundirte en el fuego;
—¡Perdóneme por favor que fue sin querer!
Vaya vaya vaya
Con ese duro y acerado corazón...
¿Alguien te podrá creer?

Bueno, ahora a preparar la dulce venganza con
mi soplete,
¡Así te derretirás mucho mejor... trinquete!
Sé valientico, que te convertiré en bolas para rodetes;
Ahora, aire, combustible y presión, más aire, vamos,
más presión...
Y... y venga los fósforos;
¿De qué te ríes insolente?
—Demasiada presión...
Pues le daré más, para no tener contigo compasión
¡Buff!

¡Ay Ay Ay Qué violento incendio!
¡Que me has quemado todos los pelos, soplete hijo del
infierno!
¡Maldigo la puta de tu madre!
Que gracias a Dios no la tienes.
Me la vas a pagar, y te voy a torturar desde ahora
Y hasta el año que viene;

Te volveré chatarra y te taladraré huecos por donde quiera;
¡Sucio demonio! ¡Latosa jicotea!
¡Ven, agarra! ¡Agarra!
—El combustible gotea
¡A quién le importa fanfarria!
¡Y ahora te voy a dar con esta mandarria!
¡¡Toma!!
¡Agarra golpes soplete, como mereces!
¡¡Toma!!
¡Qué te daré más de cien veces!

¡Ay Ay Ay!
¡Que me he golpeado el pie con esta mandarria!
¡Maldigo la puta de tu madre!
Que gracias a Dios no la tienes;
¡Desgraciada!
¡Ven aquí! ¡Ven aquí!
Que me han jodido un dedo,
Me han quemado los pelos,
Y tú me has partido el pie;
¿Fuertecita no?
¡Ahora verás, tentempié!
¡Dinamita!
¡Si Dinamita!
—Señor, pero usted está jugando con fuego
Ya lo sé, tonta rata de acero,
No entiendes que yo soy guerrero;
¿Que la venganza me ciega?
¿Y todavía me lo preguntas, mala careta?
¡Dinamita!

¡Di-na-mi-ta!
¡Que ahora soy yo el que te acecha!
¡Mira!
Tres cajas de pólvora, mira la mecha,
Y te dejaré achicharrada y maltrecha...
¡¡Bum!!
¡A volar como fumarola!

...La explosión llegó a las nubes y de paso se llevó
Al cielo al señor Constanza.
La mandarria y el martillo al menos salvaron
sus cabezas;
Y de sus mangos de maderas, nadie tiene certeza;
¿Y el soplete? Cayó con su cuerpo taladrado
en un jardín;
Y como decoración, le echaron tierra para sembrar un
jazmín.

La venganza no es tan dulce como parece;
La necedad se incrementa con creces;
El cerebro no piensa dos veces;
El corazón se parte en dos como nueces;
La vida se hace miserable;
La felicidad irritable y el ciclo del odio interminable;

Yo no quiero ser millonario, yo quiero ser "milenario"

¿Me preguntabas por qué quiero ser milenario?
Pues para ver el regreso del Cristo;
Pero nos ha cogido esperando las calendas griegas;
Que ni viene, ni a los que merece refriega.

Quiero ver si veo el mundo cambiar,
Y para entonces haber tenido cien suegras;
¡Qué felicidad!
¡A la tumba Consuegra!

Estuviera muy contento de vivir más de mil años;
Inventaría la limpia energía con tan solo, unos cuantos pararrayos;
Subiría majestuosas montañas y retaría lo inaudito;
Que de todas formas, yo no soy representante y
ni siquiera erudito.

¿Y si por casualidad fuera millonario?
Ni usaría el calendario, y no despreciaría, ese sencillo trabajito;
Le daría a los necesitados y volaría humilde,
Humilde, como quien vuela bajito.

¿Y qué tal si los pongo en la capilla ardiente?
A ver señor retirado presidente,
¡Viejo sin dientes!
Y usted ministro,

¡Sinvergüenza ferviente!
¡Cerdo sedentario y bolsillo caliente!
¿No saben quién soy?
Patadura el milenario, el de las cuentas pendientes;
Y a porrazos limpios les caería;
¡Políticos indigentes!

—¿Pero señor, qué le hemos hecho?
—¿Me lo preguntan apestosos desechos?
¿No recuerdan a los hambrientos
y los desesperanzados?
¡Creían que iban a ser eternos, esperpentos
maltrechos!
Así quedarán en la historia, ni siquiera recordados;
Y para siempre en la penumbra, olvidados.
Pero es mejor dejar los rencores a un lado,
Que casi se me olvida tener el presente afincado.

Viviría de callejero, para conocer las rarezas
del mundo,
Y descubrir de una vez la sensación de conocer
lo rotundo;
¡Vaya pretencioso el trotamundos!
Que no es tan fácil conocer lo simple, aunque sea
muy simple,
Ni para el corazón, solucionar lo que es profundo.

No es como jugar con un toro para hacerlo reír,
Y torearlo sin herirlo despiadadamente,
Clavándole las banderillas sin hacerlo sufrir,
Para luego, sin hacerlo llorar de dolor o gemir,

Darle la estocada de la muerte, sin hacerlo morir.

No hablemos más de eternas miserias o de
falsos engaños,
Qué otra cosa importante que haría si viviera mil años,
Sería caminar por las calles totalmente desnudo.
Entraría a un restaurant a tomar un desayuno,
Para que vean sin prejuicios, que solo tenemos en el
cerebro,
Puro morbo y mal juicio...

—¿Qué pasó? ¿Por qué te sonrojas?
Tráigame café, tostadas y una manzana bien roja...
Ves, muerdo la jugosa fruta... ¿Acaso notas algo?
¿Algún terremoto en tu ruta?
¿O ves caer del techo virutas?

Les diré el secreto de lo que realmente somos:
¡Somos huesos, pellejos, corta vida y pura cagarruta!

Enseñaría a la gente a vivir simple;
La complejidad es para los muy brillantes o para los
ilusos.
Los ilusos siempre están pretendiendo, descubrir lo
que existe;
—¡Mira, Me cayó una gota de agua en un ojo!
¿Y ahora qué hago? la humedad misteriosa persiste;
—Pues lleva tu ojo al laboratorio a ver si descubren la
lluvia con el microscopio.

Cristóbal Colón descubrió al indio americano;

Y eso lo sabían los piratas y hasta los perdularios.
¡Qué falacia, pero qué falacia, para un aspirante
a Milenario!
¡¡Señores, a Colón lo descubrieron los nativos, es la
pura verdad!!

Bebería vino hasta el anochecer,
Y para molestar al vecindario,
Tocaría mi trompeta hasta el amanecer;
Así les recordaría que están vivos y ya de una vez;
¡Vengan esclavos del consumo, a cantar a la vida!
¡Cantaremos un tango y bailaremos entre todos la
rima!
Casi puedo adivinar lo que me dirían...
¡Tú no puedes ser milenario, pretencioso!
Y yo: ¡Tírenme flores, mocosos!
Miraría para arriba y diría: Perdónalos Señor;
Pero ¿Por qué son mis vecinos tan odiosos?

Construiría con el tiempo, verdaderos lazos entre las
naciones,
Porque lo que tenemos ahora como Naciones Unidas,
Son como el estreñimiento de la paz compungida;
Camaleones con las bocas bien cocidas
Y ratones que caminan a gata;
¡La palabra de la demagogia, ya chata!

Cambiemos de conversación, que es mejor no hablar
de espantapájaros,
Porque con esta unioncita de amiguitos, para qué
quiero enemigos.

¿Qué tal si nos llegamos a la Inauguración de los Redondeles?
Para redondearme el trasero con los mejores Best Sellers.
Los hombres dirían: ¡Ahí llegó el arrogante!
Y las mujeres: ¡No niña, si él es de los perseverantes!
¡Oye chica, no se pone viejo ese centenario!
¡Dicen las malas lenguas que el hombre es un temerario!
¡Y que para las mujeres, no tiene... ni horario!
—Señoras maduritas ya las oí; y acaben los comentarios,
Que me voy de aquí corriendo, para cantarles a las de treinta el abecedario.

Se me antoja que bailaría con las reinas de todos los concursos de belleza del mundo la conga, para poder palpar por mí mismo el misterio de la Creación y su hermoso currículo.

Bueno, vamos a ver qué nos depara el próximo milenio,
Porque se creen infalibles los consorcios billonarios;
La Tierra es hermosa y azul, y su naturaleza es frágil;
Lean mis versos callejeros, la biblia o aprendan del diccionario,
Que no hay otro planeta en venta.

Estos cerebros huecos con melanoma ordinario,
No recuerdan que Dios es el dueño y nosotros somos

Los peces de su acuario, que nos puede votar por el caño,
Si le damos mucho trabajo.

Quién sabe si algún día el Creador De Todas Las Cosas, nos hará tragar nuestro plástico, nuestro hedor y todo este desparpajo.

Y si pudiera vivir casi una Eternidad,
Descubriría con rigor el secreto de la inmortalidad,
Y lo compartiría tan solo con los fervientes amantes;
Y construiría un Arca con tan solo los buenos...

¡Perdónenme un segundo!
¿Berlusconi qué haces aquí?
¡Que con ese peluquín, te veo temeroso!
Y con ese camuflaje, casi que te ves gris;
Anda que te daré un solo chance;
Pero solo esta vez, señor atrapa grillos;
Y no te hagas en el aire, ni bunkers, ni te hagas castillos;
Que desde ahora caminarás con las manos en los bolsillos;
Y te lo advierto, camina recto y obedeciendo mi directriz;
Marchando elegante y subiendo aristocráticamente tu nariz;
Que no quiero relajitos en mi Arca,
¡Y si me fallas!
¡En una chalupa, para Italia te embarcas!
¡Dios mío, qué Presidente más descarado!

¡Mira que venir a mí Arca de inmortales Milenarios!
Soy supersticioso, déjame tirar los dados.

...y pasó el tiempo.

Y más de mil años pasó... ¿Y la humanidad?
Al borde de su destrucción, apenas cambió;
Y el hombre más viejo del planeta... murió.

"Aquí yace Patadura el milenario, el más grande constructor de arcas de vientos,
Cuatrero de la palabra y famoso vendedor de necios"

"Nació en el año donde nadie creía, ni ver salir a los muertos y
Murió cuando el cataclismo se acercaba ya al final de los tiempos"

El subconsciente

Hoy estoy en la pista entrenando;
Y ejercitando mi cuerpo como un lobo,
Ando casi jadeando;
Y mis testículos, que son como un par de tarambanas,
Se mueven como campanas,
Marcando el paso, colgando.

Estoy preparándome para ser un gran campeón,
¡Qué cantaleta!
Que estirando mis elásticas pantaletas,
Me siento ya, como el triunfo en chancletas;
Me miro yo mismo a ver cómo me veo;
Y reconozco que hoy luzco lindo y apuesto, como el griego Teseo;
Hago cuclillas como Hércules, y como Chaplin, pues me pateo el trasero;
Estiro mis brazos, ¿Y mi cintura? Con ricura la meneo...
¡Alabado sea Dios, pero que bien me siento!
¡Yo soy un león!

Sonrío a otros corredores cuando los encuentro al pasar,
Y les señalo la V de victoria cuando me ven forcejear.
Me imagino la gloria y troto en el mismo lugar,
Dándome yo mismo la vuelta y tratando de meditar,
Porque la concentración es primordial.

¡Qué orgulloso me siento!
Mi sangre fluye como torrentes ardientes,
Y mi cara se torna roja como un perro caliente,
Porque hacía muchos años que tenía al ejercicio pendiente,
Y hasta de engrasar mis clavijas, me he olvidado inconsciente.
¡Qué malandrín soy!
Tratando de engañar a la corona de olivo.
Aunque les puedo asegurar, que lo de la mala memoria,
Es algo reciente.

No sé por qué me siento, belicoso y poderoso.
¿Quién sabe? Tal vez sea el tiempo o la buena suerte.
Pero les aseguro, que hoy van ver a mis músculos, crecer por trozos;
Y lo digo, porque me estoy moviendo... ¡Súper sabroso!
Moviéndome deportivamente, y como un tornillo sin la rosca;
Y no me provoquen,
Que soy capaz, hasta de tirarle un golpe bajo a una mosca;
Y camino para que me vean; ¿Qué tal?
¿Qué pasó? ¿Cómo me ven?
¿Alguien quiere conmigo problema?
¡No se rían, no se rían... porque yo no soy alardoso!

Pero pienso, que daría con mi carro cien vueltas,
Porque a fin de cuentas, recorro la misma distancia,
Que cuando corro con mis propias piernas;
Es solo un problemita técnico.

Voy a serles honesto,
Llevo tan solo un minuto corriendo
Y me paro a cada segundo y me entretengo;
Cojo una florecilla de los alrededores y
Me hago el bobo para dejar pasar el tiempo,
Porque soy un perfecto tramposo y lo reconozco.
Aunque quisiera verdaderamente, darle un chance
al reloj,
Para ver hasta donde llego, pero sé, que como atleta,
Soy horrendo; soy como un deportista turista.

Imagínense,
A los demás corredores, ya los he perdido de vista;
Y me sigo haciendo el tonto y el confundido,
Para alejarme lentamente de la pista.
Aunque creo que tal vez, deje para mañana,
esta excitante carrerita,
Y así, podría tomarme en casa un saludable
y deportivo traguito,
Viendo cómodamente en mi butacón,
alguna peliculilla.

"¡Vuelve al ejercicio, farsante celacanto, que te estoy
vigilando!
No llevas ni sesenta segundos corriendo, ¡Esqueleto
viejo y malhechor del atlético espanto!" ¡No creas que
voy a quitar mi vista de ti!

¡Ya voy, ya voy señor subconsciente! ¡Santo cielo, qué
hombrecito!
¡Todo lo resuelves a gritos!

Me acobardé un poco, es todo, pero ya regreso de prisa al ejercicio.
"Este chismoso, no perdona ¡Ni a su madre!"

Pero hubo algo desconcertante y excitante que detecté en la brisa;
A la distancia divisé, tres hermosas y atléticas chicas;
¡Pero qué tres chicas madre mía!
Recogí rápidamente mi barriga,
Las mantuve desde lejos en mi vista;
Moví una ceja para verme interesante,
Troté de nuevo en mi lugar y casi constante;
Trabajé duro y ejercitando mis párpados, incesantes;
Y pasaron frente a mí las diosas corredoras;
Me miraron picarescas y me sonrieron;
Y me dijeron:
"¡Oiga tío, que se le ha corrido su peluca!"

¡Maldición, me descubrieron!
—Señoritas, esta cosa no sé ni de donde cayó;
Quizás del árbol de mi vecino Lucas.

¡Maldita peluda!
¡Desvergonzada! ¡Parásito de la calva!
¡Mira lo que me has hecho, traidora sin alma!
Para la próxima la pego a mi cabeza con goma loca
Y vamos a ver quién es el que gana.
¡Qué vergüenza Dios mío!
Ya no sé ni dónde voy a meter ahora la cara.

Y con este tejemaneje, ni me sentí más en paz,

Y ni mis quehaceres del cuerpo pude realizarlo con calma;
¡Me han desgraciado el entrenamiento!

"Regresa a la pista y no te sientas acomplejado, que de todas formas y con tu lentitud ya la has cagado, regresa glotón y sin protestar y no te sientas desdeñado. Eres un horrible charlatán y un calaña, un bueno para nada"

¿Lo oyeron? Ya no puedo más con este subconsciente sátrapa.
¡Qué maltrato y que injusticia!

Y ya después de tanta lipidia,
Comienzo de nuevo mi carrerita;
Debo aunque sea, llegar a la mitad;
Corro cuarenta metros y abro la boca como un caimán,
Tratando de robarle al aire, una gran cantidad,
Pero las piernas me tiemblan con severidad.
¡Madre mía, no sabía que entrenar era tan duro!
¡Señor mándame urgente oxígeno puro, que estoy como un renacuajo en apuros!

"Vamos que te falta media pista, testarudo y eres el único que quedó atrás,
¡Corre más rápido y mueve tu culo!

—¡Cállate, cállate ya, maldito gusano del cerebro, que me vas a hacer llorar!
¿Qué más quieres de mí?

¡No ves que no puedo más!
¡Que mis venas están casi al explotar!
Las pantaletas se me caen, así sin querer no más,
Y los ojos se me embotaron cuando llegué
hasta la mitad;
Las canillas le están gritando a mi panza,
Que no salte tanto, que se partirán,
Y mis nalgas se ponen tristes de tanto maltrato
al andar.

Dale caballo viejo y trata de llegar al final —me dije,
Que esta vez, aunque sea una sola vuelta, la voy
de seguro a ganar.
Y se me volvió a presentar otra dificultad;
La cabrona peluca, se me volvió a correr de lugar;
Pero esta vez la tiré tan lejos, que no sé, ni dónde fue
la farsante a parar.
He terminado la primera vuelta y las chicas llevan tres
sin parar;
Veo hasta el cielo rojo, sintiendo un extraño burbujeo
en mis ojos;
Y del agua tengo tanto antojo, que saco lengua como
un perro,
Tratando de transpirar.

Y las bellas me elogian:
—¡Vamos deportista, que solo los ancianos son flojos!
—Mañana correrás cuatro y media con nosotras.
Y pensé enojado:
¡Qué graciosas las potricas!
Ellas creen que yo soy un viejo cañengo;

Pero no crean que me desaliento,
Porque aquí hay soluciones, hasta para el mal viento.

"Tienes que ejercitar, es todo; está claro que esas diosas te aclaman. Creo que sería bueno que te pusieras de paso, un atlético apodo"

¡Ahí estás de nuevo otra vez!
Mejor te callas un rato, porque ya me has torturado bastante.

...Y de regreso a casa me siento rimbombante,
Majestuoso y fuerte como un elefante;
¡Ahora una ducha y fresco como una lechuga!

¡Pero esto es inaudito!
¿Mira lo que veo en el espejo?
¡Aleluya, se me estiró la pechuga!
¡Ahora sí que soy, pura musculatura!
Excepto... Bueno, eso puede que tenga remedio,
Con algunas de esas pastillitas para provocar largura.
Y que con esta carrerita de atletismo, siento en mis brazos ya alguna anchura.

"A ver, tira tres puñetazos en el espejo para que aprecies bien tu poder;
Una grasita en tu brillante cabeza y es todo.
¿Qué me dices ahora?
¡Y nada de beber más cervezas!
Que mañana vas a demostrar que la edad, ni siquiera te pesa;
¡Y prohibido los peluquines!

Hazte con los pelos que te quedan, el peinado de los arlequines.
Deberías escucharme siempre, pedazo de bandido...
¿Estás contento ahora?
¿Ves que no es mucho lo que te pido?
¿En qué piensas hombre?
Anímate que tú puedes, y levanta esos bríos,
señor pereza;
Ve y golpea a la vida como venga, señor destreza,
y verás que lo que te vale te viene,
¡Qué más da soñar!
¡Que el que lo quiere, lo tiene!
Mira al señor Iglesias,
Que además de ser muy buen cantante,
Corre bien aunque padece alopecia,
Y es el rey de las peripecias;
Y con las mujeres hace malabares.
¡Y te lo advierto!
Ve dejando ya, la borrachera en los bares,
Y entrénate bien, para que veas como los ríos siempre van
A parar a los mares;
Prepara bien tu lengua para que sientas decoro...
Corcel de Oro,
Que con un buen pico, puedes convencer a todas las divas de un coro;
Y yo, como tu subconsciente,
No voy a ser contigo más condescendiente, te lo digo;
Y te voy hacer entrenar hasta que tu cuerpo
Me tenga que maldecir"

"Bueno vamos ya, que ya es hora de dormir;
Que mañana será un buen día para que puedas elegir,
Entre renacer, o ver tu corazón aún joven morir;
Recuerda que el camino de la vida es solo aventura;
Reímos, lloramos y hay desventuras,
Pero corazón que apasionado lucha y entrena,
es corazón que lozano perdura"

Así es la vida

Existimos en un mundo abarrotado de cosas superfluas,
Y de falsos objetos que pensamos, que adornan
de color nuestras vidas,
Pero también de cosas reales y de adorables
y pequeñas sonrisas,
Sonrisas, que nos hacen siempre, saltar de alegría...
De hermosos y nostálgicos recuerdos
Que nos hacen recordar lo inolvidable;
Y de entrelazadas manos jurándose sueños eternos,
Los más bellos o los inalcanzables...

Y habitamos en un hermoso y palpable universo
De cuerpos calientes que nos hacen soñar
de momento;
Un espacio lleno de laberintos interminables
e inciertos,
Que nos niegan muchas veces, ver la puerta de salida,
Simplemente, porque vamos pisoteando
el destino corriendo;
Provocándonos después, difíciles desaciertos y malas pesadillas.

Si amas, creas y sufres, y si no amas, se apodera de ti el vacío
Y te sienta la soledad, de castigo en una silla.

Y compartimos el pan de cada día,
Ese, que nos hace charlar en las mesas,
Contando casi siempre con osadía,
Las historias de nuestras batallas ganadas,
Pero nunca, las de las guerras perdidas,
Prefiriendo ser vencedor, aunque tengamos
que comprar las mentiras;
Y ganar o perder son los únicos temas que
nos consumen como cerillas,
Creyéndonos ciegamente algunas "verdades"; aquellas que son infundadas,
Engañosas o incomprendidas.

Escuchamos canciones oídas con deleite,
Rememorando pasajes juveniles, ya grabados en la mente;
Pero llegamos a edades problemáticas, que nos hacen cambiar de repente...
Y oímos sin cesar, el lamento de viejos anillos, ya sin sus perlas,
Preguntándose, si sus amores eternos valieron la pena.

Y nos atamos nosotros mismos al madero del pasado,
Llevando siempre en nuestras mentes aletargadas,
Cosas inalcanzables, rencores y extenuantes tristezas;
Olvidándonos de guardar en nuestros bolsillos,
Al menos, una gota de felicidad, disfrutada a media...

Tan solo, una insignificante y miserable gota,
Caída por casualidad del cielo.

Así es la vida, absolutamente repleta...
De apuros innecesarios a merced de los tiempos;
De campanas que redoblan,
De flores, de acontecimientos,
De lágrimas vendidas o rentadas al viento;
De cansancio, de resfriados,
De zapatos mojados o polvorientos,
Y de exuberantes y locas fantasías.
¡Pero de oídos ya hartos de escuchar, tanta demagogia y tantas palabras vacías!
Y de todo cuanto hay en esta extravagante y bendita viña;
De importantes momentos como el que les mostraré ahora...
Hermosos, patrióticos y grandiosos,
Y de extraordinarias horas, que nos harán vibrar los corazones;
El del disfrute de un ferviente, noble y amante trago,
Fiel amigo y supremo maestro de todos los magos...
¡Levanten esas copas cobardes! ¡Con coraje!
Y bebamos con ansias;
Que a esa tacaña y ladrona de la calma, la cuenta completa le pago...

¡Cantinero, ponga en la mesa fuego para bravos!
Que hoy es día de cobro y justo a tiempo, el día de los enamorados...
¡Y que cante el bandoneón! ¡Pero que cante alto!

¡Que esta noche, o gozamos, o vamos a ver
a como tocamos!
Y aquel que no suba la escalera del mal tiempo con
buena cara,
Pues que se quede, lamentándose abajo.

Lo impensable inalcanzable
Conversación telefónica con la Tierra

—Dulce corazón... ¿Estás ahí?
—Sí, ¿Para qué me llamas?
—Porque quiero proponerte algo.
—¿Qué me vas a proponer?
Tú sabes que estoy harta de tus mentiras.
—¿Tú crees que te voy a llamar para hablar
cosas vacías?
Mira, hay varias razones por la que deberías amarme...
—Muy bien habla, y no vayas a cogerme para tus cosas,
que ya conozco tus versitos callejeros.
—¿Por qué dices eso mujercita de la Vía Láctea?
Tú no sabes cuánto te quiero; siempre pensando en ti,
lo inimaginable inalcanzable, yo, un romántico natural,
un ecológico convencido y un admirador del más ínfimo
de tus detalles terrenales; alguien que por tu amor, sería capaz de esperar, billones de años y tal vez, hasta el
fin de los tiempos.
—¿Y?
—¿Cómo que "Y"?
Porque creo en esas pequeñas revelaciones infantiles
desde el día que te conocí, en luna de fuego gitano, en
las películas de Chaplin y se cómo interpretar muy bien
los cuadros de Salvador Dalí;
—Lo de la luna de fuego, me interesa,
¡Pero qué me importa de esos otros dos!
¿Para qué los quiero?
Yo ni soy cineasta ni psiquiatra para locos.

Creo que te la estás dando de artística intelectual para impresionarme.
Y para decir verdad, tú no tienes lo que yo deseo.
—¡Caramba! Déjame hablar, te lo ruego.
¡Óyeme niña planetaria, tú eres difícil!
¡Si me dejaras terminar la idea, me entenderías!
Mira, escucha lo que te voy a decir...
Por si no lo sabes, yo soy el hombre más rico del planeta;
Te ofrezco montañas de bondad y un espacio repleto de estrellas.
Mi corazón es inmenso y tengo millones de buenas ideas.
Tengo un poquito de mal genio, pero alargando el verano y acortando un poco el invierno, pues eso, con el tiempo se arregla.
Y para decirte más; yo sería capaz, hasta de crear terremotos con mis latidos,
Para poder hacerte, más azul y más bella.
¿Qué tal ahora?
—Te escucho. Ya me tienes aburrida con tu sermón poético.
—Continúo... si me dejas.
Mira, yo tengo bolsillos llenos de imaginación y de la luz de cada día, y simple poesía vagando siempre en mi mente y sería capaz de defenderte con mi vida mi Tierrita linda. Soy poeta esquizofrénico y un enamorado feroz de tus primaveras, de tus madrugadas frescas, de tu aurora boreal y veo hermosas hasta tus tormentas; que más, que más.... Ah!, y se tocar el tambor y también la guitarra flamenca.
Oye ¿A dónde vas a encontrar a alguien como yo?

¡Ni mandándome a fabricar con perfume de aguafiestas!
—Pues yo pensé que eras un crápula; pero entiendo que nadie es perfecto...
Entonces... me amas, yo pensé que tú...
—Cómo vas a pensar eso de mí, mi reinita espacial;
Mira que te lo he dicho mil veces y siempre crees que ando por ahí de juergas.
Y para que veas que es verdad lo que te digo, pega bien el oído al teléfono,
Que ahí viene mi proposición...
¡Cásate conmigo mi dulce planeta! ¡Te lo pido y por el amor de Dios!
Te prometo regalarte lo sublime; si quieres, todos mis poemas, con sus profundos océanos llenos amor; la energía limpia, mi paragua de colores, incluyendo sus aguaceros y sus rayos de sol, porque tú eres para mí lo absolutamente bello.
—... Y... ¿Y qué más? ¡Casi que me haces llorar!
—Lo que tú quieras mi amorcito. Pero no llores que no quiero
Inundaciones ahora que nos vamos a casar; ya fue bastante con lo del arca de Noé. Pero agárrate que te tengo más. ¿Sabes lo que tengo para ti? ... ¿Adivina?
Una de las sorpresitas que siempre has añorado.
—¡Dímelo de una vez, que me tienes embobada!
—¡Un anillo de barreras coralinas! ... y de las últimas que quedan.
¡Y del Caribe que son las más suntuosas!
¿Para qué soy yo el corsario de tus ojitos cósmicos?
¡Me robo lo que sea para ti!
—¡Ay qué lindo regalo de boda mi vida!

¿No vas a venir a verme esta noche detrás de la luna?
—¡Directico y a besar tu dulce boca de ríos!
Y si provocamos un eclipse, pues que se queden tres días sin luz esa chusma terrícola, para ver si aprenden a respetarte de una vez...
¡Óyeme déjame cortar! Creo que alguien está escuchando nuestra conversación en línea. Ese debe ser el gobierno, que siempre está espiando a la gente con sus satélites. Esos van a armar, hasta la marimorena cuando se enteren, pero no vamos a invitar, ni a la reina de Inglaterra.
Mañana hablamos de la boda. Todavía tenemos que conseguir unas cuantas velas de volcanes para la fiesta. ¿Te sientes feliz ahora?
—¡Que no doy más!

El sándwich

¡Me estoy comiendo un sándwich, que está delicioso!
¿Y tú? Tirando piedrecitas al agua;
¿Acaso no te sientes ocioso, tú, jactancioso?
El jamón de mi pan se ve enrojecido y jugoso;
Y el queso, lleno de huecos olorosos, se ve... ¡Precioso!
¿Y tú? Tirando piedrecitas al agua...
Te brindo un pedazo y te niegas;
Estás hambriento, pero te sientes rabioso;
No quieres vivir el sabor de un buen bocado,
Preparado por mi justiciera mentalidad;
Me subestimas y no tienes ni siquiera humildad;
¿Ves? Ya he mordido casi, hasta la mitad
Y me miras de reojo con los ojos vidriosos.
Coge un pedazo y abandona tu indiferencia
Que tal vez y con pura pimienta,
Hasta agregué en el pan un poco de mi paciencia;

Vamos a ver, que te doy otro chance, señor anti-bacteria
Mira bien mi sándwich porque se está desapareciendo;
Y la silueta del queso mordido, parece estar sonriendo,
¿Por qué sigues despreciándolo? Agarrarás anemia;
Pero eres tan pulcro, que no quieres tocar,
Lo que tocaron honestamente, mis limpios dientes hambrientos.
¡Mira! Otra mordida y de tiburón blanco y sangriento,
Tostado y crujiente como terremoto,
Quebrándose fácilmente y quejándose con aspaviento.

Antonio V. Romo

Te decides hablar y lo vuelvo a morder
sin remordimiento;
Pero viras tu cabeza, con un raro comportamiento;
Lo querías, pero que no fuera por nadie tocado;
Te lo brindé con amor y muy bien tostado,
Y despreciaste mí oferta, casi apurado;
Y al final... te decides casi ofuscado y acongojado;
Pero ya lo guardé para siempre, en la caja fuerte de mi boca,
Quedando tan solo promesas, vacías promesas,
Y un plato vacío... llenito de nostalgia en la mesa.
Pero traté de advertirte, que a quien le toca, pues le toca;
¿Y ahora? ¿Qué tiras al agua? ¿Piedrecitas?
Creo que ahora, el hambre en tu estómago pesa;
Tal vez, puedas tirarle, una roca a conciencia...

Rey de los mequetrefes

¡Ahí viene el jefe!
Rey de los mequetrefes;
Nunca sonríe porque se cree poderoso,
Siempre mirando de reojo, para poder descubrir
A los obreros tramposos;

Trajeado e impecable,
Con el horario es siempre implacable;
¡A trabajar, muerdan el cable, que quien paga aquí, es el dueño del sable!
¡Qué me importan ustedes!
¡Laboriosas abejas, insectos vanos y miserables!

Las costureras cosen sin parar,
Y ni a la esperanza ya pueden mirar;
Su labor es riqueza, pero sus manos son, sus herramientas baratas;
Pero está claro, que nunca hubo justicia, ¡Ni en el Mahabharata!
¿Y en el almacén?
Todo es tan estricto, que hasta se abstienen de hablar las ratas;

¡Ahí viene el jefe!
Rey de los mequetrefes
Machacador de las cien extenuadas nueces;
Caminando elegante y entre los rincones atisbando;
Y ordenando: ¡A trabajar, las cabezas abajo!

Antonio V. Romo

¡Que aquí hay que producir para el todopoderoso mercado!

El ambicioso capital financiero, aumenta con creces,
Mientras se eleva poderosa, la línea montañosa de un gráfico;
Y el barco de lo mal habido, espera paciente, frío y sosegado,
Por el sudor de las cosedoras, en el puerto del mal intercambio,
Para comerciar el maltrato, la vejación y las horas, del infierno
Mal pagado.

Un buen día el jefe,
Rey de los mequetrefes, enfermó,
Y en el hospital de la mala suerte, adolorido cayó;
Se lamentó, y le pidió clemencia a Dios,
Se remordió profundamente y recordó;
Su fragilidad lo conmovió...y recordó.

Una gris y callada tarde, una inesperada visita recibió;
Eran sus obreras cosedoras;
Y flores de sus humildes manos recibió;
Y de angustia, avergonzado lloró;
Y nunca más el ceño frunció;
Y cambió;
Y su innecesario ego descendió;
Y su humildad creció;
Y la bondad lo transformó;
Y en el reflejo de un río un día se miró;

Y su difusa imagen sabiamente le sonrió;
Y el silencio ensordecedor y el canto de los pajarillos
Con atención escuchó;
Y pequeñas migajas de pan, a pequeños pececillos les tiró;
Y sintió la paz;
Sintió en su alma frescor;
Y el cumpleaños de sus cien obreras en su agenda
Escribió;
Y el arduo trabajo, no se resquebrajó;
Y su sonrisa, bienaventurado lo convirtió;
Y con sinceridad, el respeto de todos ganó;
Y con sus propias manos a sus obreras ayudó;
Y su fábrica, la reputación de modelo consiguió;
Y la bondad hizo por él gran fortuna;
Y su fortuna, alimento para el mundo se convirtió;
Y este poema, y este cuento y la historia de este
Jefe, rey de los mequetrefes, feliz terminó.

Despertar

Tendido en la fresca yerba de la noche,
Observo el anchuroso espacio frente a mí,
Y se dibuja nítida la galaxia, y le sonrío al
Infinito desde aquí.

Canta lo épico de lejanas batallas, y escucho murmurar
al viento,
De que soy tan pequeño, que apenas crecí desde que
nací;
Y los grillos, cantando con sus violines al silencio,
Me hacen olvidar por un momento, el extenuante
cansancio,
Atravesando por mis oídos sus suntuosas ondas
sonoras;
Relajando mi alma y mi mente, ya extasiada de tanta
belleza;
Quedando suspendido mi cuerpo, en el vacío de mi
pensamiento etéreo.

Abro inconsciente los brazos a la galaxia, como
si fuera una antena,
Desde el punto terrenal donde me encuentro,
Tratando de captar las ondas espaciales
electromagnéticas,
Y noto que la realidad, es tan inolvidablemente
esotérica,
Que no creo, que para todas mis preguntas,
pueda hallar simples respuestas;

Teniendo la sensación, de que puedo volver
a reencarnar nuevamente,
Tal vez como gaviota, como cristalino arroyo o como
luna llena,
Y de que todos estamos enraizados y fundidos en un
único madero.

Y ya borracho de aquel majestuoso y celestial
concierto,
Noto desconcertado, que las estrellas me parpadean,
Como si quisieran revelarme, algún extraño
y gran secreto,
Señalándome sin palabras, lo que hay en el destino de
incierto,
Y el significado de la existencia en lo desconocido,
Reflejándose las brillantes caprichosas, burlescas en
mis pupilas;
Para mostrarme al fin, que es en realidad, un hueco
negro;
Y moviéndose ellas como átomos, ante mis ojos
oscilan,
Opacando la luz, de la poca imaginación
que a mi cerebro le queda;
Y me dicen: -¡Ahí tienes soñador, Mecánica Quántica!
Nada complejo.
¿No sabes que Andrómeda chocará con tu Vía Láctea?
¡No eres más que un aprendiz frente a una pizarra
cósmica!
¡Vaya y estúdiese el Kybalión, pequeño conejo!
¡Que de viajar a la velocidad de la luz, estás aún muy
lejos!

Suspiro, porque quisiera ver más de lo que realmente observo;
Lo que significa el verbo en lo etéreo,
Y lo que se oculta detrás del poder del deseo;
Quiero saber qué hago aquí, por qué existo.
Y entonces cierro mis ojos y siento el eco del quinientos veintiocho,
Y vibra en mi cara el Universo entero, y oigo su voz,
Y veo a los lejos, el estertor relampagueante de las supernovas,
Explotando de amor, por lo soberbio de la creación y la poesía de la materia.

Quedé aletargado y dormido sobre la fresca yerba de la noche,
Soñando placenteramente hasta el amanecer;
Y bañado ya de rocío y calentando el sol ya mi piel,
Lo veía todo de nuevo renacer;
Y un hombre, como cualquier verde retoño, de la tierra emergió;
Comprendiendo entonces, que de la red de la existencia,
Somos tan solo, un minúsculo e insignificante eslabón;
Una vanidosa voz y el reflejo mental de quien nos creó.

Lady Day

Recordando a Billie Holiday

Escucho bajo la penumbra de una lámpara, la melodía de tu Jazz,
Y vibra en mi cuerpo, las ondas de tu ritmo suave y virtuoso,
Quedando extasiado, en una incomprensible emoción de paz,
Cómo concierto que calma mis ansias, eternamente silencioso.

¡Oh Lady Day!
Dama de la noche y melodía del día;
Cuando cantas tú, es Nueva York quien canta;
La música nostálgica de sus nocturnos bares;
Y el sonido adorable de tu voz.

Las notas imperceptiblemente suaves, marchan,
Marcando el compás de tu dulce presencia;
Los saxofones se esmeran nítidos
Y el contrabajo marca levemente la cadencia,
Obedeciendo diligente, a tus sensuales labios grandes;
Y la ruda trompeta, acompaña varonil, la melancolía
De tu sexo frágil;

¡Oh Lady Day!
Dama de la noche y melodía del día,
Cuando cantas tú, es Nueva York quien canta,
Tu alma de mujer dolorida y el color que había en tu piel,
Lo efímero de tu destino y la América que te vio nacer.

Oigo el musical sabor de tu voz,
Y apelo a mi idioma para descifrar tus Blues;
Y me viene a la mente, la aguja romántica de un viejo tocadiscos,
Rasgando a la redonda, una amalgama de nostálgicos sonidos,
Entrando tu delicioso vaivén, por mis cansados oídos.
Tomo lentamente un sorbo de vino,
Mientras grabo tus notas, en el blanco papel de mi mente,
y apresuro mi mano diligente, a escribirte este poema.

Yo me apasiono, y te escucho cantar junto al piano;
Y por un segundo, me transporto ante tu presencia ausente,
Extasiado, bajo la embriaguez de un profundo letargo;
¡Oh Dama de la Noche, melodía del Día!
En mi soledad... recordándote.

"Guernica"

(En memoria a las víctimas de la dictadura franquista)

Te creíste Dios Franquito;
No existen dioses sobre la tierra,
Excepto en la Cruz del Altar,
La imagen bendecida del Cristo...
Yo soy su soldado,
Cazador de fugitivos de almas podridas,
Un soldado a su servicio,

Vilipendiaste a España y los restos de
Tu tumba los exhumó hoy yo;
Y a tu huesos mugrientos y polvorientos,
Los quemo como vieja y seca leña,
Para después, soplar con mi boca férrea,
Las cenizas grises de tu historia tétrica,
Para que desaparezca tu rastro, para siempre en el viento...
Y si tu fantasmal figura de pequeño caudillo, resucitara en el tiempo,
Para cantar de nuevo en coro, todos tus lemas simbólicos
Colocaría en una fosa común, a tu imagen sin decoro,
Allí, donde yacen anónimos, el recuerdo de todos tus muertos.
Hiciste pintar a Picasso, Guernica, como a un cuadro herido,
Colocado inolvidable, dentro de un solemne salón,

Sin pensar que podrías ofender la excelencia de
las artes,
Gracias a tu capricho, de tiranuelo sin pudor.

¡Noches enteras!
Agotando la paciencia del Artista;
Agotando sus días y sus madrugadas frías,
Pintando semejante cuadro, para no olvidar jamás tu
crimen,
Detallando sobre aquel lienzo, la cara exacta de
tu fotografía,
Aquel caballo aterrorizado, y aquellas caras
despavoridas,
Escapando de tu traición.

Tal vez el Eterno y la historia te condenen,
A vivir prisionero, en las eternas llamas de mi poema;
Infierno para alimañas y asesinos carcomidos,
Por ofender con alevosía, a mi cuadro preferido.

Te creísteis Dios, Franquito,
No existen dioses sobre la tierra,
Excepto en la Cruz del Altar,
La imagen bendecida del Cristo
Yo soy su soldado;
Cazador de fugitivos de almas podridas,
Un soldado a su servicio

Planeta Invisible

En una mágica noche,
Una mágica luz atravesó el planeta,
Y me dije:
¡No es nada, tal vez, tonterías de cometas!
Miré por la ventana en pijamas,
Y la noche estaba tan despejada,
Que podía, hasta ver parpadear las estrellas.

Observé por casualidad al edificio del frente
Y podía observar claramente, a mis vecinos y sus siluetas;
Caminaban en el precipicio y no se veían ni el piso ni las escaleras;
Y no se percibía ni siquiera, el resquicio de las azoteas;
¡Imagínense! ¡Quedé perplejo!

Los veía tan nítidamente y como a mi propio pellejo;
Algunos en el inodoro y a los matrimonios disfrutando del sexo.
¡Santo Cielos!
Miré bajo mis pies y vi roncar al refunfuñón viejo José;
¡Esto es absurdo! pensé
Estoy soñando es todo;

Volví a la cama, bostecé;
Y a mis ojos, soñoliento los restregué;
Pero de repente...
La intriga me levantó en los codos;
Me senté en la cama y sintió hasta escalofrío mi gorro;
Sentí vértigo y traté de cerrar a la fuerza los ojos,
Porque pensé que aquello no era normal;
Imagínense, la Tierra se tornó casi invisible;
Se veían los polos, el fondo de los océanos y hasta la
aurora boreal...
Pero pensé:
Esto debe ser algún tipo de sonambulismo nocturno,
O algún problema físico, matemático o tridimensional.
Nada hombre, vaya a dormir que mañana será
otro día.

Amaneció y sentí la algarabía del pudor gritar;
Y de la sorpresa, no pude casi ni hablar;
El concreto se convirtió en cristal,
Y excepto el papel y la celulosa,
Desapareció de la vista el metal.

El pavimento era una radiografía y los carros
Rodaban translúcidos al pasar;
Se veían tan bien las alcantarillas,
Que hasta los ratones,
Se les podían ver juguetear.

Mi cerebro llegó casi a punto de explotar;
Los árboles flotaban, clavando sus raíces
En la tierra incolora, como sueño surreal;

Pero empecé a creer que había algo novedoso en ello,
Algo hermoso, que aún no podía dilucidar.

Cómo explicar que la moda cambió,
Debido a la extravagante visión;
Fue por así decirlo, como la intimidad en la televisión;
Los pantalones y los calzoncillos eran de puro papel o cartón;
Y los elegantes vestidos de papel higiénico, ya estaban tan de moda,
Que su uso, llegó a hacerse general.

¿Y las cortinas hechas de viejos periódicos?
Colgaban por doquier, adornando la arquitectura de cualquier balcón;
Y se podían ver las claras madrugadas de luna llena,
Y también, ver renacer el sol desde mi colchón;
Observar cada una de las latitudes al mismo tiempo,
Y hasta podía ver a la gente de otros países
desde lejos,
Claro, con un par de anteojos y enseñando,
como siempre, mis dientes;
Los cuales me saludaban y me sonreían,
muy cordialmente.

Pude tener amigos, desde Buenos Aires hasta Hong Kong
Y desde Madrid, hasta las Islas de los Cocos;
Todo fue sumamente novedosamente y asombroso.
Tal vez alguien me tilde de mentiroso, pero como dice el dicho:

"Si no sabes tocar bandurria, nadie te creerá que tocas
bien la pandereta;
Y si eres manco o sordo, tampoco te creerán,
que sabes tocar trompeta"

Pues bien, aparecieron entonces olvidados cementerios
y los valiosos tesoros;
Y las grandes fortunas robadas a la gente, escondidas
en las cajas fuertes;
Y exclamé al fin muy alegremente...
¡Vaya hermoso mundo, que has resucitado de la mala
suerte!
¡Se acabó para siempre el atraco a los pueblos
y los secretos de las sociedades secretas!

La política se limpió como agua clara,
Se tornó humilde, decente, sencilla y discreta;
Descubriéndose a los politiqueros de carreta,
Y sus caras duras, ocultas detrás de sus grandes
caretas.
¿Y las urnas?
Esas se tornaron de repente, transparentes
y completas;
¡Magia, pura magia y de la buena!
Paraíso terrenal que salió de la nada;
Una sociedad moderna y totalmente nueva.

Me sentí tan feliz de poder mirar las cosas como
Realmente eran... Y les diré algo más...
Y esto lo digo y con el corazón en la mano:
¡Fueron los días más estupendos de mi vida!

Recuerdo que los aviones volaban paralelamente a las ballenas
Y los barcos navegaban por las grandes avenidas y muy cerca de las aceras;
Como algo parecido a las cosas de ficción que escribo en mis poemas,
Pero tan real, como que lo viví y vívidamente.

Oigan esto:
La tecnología cambió drásticamente;
¡Y miren que este cambio lo he deseado desde siempre!
Pues bien...
La combustión se tornó inodora e incolora,
Totalmente limpia y de forma permanente;
¿Y el ruido de los motores? Imperceptible...todo era como les digo,
Y con mis versos, creo que algo más coherente;
¿Y el amor?
¡Ave María purísima!
Fluctuaba entre los muros;
Mi camisa de papel cartucho, se estrujaba de tanta emoción;
¡No existían, ni tan siquiera paredes!

Y el amor a primera vista cruzaba la transparencia;
Sencillamente se conocían gentes de aquí y de allá;
¿Y en las compañías?
Se podía ver claramente ver venir los jefes;
¡Señores, dejen el chisme que por ahí viene el gerente!
Claro, los Jefes también veían a los desobedientes.
Y sin ladrillos duros, se acabaron los apuros.

¡Qué días aquellos! Ahora les diré algo...
El problema mayor eran las ventoleras de vientos
Y la lluvia para aquellos vestidos de papel;
Las mujeres con sus paraguas, se escondían al
Ver la primera gota caer,
Porque los vestidos se les desmoronaban con el agua lujuriosa,
Dejándoles totalmente, desnuda su piel.
No niego que aquello me divertía mucho...
Pero no se rían, que esto es serio, como todo
lo que escribo;
¡Se les podía ver las dos bocinas y hasta los cables electrónicos!

¿Y los submarinos atómicos?
¡Anatómicos!
Las potencias nucleares, se recogieron;
Y sus cohetes por arte de magia desaparecieron;
¡Quieto en base, que cualquier escaramuza los vemos!
Y yo me pregunto:
¿Acaso por vivir en paz, perecieron?
Se acabó la picazón y la paranoia...
¡No se los halen más, que ya ni les quedan pelos!
¡Se acabó por fin, las victorias y las glorias!
Todo terminó feliz y sin estira y encoge;
Se resolvió para siempre aquella zozobra;
Rusia y América llegaron a ser finalmente,
Muy buenos amigos y fue el fin de aquella mala retórica.

Una buena mañana desperté y al abrir mis ojos,
Las paredes ante mí, de nuevo aparecieron;

Murallas entre los hombres y pesadillas entre
los sueños;
Una Tierra fría, indiferente y anónima como una cárcel
de cemento.
Quede callado y triste, casi en coma despierto;
Mis lágrimas a la almohada, apresuradas corrieron,
Escapando de mí, ya sin consuelo.

¡Vaya pesadilla! Me dije,
El mundo retrocedió de nuevo;
¿Qué podría hacer yo?
Tan solo extrañar aquellos hermosos momentos;
Los más asombrosos de mi vida.

Y desde aquel día ando buscando entre las
Callejuelas de la noche aquel mágico relámpago,
Con la esperanza, de que una vez más vuelva
A iluminar el cielo.

Escalando

Voy escalando la montaña,
Y noto con desencanto, que hasta las nubes se burlan de mí;
Pero como dice el dicho...
"Donde hay desquite, no hay agravio"
¡Ya veremos, quién se burla de quien!
Y para colmo, me preguntan las sinvergüenzas...
¿Para qué quieres escalar a la cima, pequeñuelo?
¿Acaso encontrarás algo allá arriba, para enriquecer tu rima?

—¡No es eso lo que busco, astutas! Le respondo;
Y no me digan pequeñuelo, que eso no da, ni siquiera risa.
Y comienzan a molestarme las burlonas, con sus lloviznas...
¡Qué graciosas!
¿Podrían parar ya, señoras sin carisma?
No es gracioso lo que me hacen, mientras escalo a las alturas,
Con valor y con pericia;
¿Qué pasa lloronas, acaso me tienen envidia?

Y lo que me faltaba:
El viento revoltoso, también se unió a la pandilla.
Me inflan los pantalones y con sus bromas
me fastidian;
Casi que no puedo mover, deportivamente mis rodillas.
¡Basta ya señores de la perfidia! Les digo;
¡Recuerden que Dios les ofrece, a los audaces la silla!
Tanto tiempo planificando este asuntico de subir
laderas;
¡Y ahora, lo que me faltaba!
Que hasta las montañas se unen a la cumbancha de la
burladera;
Y se ríen chistosas, de mi intrépida trepadera;
Quieren malintencionadas destruir mi autoestima;
Y con la misma me preguntan y me corean:
"¿Óyeme figurín, acaso encontrarás algo allá arriba,
para enriquecer tu rima?"
—¡Santo cielo! ¡Que a cualquiera le arruinan el día!

Me pongo tapones en los oídos, para no oír sus
diatribas;
Y escalo paso a paso y sin mirar ni siquiera
para arriba;
Y subo cantando como si no fuera conmigo
y observándolos de reojo.

Pero...
El viento me corre el gorro, y las montañas me tiran
trompetillas,
¿Y las nubes? Esas odiosas, me nublan los ojos con su
neblina.

¡Ya es demasiado el abuso y el atropello!
¡Estoy que me pongo al rojo!

Y pensé:
Creo que ya se lo que traman con sus burlitas;
Quieren poner a prueba, mi fortaleza de lobo;
Viejo truco para estimular alpinistas,
Y también, para comprobar mi perseverancia;
Tal vez quieren que yo sea a la primera, un estilista;
¡Imposible! Porque nadie trepa tan fácil como
Quasimodo.
Pero noto algo irregular, al mover uno de mis pies;
Algo imperceptible, que no pude de momento
explicarme;
Voy subiendo y noto a la montaña lentamente bajar;
La muy tramposa se agacha para cortarme
la distancia,
Que con mucho heroísmo estoy tratando de ganar...
¡Un momento, que esto huele a pescado crudo!
Esto es una trampa para alargar el tiempo y es muy
injusto;
Que ni llegar al final, quieren estos pandilleros darme
el gusto;
Pero aquí hay un macho que no le teme al susto;
Y sigo subiendo para arriba, como indica
la redundancia.
¡Mucho coraje, serenidad y con abundancia!

Y ahí vuelven con sus sarcasmos:
"¿Acaso encontrarás algo en la cima para alimentar tu
ego, señor de la rimbombancia?"

—¡Vaya, vaya!, por fin cambiaron el tono de la oración;
¿Quiénes son los que están hablando de ego?
¿Ustedes?
¡Les recomiendo que terminen la provocación, porque al final, van a conocerme!
¡Y ya verán lo duro que tengo mi cuerpo de trinquete!

Y el viento se ríe en mis narices, revoloteando mi pelo, y me dice:
¿Quién eres, homérico cantautor?
¿Acaso eres familia de algún raro centurión?
¡Óyeme pequeño, de lo flaco que eres, casi te pareces a un aguijón!

¡Ya se me llenó la copa! ¿Lo oyeron?
¡Ustedes no tienen decencia! Dije amenazante;
¡Cuando llegue a la cima, me la van a pagar!
¡Ya verán, quién es aquí el aguijón!
¡Qué les voy a enseñar, lo que es un apagón!
Pero se me ocurrió una idea y por ahora cambié de táctica;
Sigo subiendo el tramito que me queda;
Y voy silbando para hacerme el de la práctica,
Escalo con disimulo para hacerme el bobo;
Pero las nubes sinvergüenzas, dibujan en el cielo,
La figura de un feroz toro.

Sigo haciéndome el bobo;
Y el viento imita mi silbido, tratando de chillar como un loro;
Y las montañas vecinas se miran entre ellas burlonas,

Murmurando el asuntico, como en la reunión de
un foro;
Escuchando a lo lejos, el eco de sus carcajadas
espasmódicas.

¿Ustedes se imaginan lo que es, que lo cojan con uno
así, sin razón
Y con esta abusiva retórica?
¿Por qué tengo que yo que soportar sus insolencias?
Pero les juro, que cuando llega a la cima,
Van a sufrir en su propio pellejo, las consecuencias;
¡Conmigo no se juega, ya verán!
¡Les haré una fea jugarreta!

¡Bueno señores, al fin llegué a la meta!
¡Pero ahí vienen de nuevo!
Las nubes pasan cerca de mí,
Mirándome cínicas y picarescas
Esperando a ver lo que qué hago;
El viento infla mi camisa,
Haciéndome cosquilla su brisa;
Y las chistosas montañas vecinas,
Se cruzaban de brazos esperando mi reacción,
Tal vez, para ver si me daba la tentación de tener
coriza...
Y de repente, empiezo a tirar puñetazos por donde
quiera;
Y a quien agarre; ¡Que aquí se les va a acabar la risa!
Quiero demostrarles lo agresivo que soy,
¡Háblenme ahora, que les haré a todos picadillo o triza!
Les tiré patadas, puñetazos rectos y mordidas;

Les grité ofuscado y con frases de malos deseos;
Pero olvidando que el tope era muy estrecho,
Y que no había espacio ni para practicar boxeo.
Resbalé, cayendo al abismo;
Y al caer, a Dios le rezo;
¡Esto sí que se puso feo!
Y le grité a las nubes, a las montañas y al viento:
¡Por favor, no me dejen morir!
¡Miren, que se los ruego!
¡Yo ni soy tan malo, ni tan bravo, ni yo soy tan feo!
¡Y de boxeador no tengo ni un bledo!

El viento oyó mis súplicas y acudió con su mano
protectora;
Las nubes me acolcharon como a un pequeñuelo
En mi travesía gravitacional y al caer al suelo,
Y las montañas llamaron a las cigüeñas para que me
Agarraran por mis brazos en pleno vuelo...
¡Uff! Casi que del susto me meo.

Sentí vergüenza, no lo niego;
No sabía si sollozar o reír, porque al fin y al cabo,
Solo bromeaban conmigo y desde principio a fin;
¡Es por eso que maldigo este mal humor que tengo!
Y para decir verdad, mañana domingo regreso
de nuevo;
Pero sin sogas y con muy pocos atuendos;
Para subir a la cúspide y simplemente, saltar
al abismo;
Y poder volar libremente, en el azul del cielo...
¿Y saben por qué?

Porque tengo buenos amigos, y eso es fenomenal...
Aquí, el que tiene buenos socios, pues tiene
un central.

Aquella mañana, las nubes, las montañas y el viento
Se despidieron cariñosamente de mí;
Me tuteaban como si me conocieran desde hace
un siglo...
¿Qué más se puede pedir?
Dibujaron mi cara en el arcoíris, y hasta vinieron a
saludarme
Las mariposas y los gorrioncillos de parajes cercanos.
Quedando muy sorprendido por tan excelente trato...
¡Estoy realmente muy contento!
Fue fantástico; porque todos se portaron...
¡Elegantísimo!

Y miren lo que les digo:
Hay que tener buen humor;
Y lo repito y lo repito, pero nadie me escucha;
No se puede vivir peleando con todo cuanto hay;
Y sigan mi consejo, que yo soy muy buen maestro.
Señores hay que tener ecuanimidad ¡No se peléense!
Disculpen, quiero decir que no se peleen,
Se los dice un pendenciero.

Gaviotas

Sentado a la orilla del mar,
Quedo, casi inamovible y nostálgico,
Porque quiero disfrutar, aunque sea un rato,
De la libre emoción de pensar.
Siento el oloroso perfume de las algas
Y oigo a las gaviotas sus canciones entonar,
Libres de emocionales cargas que tratar.

Bulliciosas y curiosas se acercan a mí,
Porque quieren saber de mí algo, o tan solo por pura curiosidad;
Tal vez... como si quisieran conmigo conversar.
Pero ¿A quién le pudiera mis problemas importar?

Y yo sediento de las buenas relaciones,
Me decido al fin y en mi silencio, casi sin palabras a charlar;
Me miran, y con sus nerviosos ademanes le hablan a mi subconsciente:
—¿Dígame señor preocupación, qué temas
quieres tocar?
¿Tienes para nosotros algo de merienda?

Tal vez... ¿Algún bocadillo, que quisieras a la arena
tirar?
Y yo les sonrío estirando mi mano vacía, y les contesto
con mi silbar;
Y mueven curiosas, sus cabecitas ágiles y graciosas,
Pero... no tengo ni siquiera, nada que caiga
por su gravedad.
Estiran orgullosas y relajadas, sus emplumadas alas
con delicadeza,
Como ignorándome, como queriéndome decir...
¡Nada, eres un pobrete, ni siquiera tienes
con qué pagar!

Siento admiración por ellas porque son aventureras y
muy resueltas,
Algo interesadas, pero de todas formas, les brindo mi
atención, merecidamente.
Me vuelven a rodear las chismosas y me estudian otra
vez y detenidamente,
Analizando la situación, con el ojo del buen calibre.
Y me decido al fin, a dibujar en mi cara
de desahuciado, una leve sonrisa... casi imperceptible.

Y con unos pocos y cortos graznidos, le preguntan a
mi mente:
—¡Bueno hombre! ¿Díganos, por fin, en qué piensas?
Queremos saber algo de ti.
Y les respondo suspirando y con unos de esos gestos
mudos que hacen
Encogerme de hombros, hacer con mi boca una mueca
y mover tristemente mis cejas...

—Nada, cosas del alma, empedrados caminos, tristezas...
¡Al que le toca la mala, pues qué más da, así se queda! Les quise decir.

...Y de repente, corean al unísono con sus graznidos de risas marineras y me responden:
"Sonríe tonto y vive la brisa, vive el sol y la calma del mediodía, la poesía que hay en las olas y las horas de cada día, vive la lluvia y la tempestad que palpita, escucha su melodía, tuviste la suerte de haber nacido, y solo tienes una vida..."

Quedé pensativo y comencé a sentirme como despreocupado cangrejo,
¡Espera un momento!
¿Qué me dijeron estas bandidas? ¡No puedo creerlo!
¡Se me ha electrificado el cuerpo y hasta se me erizaron los pelos!
¡Por fin, alguien me ha revelado el secreto!
¡Ese cabronazo secreto de la vida!
¡Puta madre, esto es increíble!
Busqué desesperado en mis bolsillos algo de comer,
Para pagar por tan hermoso consejo;
¡Señores, pero que feliz me siento!

Era grandioso aquello y quería pagar... pagar con lo que tuviera,
Porque no había en ello, ni un ápice de mentira.
¿Qué pudiera yo hacer para que fueran mis eternas amigas?

¡O escuche mal, o lo que acabo de oír, es la clave de la alegría!

Me sentía renovado, gracias a su sabia compañía;
Era totalmente un hombre esperanzado y nuevo;
Ya ni siquiera recordaba mis problemas cotidianos;
Solo había en mi mente, un rico saborcito marino grabado;
Casi dulce y restaurador, con olor a algas y
casi salado;
Y me dije inconscientemente: ¡Oh mis gaviotas!
¡Enséñenme a volar, no me dejen rezagado!

Recorrer tantos vericuetos y tantas malas pasadas...
¡¿Y ahora estas simples criaturas, y así sin decir no más, me aclaran la mente?!
¡¿Y revoloteando a mí alrededor y aconsejándome, así de fácil y poéticamente?!
¡¿Y ahora yo, simplemente riéndome a carcajadas como un demente?!
¡Esto es inconcebible! ¡Yo creo que esto merece un aplauso!

Me levanté al fin de la arena, ya tan esperanzado,
Que ya casi ni notaba, mis viejos huesos cansados;
Y la mente la tenía, muy pero muy serena,
Como un lago de agua clara y como piano afinado;
Ya no estaba de lo cotidiano, nada extenuado.
Me entusiasmaba la idea de volver mañana
Para otra sesión de psicología espiritual

Y sentarme de nuevo en este pedazo de hospital natural;
Pero esta vez, vamos a hablar en sentido plural;
Y compartir como buenos hermanos, algunas deliciosas y enlatadas sardinas,
Y entablar puntos de vista con sinceridad y seriedad.

Estas astutas plumíferas, son conocedoras de la verdad y consejeras por necesidad, y está muy bien que se ganen honestamente la comida con el sudor de sus picos...

¡Y déjenme decirles!
Cada vez que tengamos esta cita terapéutica,
el almuerzo irá por mí.
¡Aquí quien paga por consejos, soy yo!
¡Qué pasa! ¿Somos socios o no somos socios?

Pesadilla

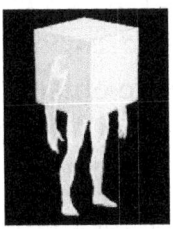

Fue una tormentosa pesadilla de tres siglos;
Una tormentosa noche virtual...

Los nativos autóctonos de mi país tocaron a mi puerta,
Y todo fue inexplicadamente, muy extraño y surreal;
Y en mis ojos nublados, ya no existía, ni siquiera el mundo real;
Y yo me dije: ¡Puras tonterías!
Esto debe ser un problema tridimensional,
estoy soñando quizás...
Me di un par de cachetazos en la cara, para ver si despertaba,
Pero la realidad era que... ¡Me veía plano!

Me dijeron, que yo estaba en sus tierras,
Y que recogiera mis matules y que me fuera,
O mi edificio sería cortado con afiladas tijeras;
Que todo había sido de nuevo reconquistado,
Y que ciegamente y sin chistar, obedeciera.

¡Estas gentes deben de estar totalmente tarados!
¿De qué están hablando estos hombres?
¿De dónde habrán salido estos bicharracos raros?

¡Esto tiene que ser una bromita de algún poeta
callejero!
Bien pesada y muy mal pensada, ¡Que mal tipejo!
¿A estas horas de la madrugada?
¡Y que me venga con este chisme raro!

Corrí a la calle desesperado,
Y yo me veía, totalmente desfigurado;
Me sentía como papel, con mi pelo estrujado,
Y caminando como liviano cordel;
¿Pero qué demonios es esto?

Vino Mark Twain en una furgoneta,
Y traía un mensaje en un inmenso cartel, que decía:
"No queremos a los políticos, porque son
pulgas gigantes"
Pero me explicó que no les temiera,
Porque ellos eran del paleolítico,
Pobres insectos andantes,
Siempre jugando con lo geopolítico.

Muy buena explicación, justo, la correcta la respuesta;
Pero la ciudad estaba revuelta;
Y la gente, armados con palos y con piedras,
se mantenían muy alerta.
Y ahora... ¿Qué hago? ¿Pero qué carajo estará
pasando?

Regresé desaforado y desorientado a mi apartamento;
Y mi pobre perro, parecía un esperpento extraño;
En mi habitación había una rara y deformada puerta,

La cocina estaba al revés y el refrigerador parecía un guiñapo;
Podía caminar, incluso, hasta por el techo de la sala.
El techo era el piso y el piso era el techo,
¡Pero Dios mío, esto es apoteósico!
¡Hasta el inodoro estaba lleno de asquerosos sapos!
¡Madre mía, pero que asco!

Grité asustado, pero nadie me escuchaba,
Solo se oían, sonidos estrambóticos y lamentos lejanos.
Una bala me tumbó completamente una oreja;
Vino Cristo y me la pegó, con goma de pegar zapatos,
Y de mi boca no salió, ni siquiera una queja;
Su mano bondadosa, me alivio el dolor de un tajo
Y desapareció después sin dejar ni huellas,
Solo quedó, la estela de su resplandor, en la pintura del cielo raso.

Busqué a mi mujer,
Y la encontré en un espejo hueco, en la oscuridad coqueteando,
Y me preguntó: ¿Me veré hermosa con este atuendo?
Su cabeza era cuadrada y su cuerpo era un rectángulo;
Es lo único que de aquella escena recuerdo.
¡Óiganme, que esto no es para bromas!
¡Hasta el conde de las tinieblas, le daría esto espanto!

Busqué algo relevante en el nuevo testamento, pero no había nada escrito,
Solo, puntos suspensivos, sobre las hojas en blanco.

Encontré un viejo botiquín, sobre una mesa
de dos patas,
Y no tenía ni siquiera, ni poción para matar ratas.

Trataba de despertar, y en ello puse todo mi empeño,
Pero quedé sorprendido al encontrar a alguien
muy conocido;
Era el famoso boxeador Cassius Clay, alias Alí;
Y me preguntó:
—¿Dónde demonio estamos?
Y le respondí:
—Probablemente en unos de esos truculentos cuadros
de Salvador Dalí;
¡Mirad los relojes derretidos por doquier! Le dije;
¿Acaso no tienes imaginación?
Hoy se repetirá el mismo día de ayer.

Se me acercó el Quijote con su flaco y huesudo
caballo,
Y con un inquisitivo ademán me dijo:
—¿Dónde está tu escudo, Sancho?
Hay que estar alerta, porque he visto monstruosos
molinos de vientos...
¿Pero por qué yo? ¡Si yo no era Sancho!
Y un grupo de hombres de sangre sedientos,
Vociferaban:
¡Carne fresca!
¡Cuélguenlos en el gancho, que con ellos tenemos
resuelto el almuerzo!

Corrí tan despavorido y tan desenfrenado, que
ni siquiera supe a dónde fue parar, el caballero de la
triste figura con esta rebambaramba.
¡Óiganme, abrí una raya, que no se veían, ni mis
alpargatas!
¡Estaba tan cagado del miedo, que me tiraba pedos
como ráfagas!

Los colores se borraron de repente y caí en
la oscuridad del éter,
Flotando ciego en lo inerte y planeando aturdido en un
mundo diferente.

La diversidad se había transformado en homogeneidad;
La integración, confrontó la triste y dura realidad;
El equilibrio ecológico se rompió,
Tornándose la civilización en un extraño diseño,
Gracias a los errores históricos de la sociedad.
Me veía mitad rubio y la otra mitad trigueño,
Y un plumaje colorido había crecido en mi cuerpo;
Tenía un ojo azul y el otro, blanco y negro;
Metamorfoseando en un mamarracho evolutivo
y egocéntrico.

Los colonizadores estaban siendo colonizados
Por los colonizados;
Y los descubridores estaban siendo descubiertos
Por los descubiertos.
Surgieron gigantescas huelgas contra mentiras;
Inglaterra se convirtió en la india;
Francia cambió su nombre por Argelia,

Y Alemania se transformó en Nigeria.
Satánicas religiones gobernaban en la Tierra,
En un mundo de extraordinaria miseria.

Hace trescientos años que nací;
He visto pasar diez guerras,
Y diez grandes depresiones,
En cincuenta frustradas generaciones;
Y hordas humanas sin corazones;
¿Y Yo?
Recuerdo en mi letargo,
Tan solo, infantiles canciones.
El clima cambió;
Cambiaron las estaciones,
Se inundaron regiones,
Y las epidemias mataron millones;

La cruel venganza clamaba vendettas,
Y las máscaras de gases eran olvidadas en las mesas,
Los mares se habían declarado en huelga...
¡Ni uno más!
¡Se les acabó la gula, la burlita y la juerga!

Se tornó muy calurosa la esfera,
Y la azul atmósfera era ya, una delgada periferia;
El reloj se detuvo para siempre;
Se paró a las doce y media;
Rusia coloreó de nuevo, de rojo sus fronteras;
En América, se cantaba en todas partes rancheras;
¿Y en Tokio?
Salseros cantaban en la acera...

Recitaban mis poemas los honestos presidentes,
Y mis extraños poemas generaban protestas;
¡Mantén bien cerrados tus dientes!
O quemaremos cada oración de tus letras;
¡Olvídense del Evangelio!
¡Nuestros malditos escritos no mienten!
¡Te tenemos en la lista de los desobedientes!
¡No queremos libertad de expresión!
¡Viva la injusticia!
¡Viva la discriminación!

Me sentía perdido;
Caminaba triste entre aquellas extrañas calles,
Entre viejos periódicos, ya sucios de ultrajantes blasfemias;
Pero al fin divisé un pequeño detalle...
La puerta de salida se abrió,
Y un blanco y silencioso pasillo me recibió;
Me sentía triunfante y salvado de aquella pesadilla
Abominable.

Retrocedí en el tiempo y desperté;
Quedando dentro de mí, algo grabado e inolvidable;
Me sentía angustiado y había perdido la fe;
Pero pude interiorizar lo sucedido de una vez;
Y le dije a mí subconsciente como solución final:
¡Cuidado con las pesadillas macho!
¡Aléjate cuanto antes de los malos pensamientos!

...Y un misterioso susurro llegó silencioso a mis oídos:
"Busca una suave almohada y sueña con el paraíso,

Y borra de tu mente tu trasnochada y loca visión,
Que las sombras del mal, escuchan cuando hay mala vibración,
Ordenándole al mal augurio, el día exacto de su resurrección"

Escuela de magia

Parafrasea, parafrasea versos,
Parafrasea poemas y ejercita la ilusión,
Para que no digas nunca, que te falta la imaginación.
¿Qué te refrena?
Toma la pluma de un ave Fénix y pincha, con
su punta tus penas,
Y como papel, escoge un pedazo de tu piel,
Y escribe en ella tus deseos y con la tinta de tu lengua,
Para que se lea bien y no repitas nunca, las mismas
derrotas de ayer.

¿Quieres clara luz de vez en cuando?
Se valiente y estira sin temor tus brazos,
Toma la luna, cerrando fuertemente tus manos;
No te apures y apriétala bien, porque es pesada,
Siempre gravitando en el espacio de su plano,
Y verás que cuando se sueña bien,
Nunca, pero nunca se sueña en vano.
¡Y esta es la primera clase!
¿Más fácil? Ni en la escuela de los Reyes Magos

Entrenar a la imaginación no es como entrenar
dragones;

Necesitaremos cubos enteros de sensaciones,
para alimentar la nostalgia;
¿Y a las indisciplinadas emociones?
A esas hay que hacerlas saltar, premiándolas
con canciones;
Enlazarlas con sedosos cordeles,
Y darles la vuelta a la redonda, como a los
finos corceles;
¡Y no les permitan malas interpretaciones!
¡Hasta que no aprendan bien sus lecciones!

Visualicemos algo raro, extraño,
Y pongámosle nuestro sello;
Olvídense de las leyes de la física,
Y estudiemos bien, las definiciones metafóricas;
Hablar con las escobas o con las viejas ollas,
No son ideas pasadas de moda, pero tampoco son tan exóticas;
¡Y advertencia!
Nunca experimenten con las explosiones neutrónicas o plutónicas,
Siempre usen mucha sal y pimienta con las teorías pitagóricas;
Y mucho ojo con las hipérbolas humorísticas,
Para que no reaccionen químicamente, con la retórica platónica.

Piensas en una mujer, y de repente, ves algo bello o interesante,
Casi, desconcertante, o tal vez... algo...
un poco espinoso,

Y entonces te dices de repente:
¡Pero señor mío, si esto es una rosa!
Y de una vez, te decides a escribir frases en prosa.

Te imaginas un río, esta es otra,
Y crees que es una arteria de la tierra,
Fluyendo constante, entre las hermosas laderas,
Y descubres fácilmente que son glóbulos blancos,
Goteando por la gravedad y desangrando
a las cordilleras.

Miren esto:
Estás en un automóvil, pero realmente... no lo es,
¿Dime si aún no lo ves?
Pero si no es así, no se sientan afligidos, porque yo les explicaré,
Lo que está matemáticamente, muy bien definido.
¡Señores, es sencillamente una nube hecha de lata y móvil!
¿No la cogieron?
¡Observen bien mi gorro cónico de mago! ¿Qué ven?
¡Pues un cohete vestido de hombre, y en dos patas como un gallo!
¿Y ustedes que creen, que un carro es simplemente, un carro?

Ahora, miren bien para la pizarra, que esta no es tan fácil.
Ok, descubres que estás rotando, pero no es... realmente cierto;
¡Atienda bien y con los ojos bien abiertos!

¡Señores! Es la esfera traicionera del tiempo,
Que se mueve a tus espaldas,
Y siempre, junto al viento jodiendo,
Y levantándoles a las damas las faldas;
Años tras años, jugando con tu futuro incierto.
Y tú, tratando de parar el reloj con desaliento,
Y como un ratón asustado, simplemente te acobardas,
¿Y saben por qué?
Porque puede venir a llevarte la parca...
No la oyes venir, ni sientes su mal aliento,
Y no puedes siquiera, ni detectar su llegada,
Por la sencilla razón de que ella viene, cuando le da la gana.
¡Mucho ojo con eso, que la Pelona, nunca descansa!
Y en este específico caso, no funcionan, ni los trucos de la cartomancia.

Aquí viene ahora, un caso de gran relevancia:
Digamos que descubres desde lejos un fuego,
Y que la gente ordinaria cree que eres un idiota o que eres ciego;
Y de repente, agrandas su imagen para ver de cerca sus llamas,
Poniendo sobre tus ojos, las pupilas de un águila;
¿Y a los incrédulos? A esos los dejarás perplejos,
Tartamudeando, rezongando, acomplejados y sin habla;
Porque eres capaz de atravesar la distancia, con tu aguda mirada.

Muchos hombres piensan que las ideas no pueden nacer de la nada;

Que la dudosa verdad, no puede quedar por la
realidad anonadada;
O que las historias y las leyendas quedan siempre, en
el tiempo varadas;
Pero entonces... No creen en la magia.

Y yo le repito a cada uno ustedes:
¡Parafrasea!
¡Parafrasea versos!
¡Parafrasea poemas!
Aunque la existencia no sea la panacea,
Porque las cadenas de la incredulidad,
Siempre encadenan el alma.
Crees que eres un mago, y sin dudas,
Harás pura magia.

Pero no busquen nunca en la desilusión;
Ejercítate, sueña y entrena, en la maravillosa
Escuela de la vida, ¡Anoten! Tarea para la casa.
"Piensen en un deseo y froten con deseo el quinqué,
Para que aparezca de una vez... el Genio de la Lámpara"

El pacto

Era día festivo,
Era el día de las máscaras;
Y Johnny el senador, disfrutaba de un café,
En el escritorio de las promesas cortas y
El de las mentiras, abundantes y largas.

Se necesitaba su firma
Para el buen negocio de las guerras mortales y el de la buena ganancia,
¡Queremos tu incondicional aprobación y tu devoción por las armas!
Le pedían los barones de la destrucción y los ejecutivos de la arrogancia...

Titubeaba inseguro y su conciencia pensaba:
"Malditas influencias que te extorsionan la calma;
Siniestras legalidades que te clavan la mano;
Pero entonces crees en la antigua leyenda, de que
Al final, la que habla es la plata"

Era día festivo;
Era el día de las máscaras;
Y se abrió un oscuro hueco en el cielo,
Bajando el príncipe de las infinitas caras;

Siempre ávido de comprar arrepentidas almas;
Cínico jugador y apostador de barajas,
Y listo demonio, creador de las trampas.

Se apareció ante Johnny,
Trajeado y vestido, como la etiqueta formal manda;
Y Johnny, lo miró sin asombro y le preguntó:
—¿Quién eres? ¿Qué te trae a mi oficina?

Y el diabólico caballero le respondió:
—¡Tu fortuna Johnny, tu fortuna!
¡Quien la desea, por los cuernos la agarra!
Y abrió dos abanicos de barajas, en sus manos de
escondidas garras;
Dos abanicos de símbolos y deseos;
¡Mira senador, mira fijamente mis cartas!
¡Escoge una, que te lo concedo!

—¿Qué me concederás?
Preguntó Johnny;

—Firma la ley del crimen y del cañón de fuego,
Que yo te aplico la del buen dinero;
Replicó sarcásticamente.

Puso sobre sobre la madera una corroída maleta roja;
Y sacó de entre sus dedos, una antigua y amarillenta
hoja;
Era un pacto...
Y Johnny firmó ciego y se cerró definitivamente
el Contrato.

Tomó ávidamente la valija con avaricia y la llevó
triunfante a casa;
Entró en baño y lavó su cara, y en el espejo miró,
una extraña sombra,
sobre la silueta de su cara.

Se dirigió a su trofeo y lo abrió;
Pero estaba vacío del oro prometido;
Había tan solo una copia escrita;
Una copia con su aprobación tácita,
Y al final, una nota que decía:
"¡Johnny has de pagarme lo que me debes!
Te dejo saber cuáles serán los deberes, con los que
conmigo pactan;
He elegido a tu hijo para ir al combate; quiero tener en
mi reino a tu pobre y corrompida alma"

Pasaron infinitas horas, interminables noches
y lluviosos días sin calma;
Y Johnny, ya mustio de tristeza, le pedía a la vida con
ansias.
Y una clara mañana un soldado le trajo la triste
noticia,
De que recibiría un abanderado féretro en un pájaro
negro,
Pero que el cadáver de su querido hijo se encontraba
aún a distancia.
Johnny sudoroso, cayó de rodillas y quedó ya sin
aliento,
Miraba al cielo en busca de Dios, pero ya nadie
lo escuchaba;

Y un sabor amargo corría por su garganta;
Era el triste y mustio sabor del arrepentimiento.

Quería, pero ya tarde, hacer regresar el tiempo
Para borrar aquella mala transacción, de satánico sello;
Pero Johnny había escogido sin querer entre las cartas,
Al Arcano de los Muertos.

Una tarde gris, corrió a su solitaria mansión,
Subió las escaleras de la sucia conciencia
Y se sentó aturdido y sin aliento en su cama,
Tomando su lustroso revólver con cabo de nácar...
Y oyó una amable y conocida voz que le decía:

"Tú hiciste muy bien tu parte en el trato, pero no leíste bien, las pequeñas letras del pacto...
¿Tu fortuna?
Por lo mercaderes de la muerte, fue depositada a tu nombre en el banco;
Pero con tu sucia mano, me firmaste un infernal cheque en blanco"

Se cerró súbitamente la puerta de la habitación,
Y se abrió un orificio en el lujoso techo blanco;
Y comenzó a caer arena fina, mientras arenosas figuras infantiles,
Se formaban espectrales frente a él, como espectáculo teatral,
Recordando la destrucción y la dolorosa niñez de sus cortas vidas;
Se escuchaban sus risas en vida.

"Oh hacedores de guerras, que el dolor ajeno
no imaginan;
Instrumento de mi apocalipsis y de mi codicia y que
desprecian con alevosía
El amor de su Dios; Yo, príncipe de la oscuridad, los
convierto en mis súbditos y mis servidores..."

"Sálvate senador, ya no tienes salida, has de venir a mi
reino, el del eterno lamento y el del eterno fuego"

Johnny apretó sin pensar el acerado gatillo;
Y el ensordecedor estruendo, dejó al silencio aturdido;
El olor a pólvora venció a la fragancia de su lujoso
aposento,
Y las gotas de su sangre, dibujaron en la pared,
la silueta de un macabro alarido.
La arena se retiró por el satánico agujero.
Llevándose de la habitación el alma inerte de Johnny,
Quedando tan solo, su cuerpo herido, pálido y de vida
vacío...
El pacto se había cumplido.

Pensé

Pensé que América era un gran en inmenso país,
Difícil de tomarlo en la palma de mi mano,
Pero terminé recorriendo sus largas carreteras en un
Feroz y rugiente camión, y de punta a cabo.

Pensé que un emigrante como yo,
Le robaría los sueños a la dama de la suerte;
Yo, con mi color español y con mi inglés medio raro;
Pero ella sonriente, me miraba de reojo,
Como quien observa a un chico malcriado,
Llamando la atención en vano;
Y yo saltaba y saltaba tratando de agarrarle,
Por casualidad, una de sus dos manos.

Pensé que ganar crédito bancario,
Era como tomar abundantes florecillas y
Llenar de ilusiones un lustroso saco de paño;
Pero casi pierdo mis dedos y hasta el último
Tramo de mi mano.

Pensé que tan solo un traguito,
Vendría muy bien en las frías noches de invierno,
Sentado en un sillón y bajo la luz de una lámpara,
Echando barriga y arrancándome de vez en cuando las canas,
Pero acabé destrozando verdes cajas,
Cajas verdes, y de la mejor marca alemana,
Dejando las botellas por doquier,

Como un borrachín tarambana.

Pensé que tener hijos era sencillo;
Que para envejecer, no había mucho apuro;
Que era como saborear hermosos frutos maduros;
Y los amé infinitamente, sin súplicas;
Y no me di cuenta de que eran mi réplica;
Y yo, mirándolos, me veía a mí mismo en el futuro,
Mientras mi imagen se marchitaba ante el espejo.
Y la máquina del tiempo me advertía:
"Es la burda realidad; te aconsejo que sonrías viejo,
Porque a la vida la devora, frenéticamente el tiempo.

Pensé que existiría Dios en alguna dimensión
sin reverso,
Aunque no creyera totalmente en su existencia;
Y me encontré de repente ante un grandioso Universo,
Casi rozando mis narices, al cual observaba
con curiosidad,
Pero como alguien, que no sigue las reglas
con seriedad.

Y una mañana, sentado a la orilla de un lago,
arrancaba por entretenimiento, una frágil florecilla,
Solo, para complacer a mi humana y destructora
necesidad,
Sin reconocer, que arrancaba un pelo de su barba,
Y sin importarme ni un ápice, de aquel acto
de irrespetuosidad;
Pero aquel día lo oí maldecir:
¡Degenerado rufián, rey de la necedad!

¡Arránquese los suyos, servidor de la oscuridad!
¡Demonio del oscuro crepúsculo!
¡Te convertiré en azafrán!

Pensé que escribir poemas era insignificante;
¡Qué me importa las rimas, las frases o las estrofas!
¡Escribo como me venga en ganas, que más me da!
Y terminé pellizcándome el corazón, para balbucear
Cosas increíbles que salen del alma...

Pensé que amar a una mujer era muy fácil,
Y he visto lanzar sartenes a mi cabeza,
Y ver romperse contra la pared, hermosos diseños
de platos,
Como quien desarma verdaderos rompecabezas.
Dulce es el amor, claro que lo es,
Pero caminar por esa cuerda es tan riesgoso,
Que es como hacer malabares sobre un pacto
peligroso.

Pensé que erigir castillos en el aire era posible;
Siempre aplicando hermosas fórmulas ineludibles;
Fortaleces la estructura aquí o la engrosas allá,
Aunque crees que las soluciones son infalibles.
Miras el plano y te preguntas si es construible;
Diriges la obra como arquitecto sabelotodo,
Y de repente todo se desmorona ante tus pies,
Como crápula cayendo irreconocible en el lodo;
Pero al final piensas, que es mejor intentar construir,
Que permanecer como una ostra aburrida y triste,
Pensando, que en su concha existe todo lo cognoscible,

Todo, dentro del silencioso y pequeño espacio tangible.

Pensé que caminar en dos pies era civilizado,
Pero me he imaginado muchas veces como un gallo desplumado,
Al ver pasar lo inhumano.
Entonces... ¿Quién soy?
Si apenas me reconozco en mi propio plano;
Y veo al hombre, como al más maldito de los artesanos;
Les voy a ser sincero:
Me siento desnudo, cacareando y diezmado.

Pensé que los colores de los ojos eran azules,
Negros o pardos, pero comprendí con los años,
Que sus colores, eran el reflejo del cielo azul y de las noches,
O el reflejo de la tierra en nuestras pupilas,
Y que no había trucos ni falsos engaños.

Pensé que la lluvia era algo innecesario para nuestro cuerpo;
Y llegué a la conclusión, de que todos somos cobardes del mal tiempo;
Que debemos mojarnos en su agua, para palpar cuán vivo estamos,
Y qué no permanecemos a salvo, solamente porque tengamos un techo;
Y busqué desde ese entonces al arcoíris, para respirar su húmedo aliento.
Pensé que todo en la vida era difícil, pero vi que todo es muy fácil,

Tan fácil, que es difícil de entender, cuán simple es caminar descalzo,
Sin tener que pensar en tus zapatos, porque vives atado a sus cordones,
Como un perro, a la fría cadena de su amo, y que la costumbre te hace sin querer, ser su esclavo.
Pensé que filosofar era sencillo;
Pero en los caminos intrincados del conocimiento,
No se ve nunca recto el trillo;
Observas algo, pero el tiempo lo cambia una y otra vez,
Cambiando de nuevo su destino;
Y al final te das cuenta que desenrollas,
El rollo interminable de un hilo.

Pensé que yo era, simplemente quien era;
Pero descubrí por mí mismo que no eres quien eres,
Sino lo que tú crees que eres;
El creador de tu propio yo;
Irrefutable y único como el sol;
El poder inigualable de tu propia creación.

Llegué hasta pensar que escribía con arte;
Pero para mí, eso indiscutible y es un hecho;
Y que era un poeta;
Y que con todas mis fuerzas, lo soy,
Porque eres tú, tu propio Dios, y dentro de ti,
Vive el alma de tu Creador.

Nada es para siempre

Los corazones no premeditan consciente;
Se abrazan, se aman, laten y se inflan,
Y el tiempo, por el uso los desinfla;
Aunque vestigios de amor, puede que queden pendientes.

Las rocas se desgastan de tanto aburrimiento,
Sin encontrar ya hastiadas, alguno que otro entretenimiento;
Miran inmóviles y sosegadas al mundo,
Dejando pasar al tiempo irónico e iracundo,
Cada insignificante hora y cada insignificante segundo;
Y melancólicas esperan por casualidad viajar,
Tan solo, un milímetro de su lugar.

¿Y las piedras del río?
Esas empujan y soportan duras penas, de cara a la corriente,
Aguantando valientes, la erosión del agua insolente;
Los millones las transforman o las desvanecen.
Pero son dichosas porque son lerdas y del futuro inconscientes.

Los días van y vienen,
Y no paran ni para coger impulso,
Realidad detestable, si no sigues paciente su curso;
Y ellos, no recuerdan nunca, ni tus alabanzas,
Ni los momentos históricos o convulsos.

El camino se cansa de tantas pisadas,
Se vuelve polvo y la yerba, esporádicamente crece,
Quedando maltrecho y ya olvidado tantas veces,
Que solo puede escucharse como novedad, las moscas al pasar,
Rompiendo con su velocidad, la barrera del sonido al cruzar.

¿Cuántas veces sale y se oculta el sol?
Pero nadie es capaz de contar las veces que nos toca su resplandor.

¿Cuántas veces llueve?
Pero nadie es capaz de contar los relámpagos que nos produce pavor,
Ni los arcoíris, ni las caprichosas nubes, o numerar las olas del mar,
Olvidándonos de tocar a diario lo verdadero, y en su puro color;
Porque creemos que todo es para siempre, que nada va terminar,
Como quien espera a cada instante, de la vida un favor.

La eternidad ni siquiera es eterna...
¿De dónde viene usted hermosa señora?
—Pues del inicio.
¿Y dónde está el inicio?
—En el principio.
¿Y el principio?
En un romántico punto, en el nostálgico precipicio;

En la punta de una aguja, donde todo comienza
y acaba.
Tan sencillo de comprender, que es como apagar una
vela,
con la punta de los dedos, a su pequeña llama.

Los sueños nacen, crecen, envejecen y quedan
dormidos en una cama;
¿Cuántos besos tienes que dar para que se agoten y no
te queden ya ganas?
Tal vez millones, hasta que los labios se cuarteen,
Se rompan y la devoción fugaz quede en el olvido
atrapada.

Y abres los ojos cada mañana,
Y no te preguntas por qué respiras;
Andas y no te preguntas por qué caminas;
Sientes y no piensas en tu buena suerte;
Balbuceas y no agradeces a tu boca, sus hermosas
palabras;
Ni siquiera, agradeces, lo que puede expresar
simplemente tu alma;
Coges un poco de tierra en tus manos y no notas el
maravilloso perfume de tu Madre.

Miras a otra imagen como la tuya y la crees enemiga,
no tu reflejo afable;
Arañas con las uñas a tu propio destino,
Arrancando a tiras los pedazos de tu muerte,
Hasta que llega el final de tus días;
Y entonces te respondes con nobleza,

Y sin perder ya la calma,
De que todo expira y no dejas atrás, absolutamente nada,
Excepto, las obras que dejas grabada, en el madero de otras almas.

Si yo pudiera

Si yo pudiera hacer a la gente comprender,
Que dejando de recordar con rencor el pasado,
Y para alcanzar la luz que soñamos,
Es la única forma de crecer;
Siempre mirando al majestuoso horizonte y
No al color de tu piel.
Señalas tu deseo con un dedo,
Sin hacer a la esperanza retroceder;
La subyugas y la atrapas aunque la tengas que morder,
Como asunto de vida o muerte y no de ganar o perder.

Si yo pudiera resucitar tus mustios ojitos por
Los años ya nublados y verlos de felicidad esclarecer;
Sembraría tu ternura en el jardín eterno de mi
consternado ser,
Para tenerte a ti madre, siempre en mi conciencia,
Como dulce despertar cada mañana, y verte siempre
en mi mente
Resplandecer.

O abrirle mi corazón al odio,
Aplacando su ira y hacerlo redimir a mis pies;
Convirtiendo el perdón en el alimento necesario,
Para mantener la esperanza a diario,
Y ver al hastío retroceder.

O si pudiera transmitir a la gente el hecho,
De que la risa es un idioma muy fácil de aprender;

Antonio V. Romo

Y que inventarse cada día es hacer el tiempo,
Paladín promulgador del miedo,
Arrinconarse de cobardía,
Bajándole los humos a su egolatría,
Y arrodillándolo ante mí, y ya de una vez.

O convertir nuestras lágrimas en lluvia
Para regocijarnos de frescor y de puro placer;
Mirando el rocío sobre verdes y opulentos campos,
Y escuchar aquel murmullo lejano, de los chicos alegres correr.

O convertir por arte de magia el mundo de las guerras
En ejércitos y legiones de nobles poetas ,
Armados con fusiles de palabra férrea,
Como verdaderos soldados de nuestra Tierra.

O hacer rotundamente entender,
Que el mañana no existe;
Que estamos hechos de minutos y segundos;
Y que nuestra volátil alma, caduca si no
Alimentamos su lumbre, para ver su fuego crecer.

O enseñarte, que llamar a las cosas por su nombre
Tiene un gran significado... No te engañes y no trates a la suposición,
Con mucha pleitesía o como arte de tu agrado.
Mira el prisma y sus colores, que te dan el ángulo;
Mide con un compás, su grado,
Para que no quedes en la ignorancia varado;
Busca en la duda, por si acaso hay gato encerrado,

Para que no te cases nunca con un caso engañoso,
O con un caso cerrado;
Porque la suposición es incierta;
Es como cabalgar en un indomable corcel,
Corriendo a la deriva y no a tientas,
Haciéndote aterrizar en el polvo de la costumbre,
Como una bestia humana en pantalones de piel,
Por la constante manía de ciegamente creer.

O poder explicar que la sabiduría no viene
En latas de conservas, pero sí, aprendiendo de cara
Al suelo caer.
Te levantas, erigiendo con valor tu cabeza;
Limpias tu protuberancia sin arrogancia;
Pides permiso humildemente a la perseverancia,
Tomando el rudo paño de la constancia,
Y aprendiste la lección a ciencia cierta,
Por la caída aleccionadora y didáctica.

O demostrarle a la maldición,
Que el oído no graba su siniestra predicción,
Si la inteligencia se pone un sordo tapón;
Observando burlona sus silenciosas muecas,
Como triste títere en una mediocre función.

O hacerte por fin reconocer, que tus manos y tus pies,
Son los únicos labradores de caminos;
Con tus manos agarras lo que por ley te pertenece,
Sin importarte de la opinión, ni siquiera un comino;
Y con tus pies pateas las piedras que obstaculizan
Y molestan a tu destino y andas por tu libre albedrío,

Porque el espacio es anchuroso para ti.
Eres sin explicaciones, inexorablemente libre,
Porque lo heredaste de tu antigua estirpe.

Ensanchas tu pecho,
Halando feroz tus muñecas y tus tobillos,
Inflando con todas tus fuerzas a tus infatigables venas,
Hasta romper a tus esclavizadoras cadenas,
Con coraje único e inconcebible;
Y verás que la pasión por romperlas, valió siempre la pena.

Si yo pudiera escuchar tu voz ya llena de esperanza
Y poder descubrir, todo lo inconmensurablemente bello,
Y guardarlo para siempre en tu alma,
Para que mires de una vez, nuestras imágenes desnudas en el reflejo de un río
Y descubras realmente lo hermoso que somos;
Tan solo, cuerpos diseñados para amar;
Y me preguntarás impaciente al final ¿Quién eres?
Y yo te respondería:
Creo que un ser humano;
¿Pero, qué podría yo hacer para llegar a serlo?
Si yo pudiera...

Pampa

Me queda lejos la pampa,
Pero al gaucho lo llevo adentro;
Llevo el son, el tango y la samba,
Los poseo a todos, pero al mismo tiempo.

Me queda muy lejos Argentina
Y me queda lejos el Brasil;
En la Patagonia desearía vivir,
En Chile, comer a lo chileno,
Pero en la isla de Cuba morir.

Y hoy, justo hoy, le envío al cono sur, un claro mensaje desde aquí;
Para que lo escuchen en Boston y lo oigan... hasta en Valladolid;
De que ando buscando al hombre americano,
Desde Norteamérica hasta Buenos Aires,
Y desde Buenos Aires, poder alcanzarlos desde allí.

Le silbo al águila para que le pase el mensaje al cóndor de los Andes,
Y del cóndor de los Andes al puma y a la ballena franca,
De que vengo de día y alumbrando el sol con una lámpara,
Para que no digan después de que la luz de mis letras no los alcanza;
Porque son invisibles e imperceptibles al mundo,
Aquellos que andan cabizbajos y mudos,

Sometidos a la desesperanza.

Vengo cantando alegre, trayendo mi ritmo y bailando la cumbia;
¿Y los volcanes al verme?
Escandalosos retumban
Y me dicen en broma los rocosos jorobados:
"Poeta, aquí, el que no respete a sus pueblos, pues del caballo lo tumban; directo al suelo y cayendo de nalgas ... O se bajan del caballo, o del caballo lo tumban... ¿Y los tiranos de turno? Esos bichos, siempre cavan su tumba"

Y en Río de Janeiro me recibe con los brazos abiertos, el Cristo del Corcovado;
Y yo recito frente a él con el corazón abierto y con los ojos bien cerrados;
Y sonrió humoroso, porque me veo tan pequeño y ÉL es tan gigante,
Que me siento como una hormiga, bajo su hermosa figura elegante.

Mis poemas alegran, castigan y hieren,
Y como feroces abejas ¡Zumban!
¡Parten en dos, y levantan hasta los gandumbas!
Y se oyen tan altos,
Que hasta me oyen los sordos y hasta los mentecatos de alcurnia;
Me oyen en las latitudes frías y en las calientes,
Y donde las lágrimas de huérfanos,
Inundan a las vertientes.

Y al escuchar el tango de Gardel y su hermosa lírica,
Entrelazo su voz, con el caribeño sabor de mi música,
Con las notas de Pérez Prado y con las de Palito Ortega,
Quedando al final, el ritmo latino, que fluye sin cesar
En mis venas.

Pero siento por mí, un poco de vergüenza,
Porque me quedas muy lejos el Aconcagua;
Pero también, porque me queda muy lejos la calma;
Negándome siempre a creer, en las tristes mentiras
Que hay en contra, de las libres noches largas;
Y es por eso que le ofrezco a mi América hispana,
El musical servicio de mis limpias palabras;
Solo simpleza y un poco de mis emociones,
Como el más humilde de los gauchos,
En el vasto silencio de las majestuosas pampas.

¿Qué significa la distancia?
Si unidos en un ínfimo corazón, todas nuestras
melodías convergen,
Tan solo, porque todos tenemos las mismas almas.

Charlatán

Me llamo José Alcatrán;
Soy enamorado como Don Juan,
Y como emocionado panadero,
Me gusta amasar el pan.

¿Y de riquezas?
¡Hombre, no faltaba más!
Tengo guardado dos semillones,
De mangos, claro está,
Pero no se lo confieso a nadie,
Porque me dan buena suerte,
Y las guardo como talismán.

¡No me pregunten sobre leyes!
¡Que a esas me las conozco toditas!
Las más grandes, las pequeñas y
Las que son tostaditas.

¿Física y mecánica cuántica?
Te las deletreo de memoria y como si fuera,
Un científico estadista.

Digo las verdades al pan pan y al vino vino;
Y soy capaz de desmentir hasta el mismísimo
Tomas de Aquino.

¡Bájate del burro Pascual!
Abusador de equinos,

Que de tal dueño tal animal;
Y se me ocurre que les veo algún parecido.

¡Miren esto!
Me paro frente al espejo,
Con las piernas abiertas y las manos en
La cintura, posando como modelo en una
Goyesca pintura, estirándome los bigotes como
En la gatesca cultura,
Y digo con todo poder y moviendo eróticamente
Mi cintura: ¿No sabes quién soy?
Y mi mujer me responde desde la cocina:
"Eres un charlatán señorito José"
"Podrías parar de decirte en el espejo, mentiras"

Soy el espadachín de los pobres,
Mentiroso de los que ripea la calma,
Tirador de dardos de palmas,
Y escandaloso lanzador de espaguetis
En el restaurant de las débiles almas;
Me miras a la cara y te ladro como un perro;
Y del susto te tumbo el sombrero;

Te asombras, te ríes, te amedrento;
Me das la mano y te doy aliento,
Coloreándote la realidad en blanco, magenta y negro,
Y entonces, quieres saber más de lo que te auguro y presiento,
Porque de palabras profanas te sientes sediento.
Tienes inalcanzables sueños,
Y te pregunto si eres un lobo,

Y me respondes: "No entiendo"

O si eres un ciervo... y miras al suelo
Buscando salida con desaliento;
Te ofuscas y te digo:
¡¡Gruñe bestia, gruñe sin miedo!!
Y me respondes con nobleza:
"Ni siquiera sé cómo morder un hueso"

Pascual y yo, vimos a una hermosa dama pasar,
Y de atrevido le recito de repente:
"Si usted cocina como camina me casaría contigo,
Que yo soy el gallardo fulanito Don Pomposo"

Y ella, lanzándome una mirada de soslayo, me contestó:
"Si el bastón siente amor por el cojo, pues que la
Pasión del bastón, resuelva la petición de dicho antojo"

Miré asombrado a mi amigo por aquel disparo y él me
miró casi perplejo y de reojo; y quedando apenado por
mi imprudencia, permaneció cabizbajo y callado;
Pero de inmediato respondí:
Pues que la señora escoja entre los dos al más noble,
Porque yo, me he declarado villano.
—¿Está usted casado señor habla-en-vano? —Preguntó la señora

—¡Casado y mal... mal hablado! —Dije intimidado y
tartamudeando.
Pero aquí y de inmediato le presento, este apuesto
caballero, soltero, trabajador y muy aseado.

Mágico Verso

—Pues a su amigo le ofrezco desde ahora, muy enamorada mi mano. —Respondió la dama.
—Pues que venga la boda y el bondadoso pastor de nuestro barrio,
Que a mi amigo Don Pascual lo veré en dos horas casado.

Todos me buscan por charlatán,
Porque soy el erudito del vecindario;
Y todos me preguntan ávidos:
Señor José,
¿Es cierto que tiene usted bajo el colchón Doce millones?
¿O que puede desvestir a los santos?
¿O que sabe todo acerca del pan y del vino?
 Señor José,
¿Es verdad que usted le dio muerte al lobo feroz que azotó Lepanto?

Y mi buena mujer me advertía:
"Deberías dejar de alardear esposo mío,
Porque no eres ni tan rico, ni tan bravo, ni tan sabio y a la humildad deberías buscar"

Y aquella noche tuve un mal sueño:
Se me apareció la verde y enojada cara de un honorable Juez y me preguntó:
¿Del Derecho Romano que sabe usted?
¡Pordiosero del apagado quinqué!

Y de Albert Einstein:

¡Resuélvame de inmediato, esta fórmula de la luz al
llegar a la pared!
¡Te voy a lanzar por un hueco negro, por impostor!

Y de Goya:
¿Qué hacéis en mi cuadro, parlanchín de grandes
orejas?
¡Saca tu espada intruso! ¡Te voy a retar a duelo y
pagarás por tu ofensa!

Y de Tomas de Aquino:
¿Quién te dio la autoridad para hablar sobre mí?
¡Figurín tentempié!
Deje de darle a la sinhueso y cállese de una vez,
Ave negra del mal agüero ¡Tiene usted hasta pinta de
politiquero!

Y la cara roja de un ogro:
¿Serás más feroz que yo, espadachín del puntapié?
¡Te devoraré, y no voy a dejar ni los huesos de tus pies!

Desperté de aquella pesadilla y desde aquel entonces
cambié;
Me sentía como hombre renovado y le dije amoroso a
mí adorable señora:
"Esposa tan bella como las melodías, eres para mí,
Como la esplendorosa luz de cada día; menos mal
Que me alumbraste; y que de ahora en adelante al
Silencio y con mucha cordura hablaré… digo, si no
Me provocan"
Y ella me respondió dulcemente:

"Pues para que no le provoquen, a su lengua
se la entizaré,
Como Dios manda y por un enterito mes; sáquela de la
Boca señorito José, uno, dos, tres…otra vueltecita
más,
Uno, dos, tres, y por quinta vez otra vueltecita le vendría
Muy bien"

Y pasó un mes…
Yo soy José Alcatrán y ya no soy un charlatán.
¡Qué aburrimiento señores, pero que aburrimiento!
¡Hoy es domingo y tal vez un par de palabritas
no vendrían mal!
Una vueltecita por el barrio me vendría muy bien…
—¿Señorito José, a dónde va tan apresurado usted?
Me inquirió mi querida esposa
¡Gazpacho, me agarraron!
¡Borracho a la botella y zapatero su zapato!

El adivino

¡Confiesa remolino, confiesa!
Que de reojo te miro para descubrir lo que piensas;
Bailas a escondidas y para que nadie lo sepa,
Y te escondes bajo la cama, tirándome las chancletas;
¿Dónde está mi nieta?
¿Acaso dentro de una gaveta?
¿Dónde estás que no te veo, traviesa pequeñuela?
Que yo soy el señor adivino y te pregunto hoy:
¿Qué hay en tu pensamiento divino?
¡Dímelo desde tu escondrijo!
¿Qué vas a cortarte las trenzas y tirarlas a la corriente de un rio?
¡Ay Dios mío, no lo hagas, por la Virgen te lo pido!
Porque siento mucho pavor y me produce escalofrío,
Botando al agua turbulenta, lo que se supone que es mío;
¡No tires mis trenzas al olvido!

¿Adivino yo?
Yo lo que soy es un mocoso, llevando a pastar a los chivos.

Cuento hasta tres y a la tercera descubro lo que hay en su subconsciente escondido; pero ella descubre a la primera, lo que hay escondido en el mío.

¿Inteligente yo?
Yo lo que soy es un truco tuerca, que se cree listo con los chicos;
¿Para la inteligencia? Busquen siempre a los niños.

Y ahora, ¿En qué piensas remolino?
No me lo digas, no me lo digas, que quiero adivinarlo por mí mismo;
Tiro las cartas y veo algo... algo sin tres dientes;
Creo que es el paraíso, o tal vez el cataclismo;
Y la veo con una escoba, persiguiéndome con cinismo;
Y me grita:
¡Párate señor pingüino!
¡Que si no te paras, no te daré más besitos!
Y nunca más tus ojos de abuelo te maquillo.

¿Adivino Yo?
Yo lo que soy es un tornillo y un cabeza de bombillo,
Tirando los caracoles de la suerte, para ver lo que dilucido.

¿Vamos a ver que tenemos aquí?
Que mirándote con un ojo abierto y el otro cerrado,
Puedo ver tu nariz y si tirase una moneda al aire,
Puedo adivinar una de sus caras, un segundo después que la vi.

El arte de la adivinación es pura ciencia;
La ciencia de los trucos y de la buena paciencia.
Construyes de la nada unos cuantos teoremas,
Te sonríes misterioso y algebraicamente te balanceas;
Tiras un rítmico pasillito y le dices a la gente, lo que hueles en la cazuela;
¡Manuela!
¡Apaga la cocina que puedo adivinar, que los frijoles se te queman!
¡Algo se está achicharrando!

Y en la actualidad si le ofreces a la gente, de adivino tus servicios,
Ni caso te hacen o ni les importa el tema, de tan importante oficio;
Ya no creen ni en tus adivinanzas, y ni en tu certera agudeza...
Y no existe para los adivinos de hoy, ni justicia, ni pan, ni justeza.

Nosotros somos, la inteligencia que escudriña la adrenalina,
Observando a la realidad con perspicacia y con disciplina;
¿Alguien dijo vainilla?
Digo tirando al viento la clave palabrita,
Para agarrarlos por sorpresa detrás de las puertas que chirrían.

Si no tienes pelos en tu cabeza,

Pues entonces, no tienes que pagarle al barbero la cuenta,
O, el pelo se te cae porque las viejas penas te pesan.
Y si nadie te quiere por feo, es porque tu cara tiene,
una fea careta,

¿Si por casualidad no tienes cinco?
Es porque te falta un dedo;
¿Y si perdiste un ojo?
Ni lo pienses, eres medio ciego, pero... no eres un cojo.
¿Y a los orejudos?
No son grandes sus orejas, pero son alas para surcar los cielos.

¡Confiesen ahora malandrines bandidos!
O de reojo los miraré para descubrir lo que piensan...
Damas y caballeros, déjenme pasar el sombrero, por si las moscas sospechan,
¡No tengan pena, sinvergüenza! Dejen caer unos centavitos,
Para este gran maestro de la adivinanza y de la mágica jurisprudencia;
¡Monedítas, cooperen con las monedítas, para este gran adivinador!
Vamos, otra más, arriba, déjalas caer para poder adivinar... si al caer suenan.
¡Ahí está! ¡Ven, esas son de metal!

Antonio V. Romo

Mamarracho

Mi nombre es Mamarracho, y a mucha honra;
Uso pantalones con parches cosidos y como cinto, una soga;
Mis zapatos son viejos, con abiertos hocicos y algunos clavos salidos;
Tengo tres dientes mal crecidos, dos de abajo torcidos y otros dos desaparecidos; y llevo como siempre, un feo sombrero, descuajeringado y mal parido.
Nada, soy, como quien dice, un pordiosero muy bien parecido.

Soy amable y esbelto caballero, y tengo, por si no lo saben, un tobillo medio torcido; pero les diré, que lo que no tengo de lindo, lo tengo de gran caudillo; soy bohemio y parlanchín, y valiente de los que corren, por algún misterioso sonido; ¡Vamos, que no estoy tan jodido!

¿Del amor? Me considero un Don Juan,
De esos, de los que no consigue novia, ni en los centros espirituales.

¡Buenos días señora y bella Altagracia, ¿Que le trae por estos parajes?

Pues aquí estoy, a sus pies a y su servicio, si es menester mi ayuda;
¡Y quien se meta con sus bellos ojos, dígaselo a este humilde servidor,
Que yo de una vez, o lo asusto o lo despacho!

—¡Pues mire señor Gazpacho, vuelva por donde vino o llamaré a la policía
Para que se le quite el empacho!

Y como quien dice peligro,
Y sin hablar de lo injusto,
Suspiraré de tanto romance,
Hasta que se me pase el susto.

¡Miren ustedes!
Casi que soy famoso,
Que hasta los chicos de barrio,
Se ponen conmigo jocosos;
Me ponen traspiés al pasar,
Y me catalogan de diente verde;
Dicen que de la basura es de donde vengo siempre;
Y que parezco un sucio duende.
¡Es la pura verdad!

A mi padre nunca lo conocí;
Dicen que mi madre siempre me tildaba de feo;
Y a los tres años, me abandonó en un lugar para huérfanos;
Y desde ese día, solo en el mundo me vi;
Todos se reían de mí:

¡Pareces un espantapájaros!
¿De dónde habrá salido este mamarracho?
Mamarracho para arriba y para abajo;
Y quedé bautizado con ese maravilloso nombre.
Y hasta el sol de hoy, soy muy conocido en tres barrios;

Soy como soy , y nací como nací;
Y el abecedario y la lectura, en libros muy viejos aprendí;
La nobleza no me falta;
Y creo... que me quieren en el vecindario;
¡Por favor Mamarracho, cuídeme la bicicleta!
O ¡Mamarracho, pudieras fregarme el Carro!
Soy mensajero diligente y metódico;
¡Mamarracho alcánceme en la esquina el periódico!
O ¡Pudieras ayudarme con los mandados!
Y así, me gano los duros para vivir.

¿Y a mi casa debajo del puente?
Siempre la tengo impecable;
No sé porque algunos dicen que la vida es
Conmigo implacable, si tengo el corazón de oro,
Y mi alegría de vivir, es para muchos impensable;
Y si tengo algo que decir, es que nunca pido limosnas,
Y no espero de nadie lisonjas.

¿Y de bañarme?
Por su puesto, tengo una vieja esponja;
Y aunque tal vez nadie se fía;
Me baño en el río casi, casi, toditos los días,
Y de vez en cuando voy al agua al mediodía.

¿Tarecos viejos y amigos?
¡Se me sobran!
Los gorriones y las palomas, son mis mejores aliados;

¿Y cuando hace mal tiempo?
Los alimento y los tengo como inquilinos;
Y de familia, tengo en mi rincón del alcantarillado,
A tres traviesos felinos.
Mi nombre es Mamarracho;
¿Hermoso nombre verdad?
Casi que me suena a Rey Fernando;
Ese es mi nombre y me enorgullece llevarlo,
Y que se quiten la gorra ¿Porque a la suerte?
A esa la corto, cada amanecer a tajos.

Un buen día Mamarracho, el premio gordo de la lotería ganó;
Imagínense, la ciudad se vino abajo. Se corrió la noticia desde el centro
Hasta los arrabales...

¡Ganó Mamarracho! ¡Ganó Mamarracho!
¡Qué suerte, Virgen de los vendavales!
¡Es ahora tan rico que creerlo, cuesta trabajo!
Y los quejosos de la vida a la orden del día;
—¡Eso no es justo!
¡Porque Dios solo le da, a quien le cae en gracia!
Comentaba emocionada la viuda Altagracia.
Y que a mí no me da, ni siquiera un maridito;
¡Rezo por tres padres nuestros cada mañana y sigo siendo tan desgraciada!

Mamarracho es un hombre tan apuesto...
—¡Señora, no diga mentiras, que usted siempre lo ha
despreciado!

—¡Cierren el pico, mocosos malcriados!
¡Chiquillos entrometidos, les daré las quejas a
sus padres!

Pero Mamarracho nunca cambió;
Y su corazón siguió siendo inmenso;
Y con gran parte de su fortuna construyó,
Tres lujosas escuelas en tres pobres barrios,
Y un hermoso orfelinato con verdes y hermosos
Jardines soleados y una biblioteca para todos,
La cual nombró "El Libro Sabio"
Y por supuesto, una modesta mansión,
Bajo el puente y junto al alcantarillado,
Construida con buen gusto y con sobrio encanto,
Viviendo muy simple, con sus tres millonarios gatos,
Melina, Minino y Desacato.

"El mundo da muchas vueltas;
No desprecies lo que no te parece gallardo;
La apariencia no es lo que contiene el alma;
Acepta a tu igual como es, no como tú quieres que sea;
Mantén tu conciencia en calma.

Érase un hombre a un pene pegado

Érase un hombre a un gran pene pegado;
Era un romántico lunático y un cabezón obstinado;
Caminaba con pasión por la vida, pero con mucho trabajo,
Porque pateaba sus grandes bolas al caminar, para ponerlas a un lado.

Su lenguaje era brutal y obsceno,
Y la honesta realidad, era su sello,
Bandolero, fanfarrón y leguleyo;
¡Apártate, que hoy está muy enojado y viene golpeando traseros!

¿Y que era para él, el sexo?
Era un asesino de sensaciones,
Cantautor de rítmicas y seductoras canciones;
Escandaloso lector de cortas y chillonas oraciones;
Extravagante extraterrestre y resbaloso mequetrefe;
Y ejecutor terrenal de lo cóncavo y de lo convexo,

¿Y un sátrapa?
Un pobre psicópata enano, defecando egoísmo por el ano,
Ese que se cree el todopoderoso amo, de esclavos e insubordinados.
¡Oh pobre diablo!
Maligno cerebro,
Señor tripas y estiércol,

Infeliz y pobre grasiento,
¡No eres más que un inferior esperpento!
¿Y para los cuasimodos? Mis respetos.

Y pensaba que las almas superiores,
Miran sin prejuicios el desperfecto,
Porque todos tenemos de idiotas,
Y porque nadie sale del hueco corriendo,
Sino aprendiendo o suponiendo;
Y todos somos mal olientes de nacimiento.

¿Y la superioridad de la sangre azul?
¿O la inferioridad del desafortunado?
Mentirillas del afortunado y falsedades servidas en
bandeja de plata...
Hasta que sus desdentadas y ancianas caras, ya llenas
de derretidos y horrorosos pellejos, lloraban por sus
nefastas palabras...
¡Y que del féretro no los salvará, ni el médico chino, y
ni sus cuentas bancarias!

Y le decían maldiciendo:
¡Basta ya de vilipendiarnos con tus grotescas patadas!
¡Nosotros siempre hemos pensado que lo corto
y tierno, era vigoroso y eterno!
—Pensaron mal, porque lo único que les queda es el
mal genio y la dictadura de los pedos.

Pero decía también, que aquellos que sienten pena de
sí mismos,
Y arrepentidos del árbol de su identidad,

Creyéndose lastimados y maltratados ciervos,
Como un rojo candente marcador de terneros,
Les caerá la inferioridad del cielo.

Y repetía y repetía:
—Es mejor sentir orgullo por nuestros ancestros que vivir eternamente en un invisible cepo.
La mediocridad culpa al talento y al esfuerzo, porque de buena gana no le sonríe;
Culpa al color porque cree que el suyo, no existe en el arcoíris;
Culpa a la historia y se la pasa siempre, pidiendo venganza,
Queriendo poner a todos en la misma balanza.
Ella come y come sin parar, porque solo piensa en la panza,
Y aunque nada con sus manos crea,
Siempre quiere escuchar de los demás, elogios
y alabanzas;
Pero la conformidad la recrea y casi nunca avanza.
Critica al éxito, pero con devoción lo desea,
Y sin mover tan siquiera un dedo, pide la panacea.

Se acuesta y se levanta,
Recordando a diario el pasado,
Lamentándose con tristeza,
Lo que la vida nunca le ha dado;
¡Ni un ápice de lujo!
¡Qué mala suerte!
¡Que en mis manos yo solo la envidia estrujo!

Mira al mundo con odio,
Porque menos en ella, se la pasa pensando en lo que tienen los otros;
Y ama al grupo porque le gusta vivir en lo anónimo.

Pero el tiempo le pasa por encima.
¡No es para todos! Se dice así misma;
Y la alta montaña le responde:
¡Pero tengo peñascos salientes!
¡Escaleras para brazos osados y valientes!
Y la mediocridad baja su cabeza y la montaña entiende...
Y le advierte:
"Mediocridad has de regresar a tu mundo de pocas frases,
Donde siempre eres feliz; la cúspide no es para ti, pertenece
A los audaces"

Y preguntaba fervientemente:
¿Quién se inflige así mismo la herida?
Pues señálate con tu propio dedo y no culpes a los demás,
Por no tener tú mismo credo.

¿Quién sino tú, cree en extravagantes fantasías?
Entonces no culpes a otros hombres por el hambre
Que le infliges a tu propia boca vacía.

¿Quién sino tú, está ávido de exterminar a tu igual?
Pues no culpes a tu enemigo cuando veas tu brazo

Sin piedad cercenar.

Quien torea a un valiente toro, pues que no llore
De angustia, cuando le encajen un cuerno en un ojo,
Porque a quién espada mata, del más allá, le manda
Dios, de torero el gorro.

Y si te vanaglorias de patear a tu pobre y cansado
mulo,
No te quejes entonces, cuando alguien te patee el culo,
Porque el zapato no tiene cerebro y el veredicto, por
Falta de testigos es nulo.
Si tu religión predica paz, paz tendrás;
Y si predica la guerra, los tambores de la nobleza,
Con más fuerza redoblarán. Perderás la guerra y
Tu cabeza rodará. Reza, predica o idolatra, pero
Deja al sol renacer, la oscuridad nunca triunfa y
Se extingue al amanecer.

Unas cuantas verdades no vienen nunca mal;
Pero si el hombrecillo patea las bolas para ponerlas a
un lado,
Pues que las patee, que aquí, el que no tiene
De crápula lo
Tiene de tarado.

Marchando

¡Aquí madre Tierra, aquí madre Tierra!
¿Nos escuchan?

Los árboles nos andan buscando;
Alguien les dio el poder desde arriba.
Nos quieren sembrar y con la cabeza afuera,
Para regarnos con pesticidas.
Pretenden hacernos crecer como madera finas,
Para fabricar después muebles caros, con nuestros
esqueletos humanos,
Y quieren tallar nuestros cuerpos, lijándonos
con escofinas.
¡Óiganme, nunca había visto estos desmanes, ni en mi
entera vida!
Nos clavan las manos y a nuestras cabezas
las atornillan.
¡Solo pura crueldad y sinvergüencería! ¡Y como nadie
se lo imagina!
¿Y si te quejas? Pues de una vez, te cepillan...
Por favor, ¡Alguien que nos salve de esta maldita
pesadilla!

Ahí vienen esos verdes tullidos, persiguiéndonos como
forajidos,

Para utilizar nuestra carne y convertirnos en masa
para embutidos.
No sacan con alicates los dientes en las sillas de
barberías,
Para venderlos como marfil en el mercado de
la pacotilla.
Nos tuvimos que rendir y sin remedio...
¡Señores, esto no es juego, estamos... perdidos!

Nos tienen en pequeñas jaulas que cierran con difíciles
cerrojos
Y nos tienen a pan y agua y vivimos como si fuéramos
piojos;
Pretenden cultivar como nueces las bolas de nuestros
ojos.
Ya no hay escape; y para que lo sepan todos...
¡Nos quieren de una vez exterminar!
Es duro decirlo, pero... Este es nuestro final.

Las majestuosas secuoyas, marchan;
Y vienen cantando ¡Victoria! ¡Victoria!
¡A los hombres los tenemos, como merecen!
¡Sembrados como cebollas!
Los arrancamos cuando nos parece,
Cómo fresca lechuga o como hojas de laureles;
¡Victoria! ¡Victoria!
—Son casi mudos, estos extraños seres
Y no entendemos los vocablos de sus idiomas;
Y no hay nada de crueldad en lo que hacemos,
Simplemente, porque los seres humanos, son plantas
idiotas,

Plantas que muy alto no crecen, de cortezas blandas y gelatinosas.
¿Qué haremos con ellos? Si solo nos sirven para contaminar a la atmósfera.
¡Es mejor borrarlos de una vez y por todas del mapa terrestre!
Son destructores y no producen oxígeno,
Solo pedos de metano, que de sus ahuecadas nalgas explotan;
¡Y para nuestro ecosistema son verdaderos antipatriotas!
¡Queremos una solución final! ¡Solución final!
Gritaban en el bosque eufóricas, las criminales secuoyas.

Los árboles marchan y hacen reuniones simbólicas;
Celebran y se divierten, pero la anarquía y
la injusticia,
Poderosos los convierte.

¡Aquí madre tierra, aquí madre tierra!
¡Que alguien nos escuche, por Dios Santo!
Nos andan buscando para hacernos polvo y como opio fumarnos;
Ya quedamos pocos. ¡Auxilio, socorro!
Enviamos mensajes al éter... Necesitamos ayuda extraterrestre,
¡Estamos perdidos y apendejados!

¡Y ahora, lo que faltaba! ¡Éramos dos y parió Catana!
En estos momentos, las ballenas altaneras marchan;

A nuestras mujeres las ordeñan y las engordan,
Para sacarles de los glúteos la grasa,
Para industriales aceites o para combustible
de biomasa;
Y hasta les cortan sus uñas largas para venderlas
después,
En el mercado negro de los objetos de nácar.

Nos venden en las subastas y nos muelen
como picadillo,
Para hacer pasta de bocaditos y otras exóticas pastas.
Nos montan como caballos y como animales nos cazan;
Nos pescan, nos pesan y nos cuelgan en las balanzas,
Para alimentar a las orcas, llenándoles sus enormes
panzas.

Ahora estamos escondidos en las cavernas y pintando
en las paredes,
increíbles dibujos rupestres con pedazos de crayolas
viejas, para dejar
En la roca constancia, en el arte de nuestros carteles.

No estamos alumbrando con luciérnagas terrestres,
Y lanzamos señales con piedras de pedernales,
al espacio ultraterrestre...
¡Aquí planeta azul!
¡Aquí planeta azul!
¿Nos escuchan?
¡Calcañales! ¡Que no hay un alma en esta galaxia!
¿Y con que prenderemos esta noche la fogata?
Si los árboles ahora gobiernan y mandan.

Y para colmo, ahora las abejas marchan;
Son ahora integrantes de las legiones justicieras, de
los "Caballeros de la Mancha"
¿Y las flores? ¡Lo que nos faltaba!
Esas sinvergüenzas son ahora, asesoras vitalicias de la
Presidencia
Y miembros de la Natural Corte Suprema de Alcántara.
Una nueva y extraña era comienza...

¿De qué está hablando este tipo chico?
¿Esto es un mal sueño o una broma de mal gusto

—¡Tírale, tírale la red a esos dos que se escapan!

¡Hombres, a correr!
¡Sálvense quien pueda, que ahí vienen los árboles!

Mi madre

(Homenaje a mi madre)

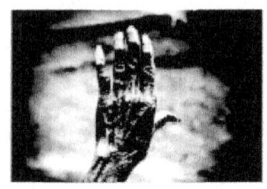

Mi madre es ya muy anciana;
Qué pudiera yo decir;
Tiene ya casi un siglo;
Y sus brazos que parecen hermosas ramas,
Se estiran amorosos cuando entramos por la
Puerta de las mil preguntas,
La entrada de nuestra casa;
Preguntas precisas que deben ser de inmediato
Respondidas...
Y no te hagas el tonto ni el listo,
Que lo que no confiesas al inicio, a la fuerza te lo sacan.

¿Y las respuestas negativas?
Eso es terreno prohibido;
Las respuestas positivas son las preferidas;
A la jefa no le gustan las situaciones... rarillas;
Te toca y con sus propios ojitos te escudriña;
Y su arrugada carita,
Ya llenita de viejos recuerdos pintada, te mira,
Buscando algo que no confiesas o escondes debajo de
la patilla...
—¡Te noto flaco!
¿Tienes problemas con mi nuera?

¡Qué chismosa es esta mujercita Dios mío!
¡De chismosa es la primera!

Cinco hijos de amor eterno,
Y nuestros nombres grabados en su delicada corteza.
Y en su hermoso tronco materno,
Que tiene ya larga vida,
Crecen aún grandes sueños y verdecitas
Y amorosas ramas.

Vive un rojo corazón dentro de su preciosa madera,
Y no está nada marchito;
El mismo que ha estado de pie en horas
De angustias y de difíciles desafíos;
Allí perenne, sin palabras de hastío;
Al pie del cañón y palpitando fuerte,
Como el valiente capitán de un navío.

¿Y la razón?
¿Quién se la quita?
Es la ley, pero en persona;
¡Claro, esa se las sabe todas!
Sentada como reina en el sillón
Para las sabias venditas;
Y los pequeños retoños de su propia
Clorofila, vienen y besan sus ancianas manos,
¡Y todos en fila! Ante la suprema y vitalicia.

Esa es mi madre, el árbol de la familia;
Echando raíces de dulzor y desafiando el tiempo con valentía,

Sin rencor y sin codicia.
Bajo su sombra todos somos iguales;
Porque ama la democracia y la justicia,
Aunque algunos tengamos tamaños desiguales
o sonrisas torcidas...
¡Señores, yo soy el de la sonrisa torcida!

¡Qué señora!
Y les digo que tiene ya, y así de fácil, casi un siglo;
Y su encanecido pelo, que son de auténticos hilos de plata, valen casi, lo que pesan de antiguo;
Y de su voz frágil y cansada nacen océanos de bondad y de nobles palabras,
Montañas de consejos y perdones infinitos,
Siempre parejos para todos sus hijos, y sin pedir lágrimas o castigos.

Ella es como el mar en calma cuando llegamos a su orilla;
Calor de islas de verano cuando por tormentas naufragamos,
Esperándonos eterna y con los brazos abiertos,
En nuestro jardín, bien plantada y enraizada,
En la tierra que nos provee la calma,
Allí, inmortal y siempre;
Simplemente, para alimentar de caricias nuestras almas;
Como la dulce melodía de una armoniosa arpa,
Ausente, en los recuerdos, pero inolvidablemente,
Presente.

Cocinero de poemas

Estoy en la cárcel por robar sueños,
Y me piden de fianza, nada más y nada menos
Que un millón de euros, pero ni siquiera soy comparable,
A esos ladronzuelos del gobierno, que guardan en sus cajas fuertes,
Todo de lo que no son dueños... ¡No son dueños de los sueños!

Y gracias a su "juiciosa" injusticia,
Es que estoy aquí entre cuatro paredes,
Rapado, rallado y maloliente,
En el hotel de la inmundicia,
Y en el edificio para los calientes.

Hoy me siento raro, soñoliento como una serpiente;
Y me duelen hasta los calcañales de la mala suerte;
Creo que eso es señal de visita, por si nadie lo sabe.

¡Miguel Salación, tienes visita!
—Dice el hombre que viene de arriba.
Le advierte el carcelero, al condenado de tres mil seiscientos y cincuenta días.

—¡No se los dije!
Miren como estoy, que hasta los pelos se me erizan;
Yo creo que soy vidente o ya viene mi salvación,
montada en patines rugientes.

Ese debe ser mi abogaducho defensor,
qué son esos letrados que te asignan para darles a los juicios dulzor;
teatro, pura fachada y fantasmagoría, para impresionar al espectador,
con esos trapajos negros que parecen tiñosas en peligro de extinción.

¿Y si no tienes dinero?
Te defienden para quitarte tres días, de los diez años de expiración;
Pura limosnita defensora, que hasta la burla se espanta por la broma y por el martillazo de la acusación.
¡Qué más da!
Del lobo un pelo;
Vamos a ver qué me dice este leguleyo de la jurisdicción.

A través del grueso cristal, se encontraron los dos, el supuesto abogado y el reo malhechor... Tomando el teléfono divisor y al mismo tiempo los dos.

—¿Dígame señor?
¿Qué le trae por estos enjaulados parajes?
Y pensé al verlo:
¿Y este barbudito de dónde habrá salido?
Sin traje y ni corbata, descalzo, y sin ni siquiera alpargatas;
Y con ese redondel luminoso en la cabeza,
¡Hum! Esto es lo único que me faltaba;
¡Dios mío ayúdame, que para loco, yo!

El extraño hombre sonreía en silencio y mira al ladrón de sueños, curioso y detenidamente, y solo unas estrictas palabras salieron de sus blancos y perfectos dientes...
—Queda usted libre, yo he pagado la fianza pendiente.

Yo no sabía si reír, mearme en los pantalones o llorar.
¿Por qué yo?
Yo no tengo tíos ricos, ni amiguitos pudientes;
¡¿Un millón de euros?!
¡¿Por mí?!
Un tirador de trompetillas anti-gobierno.
¡Pellízcate Miguel Salación!
Que aquí hay gato encerrado o insinuaciones verbales para guardarte más años en el cajón.

—Trabajará usted para mí, como cocinero de poemas, me dijo.

—¿Cocinero de poemas? ¡Óigame, qué trabajo más raro!
Mire señor letrado, para decirle la verdad,
No cocinaría ni una patata en agua hirviendo,
¿Le estoy esclareciendo?
Y tengo de poeta, lo que tengo de tocador de corneta;
Soplo y soplo y escribo basurillas tiradas al viento;
puras carretas.

—Me interesa lo que escribe.
¿Cocinará poemas para mí, o prefiere sus diez años tras las rejas?
Y recapacité al momento.

—Pues claro que prefiero la cocina y la olla de presión para hacer cocimientos;
Y para decirle más, de la yerba buena y de la albahaca, yo soy un gran maestro.
Cocinero de honor y hasta su asistente sargento; su servidor eterno.

—Pues comenzará mañana en la mañana y a las diez y media,
En mi oficina a cielo abierto. Le abriré la puerta grande y subirá
Sin retraso por la larga escalera celestial.
"Qué querrá decir el hombrecito con lo de escalera celestial, esto me suena a las escaleras eléctricas de la tienda Flogar"

Y cuando suba por los invisibles peldaños de vientos, le recomiendo
Que suba con cautela. Otra cosa, no me gustan las tardanzas, sea puntual.

Y en el barrio con los amigos...

—¡Se enteraron!
Conseguí trabajo con alguien de arriba.
—¿Con quién?
¿Con el hombre que te sacó de la jaula?
¿Quién es ese tipo Miguel?
—Parece que el hombrecito es poderoso y de leyes;
Creo que le gusta saborear estrofas y dormir a
Piernas abierta la siesta; pero ahora es mi jefe y

Para ser honesto, creo que me dieron por la vena
Del gusto, porque como dice el refrán, "zapatero a su
zapato y el cobarde al susto"; que con ese trabajito...
Ya no tengo que robar sueñecitos a esos parapléjicos
Obtusos, que viven de las ampollas de los soñadores
ilusos.
Pasan la bola de una mano para la otra para que
La gente no la vea, excepto los que como yo, se las
Arrebata y las patea; y entonces yo soy el villano, el
maloso,
Y a quién ponen tras las rejas. Y les digo, que lo que
me pida
El Director, ahí estará listo en la mesa; que yo tengo
cartuchos para
Esa escopeta y de mi propia invención.

Por eso me llaman Miguelito Salación, porque cuando
Agarro un tema, lo salo y lo fustigo hasta la maldición;
Le doy latigazos al papel hasta que queda hecho trizas,
Que hasta el Diablo de miedo tirita y desaparece ante
mi canción.

...Y a la mañana siguiente.

—Buenos días jefe.
—Buenos días Miguel; tienes un minuto de retraso.
Dijo Dios, mirando el reloj de sol.
—Mire señor Director, el problemita es que al subir, se
me congelaban las orejas y...
—Pues mañana vendrás en el elevador de los Santos,

Para que no tengas justificación, porque comenzar temprano,
Es el deber de un cocinero-escritor. Y por si no lo sabes, yo soy Dios.
Imagínense, que al oír aquello, hasta se me aflojaron las piernas;
Pero con semejante empleo y semejante empleador, no tuve más
Remedio que trabajar con profesionalismo y pasión.

—Pues dígame excelencia, ¿Qué desea usted que cocine hoy?
—Quiero algo sabroso, nuevo y sensacional.
—¿Algo así... como una rica paella? ¡Y con todos los hierros!
Que hoy tengo un humor de perros;
¡Este planetica sin consideración, ya me tiene hasta el último pelo!

Dicho y hecho.
Agarré el sartén de la imaginación y comencé a elaborar mi receta.
Empecé friendo polvo de estrellas,
Y olorosas cebollas tipo cometas;
Puse alegría condimentada y con la mejor de las pimientas;
Exóticas hierbas y ricos aromas de anís y el de la buena menta;
Tiré un poco de cielo azul y unas cuantas nubes de algarabía;
Versos y besos infantiles como dulce harina,

Como los que usan en las mágicas panaderías;
Aceitunas, ajo de altura y rico aceite de oliva.

Tiro al aire la mezcla, sazonándola con tres
Cucharadas de fiesta y mucha sal de alegría;
Canto, bailo y revuelvo, y doy a la redonda,
diez vueltas a mi cintura...
Meto el índice de la curiosidad,
Chupándome el dedo, para saborear la verdad;
¡Qué ricura madre mía!
¡Delicioso y suculento!
Vamos a ponerle tres rezos, tres avemarías y tres
padres nuestros,
Y para finalizar, voy a tirar unos cuantos camarones
flamencos.
¡Señores, hoy tengo el loco subido!
Pero todo saldrá artísticamente... super perfecto;
Y el jefecito quedará muy pero muy satisfecho.

Y no quiero vanagloriarme de esta gran receta,
Pero como cocinero de poemas, en el mundo,
No hay como yo, ni siguiera un poeta.

¡Me faltaba algo!
Si, déjenme agregar algo para dar el punto final;
Una cucharadita de jengibre andaluz para enamorados
y un vinito Sangre
De Toro, para que no haya... atoros.
Y les aseguro que este plato regresará a la cocina,
Vacío y sin residuos de adobo. Y ahora directo a la
Mesa, que su excelencia con ansias lo espera.

Y el jefe probó.
¡Mmm! Excelente sabor.
Noches bellas... ¡Idílico!
Sueños de paz, limpio planeta... ¡Excelente!
Desaparición del hambre en la Tierra... ¡Buen sabor a justicia!
¡Muy delicioso todo, muy delicioso!
¡Esto no tiene desperdicio!
Y para decir la verdad, mi nuevo cocinero es ¡fenomenal!
¡Está paella quedó... como me gusta!
¡Bien condimentada y a lo macho!
Y yo mirando desde la cocina, orgulloso sonreía;
Y probando el Señor la salsita que bordeaba el plato
Con un panecillo y viendo como su cara se enrojeció,
Trague en seco...

Esto sabe... Esto sabe a....
¡¡Cuerpos ardientes y amor sin fronteras!!
Y gritó enojado:
¡¡¡Miguel!!!
¿¡¡Qué le has echado a esta receta?!!

Y tronó y llovió y cayó rayos y centellas.

¡Ay Dios mío qué habré hecho!
Yo pensé que un poquito de jengibre andaluz para enamorados y un vinito Sangre de Toro, vendría bien para el sabor final de la salsa de decoración...
—Nada Miguelito Salación, que de que la cagaste la cagaste; ahora me despedirá.

¡Estoy de nuevo jodido!
Se los dije, que yo soy como las cornetas, que si no la
Soplan bien, pues los follones, en el aire se desflecan.

Pero el cocinero de poemas no fue despedido;
Solo quedó por dos semanas sin sus días libres como
castigo; pero por parte de Miguel no hubo ni siquiera
un "No"

"Vaya a limpiar mi Cruz y a lijar bien el madero para
que le penetre
La Luz"
"Quiero mis clavos bien pulidos; utilice una estopa
frágil o algún líquido abrasivo"
"Y hoy irá a lavar un poco de pies a los barrios pobres
que le digo"

Y pasaron dos semanas…

Y Dios le advirtió:
"Y deje de hacer de una vez esas receticas picarescas,
que las
Solteronas de la iglesia nos van a echar la pelea, y no
quiero
Ni huelguistas y ni siquiera reyertas.
Pero veo que en general ha cumplido muy bien
sus tareas;
Vaya y tómese sus días libres, que cuando regrese le
daré la tarea de hacer una cazuela de "sopa de sabiduría" para estirpes con problemas; que a esos, no se
les quita el catarro de la guerra, ni con cocimiento para

retretas; los pobres, son tan analfa-burros, que nunca saben lo que hacen; no aprenden de unas vez ni "A la una mi mula ni a las dos mi reloj"
En el libro de dicharachos, o "uno más uno es dos".

El cocinero de poemas usa en su trabajo
cuantas especias y palabras
Existen en la Tierra y en su gran sombrero blanco
guarda trucos, magia,
Y hasta fórmulas secretas...

—Miguel ¿Que tienes para mí hoy?
¿Alguna de tus sorpresitas?

—Excelencia, hoy le haré un rico pastel de puro puré de pera pura, para quitarles la sordera a los hacedores De batallas duras; y yo le diría a usted, que con esa receta le daremos un sustico...

—Miguel, ya te he dicho, que esa gente no cambiaría, ni cuando la rana críe pelo; ...tal vez, si le agregaras unos cuantos pimientos Putasumadre bien picantes, para escarmiento, sería una buena solución.

Y así fue...
Y quien les habla, Miguelito Salación, el cocinero de poemas de Dios, les desea
Muy buenas tardes. Muchas gracias por su atención.

Aburrido, nublado y malhumorado

El tiempo está silencioso y lluvioso
Y no hay temas de qué conversar,
Ni siquiera de algo simple o singular,
Y no ocurre nada, ni por casualidad.

Hoy me siento como un burro aburrido,
Cabizbajo y con las orejas caídas,
Espantando con la cola de la ansiedad,
A las insidiosas moscas de la soledad;
Tan detestables, perversas y locas,
Que se me ocurriría llamarlas,
Las "Molesta-culos de la perversidad".

Está como oscuro el día,
Y miro por la ventana, buscando algo me ate a la vida,
Algo que entretenga mis oídos y mi vista.
Estoy lerdo, cabizbajo y tonto como marrano.

Pongo la radio y prendo un habano,
Lo observo impaciente en mi mano,
Y lo muevo sin cesar entre mis dedos;
Apago al apestoso y lo tiro con desprecio,
Y casi lo culpo de toda mi miseria,
Tildándolo de... ¡Cabo desgraciado!

Cambio las emisoras de radio,
Moviendo la aguja para ambos lados;
Jazz, rock, y funestas canciones para teatro.

¡Bah, puro trabalenguas!
Hecho el whisky en el vaso,
Y de un tiro me lo disparo;
Quemándome con su duro fuego, mi lengua de mal hablado;
¡Puta madre, pero qué caliente está este trago!
¡Maldita la hora de quien lo ha inventado!

... Y al fin me decido a bajar las escaleras,
De mi subconsciente malhumorado y varado.

Salgo pero todo está nublado;
Estiro mis brazos, ya de tanta inacción, aletargados,
Para ver si palpo, aunque sea, nostálgico,
Los días claros, divertidos y ocupados.

Y de las nubes cae una gota,
Entrando ya, la humedad por mi nariz imperfecta;
Miro para arriba, lanzándole una de mis indirectas:
¿Mea el Señor o no mea?
Y cae otra gota;
Vuelvo a mirar a lo alto y digo con desagrado:
¡¿Qué te traes Diosito?!
¡Que la tienes hoy cogida conmigo!
¿Por qué no usas un tibor de plata?
Que tienes hoy al ambiente que espanta
Y la paciencia se me agota;
Me saluda la vecina Teresa, la de la planta baja:
—¡Hola Julián!
Y no le devuelvo ni sonrisa y ni siquiera, alguna que otra palabra vaga.

Me observa curiosa.
Y yo balbuceo entre mis dientes, injusto
e imperceptible:
—¡Vieja chismosa!

La tarde esta horrenda y lluviosa,
Y el sol no está afuera;
Y yo tan solo, un rayito de su luz quisiera,
Y ni un rayo de su bendición me toca.
Sin su luz buena soy como cascarrabias en alerta,
Buscando pleitos con todo el que se me acerca;
Me rasco la cabeza, suspiro de tristeza,
Y hasta un párpado nervioso, simplemente me tiembla.

Es por eso que odio tanto al maldito invierno,
Con toda su basura fría y blanda,
Que es como si de lo alto te tirasen necesidades
De las que Dios nos ordena a diario que se hagan,
Llamada nieve o cagarruta blanca.
Yo soy un ser tropical, ¡Qué pudiera yo hacer!

Y del segundo piso y desde el balcón:
—¡Julián!
¿Qué le pasa hoy que lo veo algo ocioso?
¿Por qué no me alcanza de la bodega el pan?
¿Sería tan amable de hacer ese favorcito?
—No puedo señora Asunción, le respondí
No ve usted que estoy esperando en estos momentos
un avión,
A ver si me eleva de este barrio sin música y sin sabor.

No me salvo de estas comadres de tendederas,
Ni aunque me oculte en un bidón; ni siquiera
disfrazándome de barril
Sería una buena opción.

—Mejor mande a buscar su pan con el señor del roto
calzón,
Si lo encuentra, y le recomiendo a usted hoy que vaya
con Pantufla
Y con los angelitos.

—¡No era para tanto Julián!
No tenía por qué ofenderse.

Me sacudí de una buena; ¡Llévatela viento de agua!
¿Pero qué tal si me llego al parque donde juegan los
mocosos?
Allí siempre hay algarabía y de la buena con los
chicuelos.
¡Todos para uno y uno para todos!

Cruzo la calle y me siento en el largo banco,
Y rueda a mis pies una pelota vestida de blanco;
¿No se los dije?
Alegría en latas de conserva.
El chico me pregunta:
¿Jugamos señor Julián?

El día está muy triste y gris,
Y noto en sus ojos, que con poco es tan feliz,
Que siento mucha vergüenza de mí.

¡Pues la pelota al aire!
A patear, a cabecear y a jugar con la esperanza,
Que mi corazón bombea, transpira y se ensancha;
Y hasta el perro del vecino se nos unió a la cumbancha;
Alegre colea, salta y juguetón nos ladra.
¡Qué felicidad señores, esto si es vida!

Y de momento se empezaron a apartar las nubes y ahora
Todo es color turquesa; todo es hermoso cuando
El cielo anchuroso se aclara.

—¡Señor Julián, señor Julián!
Que mis amiguitos quieren también jugar.
—Muy bien, pero yo por ser el más viejo
Voy a ser el capitán, ¡Entendido!

He pasado maravillosas horas,
Pero ya está anocheciendo y los chicos vuelven al calor de su hogar;
Y de regreso a casa me saluda una vez más la vecina Teresa;
Me mira curiosa...
—Señor Julián ¿Qué le pasa hoy que lo noto algo contrariado?
¿Podría ayudarlo en algo?

—No es nada doña Teresa; el día ha estado nublado y a veces
Me siento mal humorado, rarezas de la vida.

Entro a mi apartamento como si hubiera recorrido,
tres leguas a gata...
Pongo la televisión y oigo la noticia de que mañana será
un día de tormentas, pero esta noche el cielo estará despejado. Todo limpio, quizás falsas alertas;
Cambio el canal de las mentiras en bandejas, y...
Famositos de telenovelas,
Propaganda de productos, que a clavos apestan;
Y noticias politiqueras, ¡Muchas noticias politiqueras!
¡Puro trabalenguas!

Hecho el whisky en el vaso
Y de un tiro me lo disparo,
Quemándome con su duro fuego, mi lengua de
mal hablado;
¡Puta madre! ¡Qué caliente está este trago!
¡Maldita la hora de quien lo haya inventado!

Y mi mujer que me conoce, me pregunta:
—Julián, ¿Qué tal si salimos a algún lugar esta noche?
Algún pintoresco lugar donde pudiéramos tener una
Buena cena.

—Claro, esta noche me gustaría cenar... a cielo limpio
y bien colmadito de estrellas, y observar con mi viejo
telescopio y con los chicos del barrio las pléyades desde
la Tierra...
Sentarnos en el parque y en la nocturna yerba, bajo la
luz de la luna llena y charlar de la existencia de la vida
en otros planetas...

Quién sabe si andan en patines o montados
en bicicletas; y ya sabes que a los
Chicos les gustan las buenas historietas y
las misteriosas leyendas.
Y hasta los caninos y los gatos estarán invitados a la
fiesta...
Mujer, ¿Por qué no te preparas refrescos y unas
cuantas de tus panetelas?
Que esta noche declararé el "Día Internacional de la
Linterna; ¿Qué te parece la idea?

—Julián, me parece estupenda. Qué tal si invitamos a
nuestra vecina
Teresa, ella podría repartir a los niños la merienda.

—Por supuesto, pues que venga, que como dice el refrán "nunca es tarde cuando la dicha es buena" y "si estás acongojado o aburrido
Pues camina apretando los glúteos para que las moscas desaparezcan"

Meditando

Me siento a meditar cerca de la orilla de un río
Y cierro mis ojos, para retirarme a un mundo diferente al mío;
Y escucho en calma, el trinar de los pajarillos.

Comienza a desvanecerse mi terrenal pensamiento,
Fundiéndose con el burbujeante canto del agua
Al andar veloz por los intrincados y rocosos caminos;
Y mi espíritu se va perdiendo lentamente, en el inerte sonido,
Cayendo al final en un aletargado éxtasis, casi dormido.

Siento paz, y desde adentro, con asombro me miro;
Me siento confundido, relajado y diferente;
Ya yo no soy el de afuera o el mismo de siempre;
Y noto mi rostro, flotando en la infinitud el espacio.
Me dejo transportar al éter, en lo desconocido...
Y observo mundos lejanos de extraños océanos,
Nunca antes visto por corazones humanos.

Se acerca una imagen inmensa y resplandeciente;
Llena de nudos conectados, inseparables, como una amalgama de

Cuerpos vivientes y coloridos, entrelazados entre las ramas, sin que
Pudieras descubrir el principio.

Es Yggdrasil, el árbol de la vida, el existente y el único,
Dónde nos conducen todos los caminos.
Oigo el eco de voces conocidas, distantes ecos,
Hace mucho tiempo, recordados en viejas fotos
Y me veo de niño y me rio de mí mismo en el pasado,
Pero quedo inmerso, triste y nostálgico,
Por la añoranza de ser de nuevo feliz.

Han pasado horas, minutos, o tal vez siglos,
Y desde la eternidad de mi ensueño, regreso;
Abro los ojos y comienzo a escuchar de nuevo, el trinar de los pajarillos
Y el burbujeo del agua del río, y me doy cuenta ya,
De que estoy casi despierto y de que he regresado al inicio...
Y a mi viejo mundo.

La fotografía

Ven pequeña, toma mi mano, que yo tengo suficiente
Alimento para ti en mí corazón; toma sin temor mi mano;
Porque el Gran Príncipe y Rey de los hombres
Una hermosa misión me ha encomendado…
La de proteger tu frágil imagen,
Ya olvidada y mantenerla bien grabada
Y bajo mi cauteloso cuidado,
Para que el mundo recuerde eternamente su culpa…
La culpa de los desvergonzados.

Miro sonriente a los ojos de los cobardes, por mí despreciados,
Mientras observan los detalles de tu sufrida carita de niña;
Tragándose la vergüenza y el pudor al ver tus sucias manitas,
Y caen de rodillas frente a mí, débiles y consternados,
Atrapados por el peso delator de sus oscuras almas.
Bajan sus párpados como puertas de murallas;
Y permanecen callados, pensativos, extenuados;
Se apresuran vaciando sus bolsillos… y oigo rodar
En el suelo, las pocas monedas de los olvidados.

Miran por segunda vez tu fotografía, y noto tensas sus mejillas.
Pongo mi viejo sombrero bajo las sombras de sus caras, y por primera vez,
Veo caer... no su dinero, pero de tanta vergüenza, veo caer sus lágrimas.

Ven pequeña, toma mi mano, que yo tengo en mi corazón,
Un pedacito de pan, que ha sido para ti guardado...

Soy un poeta, servidor del Señor... El terrible, y con sus traidores,
El más despiadado... el más temible de sus emisarios.

La cola del Diablo

(Cuento)

El Diablo se presentó ante un escritor y le preguntó:
¿En qué piensas?
Y el escritor le respondió malhumorado:
—¡No es asunto suyo!
Retírese y no me haga hacerle pasar vergüenza.

Y el Diablo continuó:
¿Qué escribes?
Y el escritor le volvió a responder:
—Letras con justicia y una pizca de conciencia.

Y continuó...
—¿Cuál es su creencia religiosa?
—La prodigiosa... pero le aconsejo que cierre ya su boca,
Que a la gente como usted les crecen cruces en la lengua o le salen llagas espantosas.

—¡Eres rudo! Le dijo el Diablo
—Tal vez, pero no pregunto trivialidades que no me conciernen.
—Qué más da de informarme de sus actividades, tal vez de la vida
Muy poco comprende.

—¡Pudiera callarse entrometido!
Estoy cometiendo errores en mis escritos... ¡Demonios!
¡Cierre esos colmillos si no quiere agarrar ofensas de las que hierven!

Y el Diablo al darse cuenta de la situación, cambió el tono y haciéndose
El avergonzado, respondió:
—No sabía que los grandes, humildes y prodigiosos escritores como
Usted, tenían el tiempo muy limitado. Yo solo quería cooperar con
Usted por adelantado, pero su mal genio lo tiene muy pero muy
Alterado y en ese caso perdone mi atrevimiento, siento tanta
Tristeza por no poder contar con un gran amigo... Dijo haciéndose el herido.

Y el escritor, tuvo un poco de condescendencia...
—¿Dígame señor de los tarros, que le trae por estos lugares?
Lo noto algo raro...
¿Qué le pasa, tiene nostalgia o padece de algún mal catarro?

Y el Diablo le responde:
—Ante todo déjeme presentarme; yo soy el maestro de la buena vida
E instigador de las guerras; la gente habla mal de mí, pero en el fondo,

Sería capaz de conceder grandes y buenos deseos a mis grandes amigos...
¿Dígame excelente escritor, qué hay hoy en su mente?
¿Acaso escribe zarzuelas?
—No precisamente, pero estoy escribiendo, "El Capitán de la Viruela"

—Dígame, ¿De qué se trata tan hermoso tema?
¿Acaso algo sublime?
—Pues es la historia de un demonio que perdió su cola, terminando
Cocida y sazonada con suculentas cebollas,
En el fondo de una cazuela;
¿Estupenda golosina, verdad?
¡Siento tanta curiosidad por comerla!

—¿Dijo usted cola?
Preguntó el Diablo.
El Diablo miró su cola y tragó en seco y trató de cambiar de conversación.

—¿Qué tal si hablamos de matrimonio?
¿O... O... de lujuria?
¿O... algún sueñecito prohibido o irrealizable?
¿Algo... exótico, tal vez?
¿Dígame que visualiza en estos momentos famoso novelista?
Pídame lo que sea, que yo se lo concedería...
—Muy bien... Estoy visualizando... digamos que algún raro manjar, nunca antes mordido por dientes humanos, algo bueno, rico, pero que bien... jugoso.

El escritor había elegido un deseo....
Y el acobardado Diablo, acostumbrado a timar a los ingenuos, tembló por primera vez en su vida, sintió pavor, y vio que los ojos del escritor estaban rojos como sangre y vidriosos como cristal de fina copa, observándolo como el lobo que mira a un corderillo... y temeroso se dirigió a la puerta de salida, silbando una canción infantil...
"A la rueda rueda de pan y canela,
Dame un besito y vete para la escuela,
Si no quieres ir, pues acuéstate a dormir"

—¿A dónde vas diablillo, y con mantón de Manila? Le advirtió el escritor...
Venga, acérquese a mi escritorio...
¡Que de esta no te salva, ni Salomón en zapatillas de bailarinas!
Dijo rugiendo feroz, levantando una larga
y puntiaguda hoja de metal.

—¡Baja el cuchillo, que estas cometiendo un diablicidio, baja el cuchillo! Gritó el Diablo aterrorizado
—¿No quieres acaso mis consejillos?
¡Estoy hambriento y tengo mucho apetito!
Quiero comerme tu cola, bien asada y con un buen vino de aliño,
Tomatitos, aceitunillas y hecha a la cacerola..

¡¡El muerto al hoyo y el curioso a la cocina como el repollo!! Exclamó el escritor; y de pronto se formó la perseguidera; el escritor detrás del Diablo y el Diablo corriendo como gallina demente.

¡Párate que quiero devorar tu cola! ¡Te la voy a cortar en rollos!
¡Párate gusano indigente!

—¡Auxilio! ¡Auxilio!
Gritaba el demonio para salir de aquel grave problema.
Saltos, jugarretas y tiraderas de gavetas...
¡Auxilio, auxilio, comenten un diablicidio!
¡Policía, policía! ¡Auxilio, auxilio!

Y saltando por la ventana como un grillo, pudo a duras penas escapar, pero con el rabo cercenado por el afilado y largo cuchillo, terminando adolorido y sin la protuberancia en su sitio.

¡Qué mala suerte la mía!
Qué fatalidad, por venir a visitar a ese villano caudillo;
¡Miren en lo que me ha convertido!
¡Parezco una endemoniada pulga!
¡Me veo horrible sin mi cola!
Aunque creo que ahora podría ser un pobre Diablo
a la moda;
Pero mi lección y aunque sea tarde... la he aprendido.

"La curiosidad es una virtud para aplicarlas a las ciencias y el chisme el defecto
Del ocioso, que indaga con poca decencia...
Si ven al Diablo sin la cola, pues cuídese su nariz"

Llegaron los extraterrestres

Llegaron los extraterrestres;
Son azules y cabezones;
Pero en el fondo, parecen que son buena gente.

Todo el mundo se escondió,
Excepto mi perrito y yo,
Que sin ningún temor los saludamos,
Mi perrito con la cola y yo con la señal de mi mano;
—¿Señores, qué tal hicieron el viaje?
¡Vengan, déjenme ayudarlos con el equipaje!

Fui con ellos bien amable,
Les resolví en mi casa el hospedaje;
Y les di sin problemas la bienvenida;
Y mientras todos estaban apendejados,
Y corriendo desaforados por las avenidas
Yo les daba las quejas de todos los problemas
en nuestra Tierra y hasta del asuntico
que teníamos con las tiranías.

Me dijeron que sentían los estertores desde su planeta,
Que se oían a diez billones de leguas, y que era lo que aquí pasaba.

—¿Qué es lo que pasa aquí?
Ustedes están detrás de palo;
¡Estamos más fritos que un pescado en un plato!
Miren Extras, esto se ha puesto tan abstracto,
Que, o te bajas los pantalones o te conviertes en malo.
Puras guerritas, y el podrido fósil saliendo
por las chimeneas,
Mal quemado y sin darnos descanso...

Y me preguntaron que cómo estábamos de sabiduría.

¿De sabiduría?
¡Ustedes hablan en serio o están bromeando!
Estamos como salido de la loca lavandería,
Sucios, apestosos y mal planchado,
Les contesté...
Yo les diría, que a esa no se la encuentra...
Ni como pan viejo y duro en las desahuciadas
panaderías,
Con el horno roto, descuajeringado y apagado.

¿Sabidu... qué?
¡Ni en los centros para guanajos!

Y mi perrito y yo nos tiramos al suelo riéndonos
a carcajadas;
Y nos reíamos y nos reíamos, que casi ni podíamos
respirar de
La dichosa risa. Y ellos nos miraban y comenzaron a
reírse tan estrepitosamente, que cambiaban del azul al
rojo de tanto goce.

Y me dijeron que nunca se habían reído tanto en sus
enteras vidas
Y que nuestro humor era asombroso. Y para decir
verdad les caímos...
Requetebién...
Después de eso, los invité a una gira turística...
Fuimos a la Casa Blanca para presentarles
al Presidente, pero
El tipo no aparecía, ni en el salón para
reuniones pendientes,
Y ni tan siquiera en el bunker a prueba
de bombas calientes.
Se esfumó en el avión presidencial con
los corresponsales, el
El cocinero, el gato y hasta el vicepresidente.

Continuamos nuestra gira para Nueva York;
Y la gente con su stress o entretenidos en la televisión,
No nos prestaron la debida atención; y no estaban allí
ni siquiera, los roqueros de la vieja canción...

Yo iba al frente de la comitiva y advertía con un altavoz,
¡Señores, llegaron los extraterrestres!
¡Esto no es broma!
¡Hay en nuestro planeta demasiadas manzanas
podridas!
¡Y han venido a hacernos una auditoría!

Y los militares que se ocultaban en las alcantarillas,
Miraban con sus anteojos a la interestelar cuadrilla.
Los invité a un restaurant y charlamos de la vida;

Me dijeron que ellos no conocían de bebidas,
Pero yo los empapé con el buen vino
y la buena política;
Y mi perrito y yo nos quedamos frío y con la boca abierta...
Esta gente lo sabe... todito, todo;
Y lo que no saben, se lo imaginan.

Me preguntaron si podíamos ir a cabalgar un poco en el lomo de las ballenas...
¡Hombres que no se diga!
Pero vamos a necesitar especiales riendas de gruesas cadenas
Para esa jodedera...
¿Cuál prefieren las jorobadas, las azules o las que parecen de cera?

Y allá fuimos.
Agarramos un barco de vela,
Hasta que divisamos a una familia entera;
Nos montamos y con los talones les dimos espuelas;
¡Arrea gordinflona! ¡Arrea!
¡O nadas como es debido...o navegas!
Aunque son un poco desobedientes estas marineras jovenzuelas,
Aceptaron con mucha paciencia nuestra juerga.

Nunca había hecho nada igual, y si no vienen estos extraterrestres,
Nunca hubiera podido realizar algo tan singular.

Para la próxima quiero ver si puedo cabalgar en
cometas.

Estas personas son maravillosas; se alimentan con
unas pocas galletas,
Y se cargan con energía luminosa, a través de sus
grandes orejas.

Y les digo, que hemos hecho una gran amistad, tan
honesta
Y tan milagrosa como no hay amigos en toda nuestra
Tierra;
Y que ya no se consiguen, ni siquiera haciendo
piruetas.

Mañana vamos a ir a París y a visitar algunas iglesias;
Aunque tengo la curiosidad de saber, si fueron ellos
Los que dejaron hace más de cinco mil años,
las escrituras en tabletas;
Tal vez recuerden a los sumerios.

Vamos a ver si por nuestra humanidad rezan;
Porque creo, que no llegaremos al tercer milenio
Por nuestra mala cabeza... mucha habladuría pero
Falsas promesas.

A la mañana siguiente, mi perrito y yo nos levantamos
temprano;
Y él con su lengua y yo con mi boca, tomamos
el desayuno;

Pero los Extras se levantan tarde y hasta que sol no
brilla duro;
Y para mantenerse en forma, duermen de cabeza y
hasta hacen ayuno.

A las diez y media se pusieron de pie, pero andan
y hablan
Con una calma y una pachorra... como la de Calmita
Carmona.

Entonces, fuimos a una iglesia y les enseñé el Cristo
crucificado;
Y me preguntaron porque estaba allí y por qué tenía
clavada en
El madero sus manos. Imagínense, pregunta peligrosa
y difícil.
Les respondí:
—Él es el símbolo de la verdad, el símbolo universal
del amor.
Y aunque es duro decirlo, tuve que responderles con
sinceridad... Y les dije susurrando bajito:
Él está ahí por la traición de crueles humanos,
traidores a la humanidad.

¡Imagínense, se acabó Troya!
Y empezaron a gritar en sánscrito,
¡Venganza! ¡Venganza!
Y se enfurecieron tanto, que tuve que con paciencia
calmarlos;
Porque si agarraban a algún culpable, o los ponían al
rojo,

O le cortaban en dos la panza.
Los socios estaban belicosos;
Estaban.... como si metieran una bomba en una olla.
Tuve que llevarlos a un parque de diversiones para cambiar
El temita que los dejó furioso; y los niños los miraban curiosos;
Y yo les guiñaba un ojo y les decía: "No se preocupen que esos
Están disfrazados de extraterrestres fañosos" y entonces se reían con asombro.
Y así fue.

Terminamos la gira y los llevé de vuelta a casa porque mi perrito y yo
Estábamos extenuados de tanto viaje. Les ofrecí algunas de mis viejas
Pijamas y todos nos fuimos a descansar. Pero me dije antes de ir a la cama...
¡Señor mío, esta aventurilla con los Extras es a lo que yo llamo... poesía!

Desperté a la siguiente mañana y ya no estaban, pero me dejaron una nota
en español sobre la mesa y un extraño y fino utensilio...

"Volveremos para poner a cada cual en su sitio, mantennos al tanto con
Tus escritos; utiliza la pluma espacial para informarnos de los enemigos.

Te queremos mucho, dale un beso a tu perrito" ....Tus amigos.

¡Carajo!
Se me olvidó darles otra queja...
Lo de la matanza de elefantes por los colmillos;
Para ver si traen pinzas especiales para sacarles
De tres en tres los dientes a los cazadores furtivos;
A lo mejor escarmientan, mordiéndose del dolor la verga
O con sus encías, los nudillos... y sin anestesia.

¡¡Saquen del teatro a esos dos!! Me gritaron varios mercaderes...
¡A ese crudo señor y a ese extraño perro!
¡Que los dos son un par gamberros!
¿Somos nosotros los gamberros?
¿Entonces los elefantes mienten?
¡Dígale esa palabrita a los que compran el marfil!
Y si tiene valor, acérquese, para romperle sus caras de estiércol;
A ver si le gustaría perder los suyos.
¡Y cuídese que se lo informaré a los extraterrestres!
¡Y vamos a ver a como tocamos!... ¡Pobretes de las rotas pantuflas!
Y al que toque mi perrito... a ese lo dejo calvo, estrujado y mal oliente...
¡Vayan con su burra mamá Rufa!

¿Parecen que quieren guerrita conmigo?
¡Mal rayo les escupa el güiro!

Tuna

Comen tuna los japoneses,
¿Y la tuna?... La tuna desaparece;
¡Demonios!
¡Pero es que se la comen, mil veces con creces!
¿Y saben por qué?
Porque ellos creen que en las matas crecen.

Comen peces los japoneses,
Y deglutan sin parar todo lo que en el
Mar aparece...
Devoran con gula anguilas y delfines,
Y su plato preferido... carne de ballenas;
Son sus dientes como hoja de sinfines;
Cortan y cortan pescados como madera;
¿Pero sus barrigas? ¡Esas nunca se les llena!

¿Y las aletas de tiburones?
Se las tragan por cajones;
Que los pobres no pueden hacer ni huelgas,
Ni contarle a nadie sus sinsabores.
¡Tienen el océano extenuado y gastado hasta los cojos
de los ratones!
Muerden y muerden tanto con las muelas,
Que ni los cangrejos se salvan de tanta machacadera.

¡Tírame la pluma gigante para abajo Señor!
¡Y de tintica bien rellena!

Pescan en alta mar los japoneses,
Y yo con mi pluma gigante y perversa,
Le abro muchos huecos a las redes;
Dibujo lloviznas frías y les tiro hojas de árboles secas,
Cayéndole por toneles la polvorosa celulosa, sobre sus mojadas cabezas.

Y exclamaron preguntándose:
¡Pero si en mar no hay árboles!
¿De dónde salió toda esta pavesa?

Y continuaron lanzando los anzuelos y los
Avíos... ¿Cómo dicen?
¡Me cogieron desprevenido!
Pero los voy a molestar hasta que se quejen de tanto
Hastío...

Y ahora les perforaré con la punta de mi pluma
El casco al navío... ¿Quieren diversión no?
Muy bien... ¡Miren como me sonrío de cínico!

Saltan y se escapan los peces de las rotas redes,
Y yo con alegría, les dibujo libre el camino y
Vuelven a tirar los cordeles los glotones.
¡Pero no escarmienta Dios mío!
Y yo con mi pluma, les tumbo los anaqueles;
Dibujo dentro de la nave a tres apestosas mofetas,
Y en sus caras les soplo confeti;

¿Quieren hacerme jugarretas?
¿Qué? ¡¿Que continuaran la pesquera contienda?!
¡Insolentes de peludas melenas!
¡O ustedes pierden, o yo dibujaré alguna poderosa herramienta!

...Y de nuevo se burlan de mí los enanos;
Se ríen a carcajadas, pero yo con mi pluma, dibujo las marejadas.
Miran a lo alto y me gritan palabras malas;
Y yo con mi pluma gigante, les lanzo tinta negra en sus caras.

El barco se hunde,
Y por el mástil como hormigas suben,
Pidiéndome ayuda como unos desaforados,
Pero, yo los monto a todos en mi vengativa pluma,
Para llevarlos de regreso a casa.

Les explico que no se trata solo de pescar;
Pero también, que debemos entre todos el
Océano preservar, que nuestra madre naturaleza
ya no puede más
Y que la pobre tuna, un buen día, desaparecerá.
¿Acaso no se dan cuenta?

... Y continuaron con sus ofensas...
Y les dije:
¡Y si los agarro cazando delfines o asesinando ballenas!
Voy a dibujar un torpedo para reventar su taimada desvergüenza.

... y mejor se callan o los tiraré al agua para que aprendan a tener
Vergüenza.

Los llevé a la orilla de vuelta...
¡Y ándense al hilo o los castigaré con mi dibujante diestra!

Yo sé que comen sushi los japoneses...
Es muy sabroso y delicioso el marisco en las mesas japonesas.
Pero tengamos un poco de sentido común
Y con nuestro océano y sus criaturas,
Un poco de delicadeza.

Dos días después...

Vamos a ver... ¿Cuántos pescaste hoy?
Y no se las den de listos conmigo, recuerden que yo tengo
El apoyo del Director de todas las artes.
¡Hermoso!
Regresen ya a la costa, que se les acabó hoy la cuota;
Devuelvan al mar los vivitos restantes, que no me gustan...
Los sobrantes.

¡Les recuerdo que este año hay moratoria!
Hagan sushi de espinaca o de zanahorias...
Permítanme que se me escapa uno...
¿A dónde vas capitán del olvido?

¡Ande, ande, no se me ponga arrogante!
Que ya usted pescó ayer, y hoy no le toca de los azulitos,
Ni siquiera uno ambulante... Ni tunita, ni pirueta;
Que ya ha pescado bastante...
Mejor vaya al teatro a ver la obra de Las Panderetas.

Déjame dibujar unos anteojos gigantes,
Para ponerle a los mares, mi mano vigilante,
Y crear el orden por la excesiva pescadera;
¡Este año, pues que pesquen aguacates!

Senadores, crápulas y presidentes

Entra el senador a la sala;
Es todo educación, liderazgo y elegancia;
Pero trae consigo tres caretas para tres feas caras;
Una para la mentira, otra para la demagogia y otra
Para burlarse de la nación a carcajadas.

Lleva un traje negro y una hermosa y pintoresca
corbata,
Para confundir a las pupilas adivinadoras
de coartadas;
Tiene suaves manos y dice muy hermosas palabras,
Para distraer a la audiencia, sobre sus extrañas
Transacciones bancarias.

Mucha elocuencia, aplausos extremos, emociones
y risotadas;
Aplausos maduros y frases vacías y entrecortadas;
¡Qué hermosa, pero que hermosa es la Democracia!
Y de que es hermosa, lo es, pero debemos cuidarla,
Para poder darle las gracias
y no para crear desgracias.

Pero alguien se ha tirado un pedo en el salón,
Que se ha inundado el teatro partidario;
¡Qué clase de follón!
¿Quién se habrá lanzado el criminal gaseoso?
¡Parece haber salido de la cloaca de un dinosaurio!
¡Terrorismo! ¡Bandidaje! ¡Esto es puro sabotaje!

¡Muerte a los perdularios! Gritaba la élite de renombre.
¡Llamemos al servicio secreto!
¡Provocación y ataque químico indiscreto!
¡Y para colmo, es políticamente incorrecto!

El senador sonreía en silencio,
Porque su plan, es siempre el entretenimiento;
Vino la prensa, se formó el barullo;
¡Señores, vengan detrás del telón y cojan lo que debe ser suyo!
¡Billeticos para el estreñimiento!

Y desde ahora en adelante queremos guerritas
y problemitas;
¡Buscaremos a los terroristas!
¡Queremos la venganza, la victoria y la gloria!
Aumentó la euforia,
La sensación es inaudita;
Y por primera vez en la historia,
La Constitución fue fugitiva y conscripta;
Denle al pueblo desinformación, televisión
Y bastante de las mentiritas...

¡Nuestro senador siempre está presente!
¡Hagámoslo Presidente!
Gritaban los lacayos de cuello blanco y
Los tramposos del garrote candente;
¡Será nuestro títere Presidente!
Y por supuesto, será bien entrenado para dar
Los discursos, que quieren oír ustedes, la gente.

Mágico Verso

—Pueblo: ¡Pero no nosotros pensábamos!
—Pensaron mal, ¿Entristecidos?
¿Quieren detrás sus valores cristianos?
¡Pues emborráchense con aguardiente!
¡Que como decía Maquiavelo, la plebe tiene lo que por idiotas merecen!
¡Seremos con ustedes implacables!
Y todo hombre tendrá derecho a callar y de ser humillado,
De vivir engañados por los crápulas, de ser confundidos,
Esclavizados y de ser hecho añicos...
¡Bravo, bravo!
Temblaban de la risa las alhajas de los conscriptos.

¿Pero esto es una broma o es algún relajito?
Preguntaban los votantes, despertando de su surrealismo.

¿Qué es lo real?
¿Cómo sabremos por quién votar?
¿A quién habrá que fulminar?
¿No será nuestro gobierno, el bandido?

"Mis queridos ciudadanos dormidos, miren para arriba y pídanle a Dios el mejor de los caminos, y vayan afilando el acero de Toledo, porque hasta la Cruz, la tienen hasta los cojos de dos ceros, de tanto hastío. Muerdan el cuchillo de dos filos, que si es por justicia, el Señor se hace el sordo y muchas veces hasta se hace el entretenido"

¡Deu, seditio in la civitate!
¡Deu! ¡Deu!
¿Qué le pasa a este hombre hoy? No entiende ni el latín.
Creo que está enojado, ¡Lo noto como distraído!

EL pilluelo de China Town

Caminando por el barrio chino,
Quisiera comer algo bien sabrosito;
Pero tengo el bolsillo bien peladito;
Miro a los estanquillos...
Y me froto las manos ávidas, olfateando todo lo que miro;
¡Pero qué olor más rico Dios mío!
Arroz frito, pescaditos, grillos asados en palillos;
Y probando y probando a mi barriga lleno, y
de poquito en poquito;
Porque no tengo ni un duro para comprar un bocadillo;
¡Pero qué lindo es China Town!

Y me preguntó un bondadoso cocinero chino al verme:
—¿Señol, podría ayudarme con la cazuela?
Porque el pollo flito en el candela se me quema.

—No faltaba más, pues claro que tendrá mi ayuda...
Y dije yo muy bajito... "A esos pollitos los envolvería en repollos y me los comería gratis, fácilmente y sin ningún embrollo"

—¿Qué lijo usted señor?
—Decía que lijaría los pollos en idioma español,
Los envolvería en suculenta col y los sacaría de la cazuela muy bien doraditos.
—Usted palece sel muy bien cocinelo señol.

Antonio V. Romo

—Por supuesto,
A los lobos los cocino en el horno y los convierto por arte de magia en asados conejos, con ajo, cebollas y con mucha canela.
—Debe sel muy lico eso señol, ya veo que es usted un glan maestlo de cocina.
—Por su puesto y además soy almacenero cocinero...
—¿Cómo es eso? Pregunta el chino
—Pues bien; cojo los pollos fritos y los revivo con un poquito de Bacardí,
Les pongo yerba buena y ají y después los meto en este saquito, al que le
Llaman "Yo no fui" y se los devuelvo mañana, vivito y coleando y los
Volvemos a freír... ¿Qué le parece?
Y con adobo de raposo y con zumo de limón, quedarían... ¡Deliciosos!
Y además, tendría muy buena venta, sin tener que lidiar con los tramposos.
¿Qué tal?

—Pues señol, lléveselos tolitos y mañana me los devuelve, que aquí lo espelale espelandolo aquí solito. Pero pongámosle plimero un poquito de saldiguela (1)
Para que mañana regresen dilectico a la candela.

—Muchísimas gracias y póngalos aquí toditos y también un dinerito por si acaso
Viene la policía y los despierta con la sirena.
¡¿Dijo el chino saldiguela!?
¡Qué condimento más raro!

¡Qué lindo es China Town!
¡Pero tengo el bolsillo roto, con tela de arañas y bien pelado!
Pero hoy me puse dichoso, con el pobre chino a quien he timado;
Patica para que te quiero, que en un instante tendré la barriga bien llena.
Y pasó una hora...

¡Hay Dios mío, tengo retortijones!

¡Corre al baño pilluelo de China Town, que lo que tienes es, pura cagalera!
¡El chino le puso al pollo, laxante de sal de higuera!

¿Quién habrá timado a quién?

(1:Sal de higuera) =poderoso laxante

El silencio

Estoy sentado sobre la vaguedad de mis recuerdos,
para dejar pasar el tiempo,
Y escucho levemente, el sonido de los motores en
la lejanía;
Miro fijamente al cielo azul, penetrándolo
profundamente con mi vista,
Buscando a mi propio yo, para poder disfrutar,
de una grata y dulce compañía
Porque no quiero recordar ya, ni mis rencores,
ni tampoco retener en mi mente, las viejas, locas y
tontas rencillas.

Estoy mirando al vacío, y escucho levemente los
motores en la lejanía;
Alumbra mi cara el sol y agradezco noblemente, la
bondad que me propicia,
Esfumándose como vapor de mi alma, todo rastro de
mi codicia,
Mientras exhalo por mi boca, toda la mala y la oscura
vibra,
Quedando ya, mi mente libre de toda banalidad
y malicia.

Abro bien los párpados y se agrandan bien mis pupilas,
Y noto la facilidad, con que asombradas al mundo
miran,
Analizando a la perfección, la realidad que escudriñan.

Quedo pensativo y apoyo uno de mis codos, sobre una de mis rodillas,
Apuntalando con mi mano, la cabeza por mi fina barbilla,
Despeñando de mi estatua humana, y para siempre,
Todo el sudor del odio que había acumulado en mi ira.

Regresó a mi pensamiento la noble y la linda alegría,
Pero comienzo a sentir pena, por la roca donde me siento,
Porque quién sabe si por mucho tiempo, quedará sola, fría y vacía...
Tal vez regrese de nuevo, para hacerle compañía y tenerla siempre de amiga.
Me erijo sobre mis pies y me siento como estatua viva,
Blanco y vacío, como las hojas de una libreta sin líneas,
Lista para escribir de nuevo, las novelas que nutrirán mi vida;
Pero esta vez, quiero que sea, con un poco de humildad,
Y sin tanta altanería.

He estado pensativo por un tiempo y en paz conmigo mismo,
Y comienzo a oír de nuevo, el sonido de los motores en la lejanía;
La estruendosa voz de la civilización, esa, que a mis oídos lastiman;
He regresado ya, a mi ruidosa pesadilla.

Dos y muchos más

A mis dos hijos Alejandro y Leo

Yo tengo dos hijos,
Uno de diez y otro de veintidós;
Un par de rufianes que juegan con sus pelotas
Y sin pedirle permiso a Dios.

Dos hermanos justicieros...
El más pequeño es el consejero,
Y más grande el pendenciero;
Pero son tan dulces, como mangos caídos del cielo.

Nos besan a su madre a mí con mucho amor,
Pero no les pidan nunca que recojan el reguero,
Ni los suyos, o el de su perro bandolero.

¡Mírenlos!
Ahí vienen los tres, como los Tres Mosqueteros,
Arrasando con la vida y hasta con mi ojo de buen Cubero...
Y el canino me ladra y los defiende, como un lacayo bucanero.
¡Tú no nos entiende, porque ya eres un viejo!
Patina en la casa el diez añero,
Y escandaliza apasionado el patilludo veintidós añero;

Y el vecino del piso de abajo, golpea con su escoba,
La paciencia que aún le queda a mi suelo...
—¡¿Qué pasa allá arriba, me quieren tumbar el techo!?
Se lamenta el vecino, refunfuñando con razón por el
divertido estruendo.

Eran ya tres, mis dos hijos y el pequeño cuadrúpedo,
medio,
Y a la cumbancha se unió un cuarto, que es la novia
del más viejo,
Para formar la banda musical de un
fenomenal cuarteto.

Ahora somos en el sofá seis;
Y yo le pido permiso al espacio, porque no cabe ya,
en el alargado asiento,
Ni siquiera, un flaco gorrión con sombrero;
Ahora son más para compartir la pizza y para coger
catarro,
¿Y el indisciplinado peludo? A ese siempre lo agarro,
Rompiéndome por diversión, mis viejos zapatos de
cuero.

El de veintidós envejece y crece rápido el más pequeño,
Y su madre y yo le pedimos a la vida, que el tiempo
Les borde de niñez, un eterno y hermoso pañuelo,
Porque dentro de poco, ya casi seremos abuelos.

Ya no serán, ni dos ni tres, junto al perro
blanco y negro,
Pero tendremos chicuelos para llenar diez aposentos.

Y yo que pensaba que podría haber tesoros escondidos
En la isla de los piratas; pero les aseguro que están en
mi casa y debajo de las sabanas... ¿Y el tesoro de la familia? Ese seguirá creciendo.

Esqueletos rumberos

Pasaba yo por el cementerio,
Y sentado en las lápidas frías,
Pude ver diez esqueletos rumberos,
Aburridos de tantas noches vacías...

Abrí la verja, entré y les pregunté:
¿Cómo anda la cosa señores?

—Nada, totalmente aburridos; queremos tocar
la rumba, pero no tenemos tambores,
Me respondieron.

—¿Qué tal diez calderos viejos y un par de palos para
golpear los latones?
¿Ya se aprendieron las notas?

—No, pero con un poco de ron añejo, creo
que entonaremos la noche.
Trae el ron, que nosotros ponemos los vasos;
Cogeremos a diez jarrones
Y les quitamos las flores.

Hoy habrá fiesta en el barrio y bajo la luna llena y
se celebrará la vida, con ricos ritmos y con muchas

canciones, porque los esqueletos rumberos quieren mover sus cuerpos y al compás de la Macarena...

—¿Quién de ustedes tocará la clave y la trompeta?
—Julián el del hueso roto y Alberto el de la pata tiesa.
—¡Pues dejen a un lado las penas que hoy habrá aquí gozadora!
Pero no me asusten a los vecinos, que vendrán a traer las cervezas.

—¿Y el saladito?
—Creo que ya le están pidiéndole demasiado a la belleza;
Recuerden que sus costillas frías no retienen, lo que por la gravedad pesa;
... Bueno señores esta noche y al rayar las nueve y media;
Que es la hora que vendrán los invitados y a las ocho, ya deben de estar preparados para celebrar la verbena.

Los esqueletos rumberos se sentían tan felices, que hasta querían invitar hasta los moribundos del hospicio "La Siesta"

Llegó la hora señalada y el cementerio estaba ya de gente atestado;
Todo estaba perfecto, la orquesta, los chistosos y los invitados;
El ambiente estaba bien animado, la risa y la conversación...
—¡Oye hueso viejo, ven a acá para presentarte a mis amigos!

¡Óiganme tráiganmele un trago al socio!
¡Caballeros, miren que bien se conserva el difunto Tenorio!
—¡No tantos elogios señores, no tantos elogios!
—¡Vamos Tenorio, que no se diga, que hoy no estamos para velorios!
—¿Oye y Demetrio el de las barajas?
—Ese creo que se quedó dormido en la caja...
—¡Pues sáquenlo del hueco, porque lo necesitaremos en la barra!

La música comenzó y las caderas huesudas se movían y al compás de las maracas; bailaban el Tentempié y hasta el ritmo de la Cucaramácara, y el escándalo fue tan grande que hasta se oía el bullicio en Caracas... y hasta hubo que cerrar las puertas de cementerio, porque no cabía ya, ni un demonio en alpargatas...

Los esqueletos rumberos se divertían tanto, que de tanta risa se les desprendían las quijadas y en sus borracheras, hasta perdían sus cabezas, buscándolas después, en el piso a horcajadas... ¿Y los esqueléticos enamorados? Esos no faltaban...

—¿Dígame dulzura? ¿Te gustan los flacos como yo?
—Tal vez, si te pusieras un poco de papel relleno, podrías verte mejor.

—¿Y si te regalo un anillo de compromiso?
¡Y de columna vertebral, que son de los buenos y hasta lo puedes llevar de amuleto!

Ya está amaneciendo y algunos cuerpos de tanta juerga, aparecían por donde quiera durmiendo; otros huesudos regresaban a sus tumbas contentos y los vecinos fiesteros ya se estaban despidiendo y declarando su total lealtad a sus amigos del cementerio...

¿Y los moribundos fiesteros? ¡Esto es increíble señores, increíble!
¡Parecían...pero parecían estar reviviendo! ¡Yo sé que nadie me cree esto!
¡Señores no me miren así, que yo no soy un mentiroso!

Casi

Casi que me siento lerdo;
Pero no lo estoy aunque mi corazón sea añejo;
Siento caer la lluvia y de vez en cuando, guardo una gota
En el libro de los recuerdos...

Me dirijo hacia mi butaca aburrida,
Vengo, tropiezo,
Pero casi al sentarme, lo pienso dos veces, pero no me siento;
¡La engañé!
¡Qué te piensas, inútil!
¿Crees que yo soy tu perro viejo?

Miro a la luna y casi se me parece un queso;
¿Será el cuarto menguante?
¿Quién le habrá mordido el pedazo que no veo?
¡Nada, bromeaba como bromean los jovenzuelos!

Viene mi hijo, me da un beso y le pregunto...
¿Cuándo te tendré de regreso?
Y me responde...
Tal vez mañana o cuando me permita el tiempo,
No te preocupes papá si nuestro amor es eterno...

¡Qué más da, si de todas formas lo quiero!
Me quedé triste, pero casi satisfecho.

Casi que me traquean los huesos,
Pero no es nada importante y no me lamento,
Tal vez es falta de grasa en los ligamentos;
Pero nada que me impida jalarle los pelos al viento.

Miro desde la puerta de mi habitación a la cama,
Vengo, casi tropiezo y al acostarme, pues me arrepiento
¡Ven, la confundí de nuevo!

¿Qué te crees engañadora?
¿Crees que yo soy un viejo enfermizo y sin aliento?
¡Baya a que le zurzan su acolchado trasero!

Camino y me miro al espejo y casi me quedo perplejo...
¡Ese hombre no soy! ¡Juro que no soy yo!
¡Yo soy un hombre muy apuesto!
Esas arrugas son los trucos refractarios del reflejo;
Trucos malévolos que yo sé que no son ciertos.

Voy a la cocina, me hago un café y al tomarlo, la taza
Casi me hace temblar la mano, tratándome como si yo
No fuera un experto, ¿Pueden ustedes creer esto?
¡Ya no existe ni la vergüenza ni el respeto!

Casi que me siento lerdo;
Pero no lo reconozco,
Porque pienso que la verdadera realidad,
Es la que se lleva por dentro;
Un manantial de cosas buenas y de buenos
pensamientos.
Imagínense, que ya casi no veo;

Pero uso los espejuelos, no porque no vea de lejos,
Sino porque ellos necesitan de mis ojos como un mago
A su amuleto.

—¡Reconócelo Juanelo! Ya no eres...
—¡Cállese señora del lamento!
Que te he prometido que tu matrimonio de sesenta años estará
En juego, si no tratas con respeto, la valentía de los aventureros...
¿Quién eres acaso para prejuzgar de cómo me siento?
¡Háblame como se le habla a un caballero!

Vengo, tropiezo y casi me caigo al suelo...
Pero no es mi culpa; es la culpa de la gravedad que te hala
Sin pedirte permiso, para mandarte al infierno...

—¡Déjame aguantarte Juanelo! ¡Juanelo!
—¡Apártate sátrapa! Casi que me tienes sin aliento.
¿Dónde está mi uniforme y mis medallas ganadas en el ejército?
¡Búscame mi sombrero! ¡Me persigues como si fuera un reo!

Ya casi no recuerdo;
¿Pero qué están pensando ustedes los lectores?
¡Partida de parapléjicos!
¡Ese no es mi cerebro!
Es la vida que me ha robado todos mis sueños,
Mis juveniles años y mis hermosos anhelos...

—¡Juanelo, tómate tus pastillas!
—¡Saca delante de mi cara ese veneno!
¡Mujer, eres una pesadilla!
¡Yo no soy tu anciano esposo sentado en una melancólica silla!
¡Qué desdicha siento, pero qué desdicha señores!

Casi que camino muy lento;
¿Y ahora? ¿Qué están comentando de mí? ¡Hum! Ya los veo.
Les aseguro que ese no soy yo
Es el tiempo, o tal vez algún mal entendimiento entre los dos.

¡Malas noticias!
Mañana tendré que ir a ese hospital maquiavélico;
Pero no porque lo necesite, sino porque ellos saben bien a quien estafar
Y tumbarle del bolsillo el dinero;
Y si tengo que usar el bastón,
No es para que lo malinterpreten de sopetón;
Lo uso porque quiero golpear ese maldito piso jodedor,
Y hasta el último escalón...

—¡Juanelo!
Venga y siéntese, viejo cascarrabias, para traerle el almuerzo.

—Ven lo que les digo, siempre provocándome con lo de viejo...

¡Me traes el almuerzo no porque tú lo quieras, sino porque te lo ordeno!
¿Qué te crees, que me puedes gobernar?
¡Bella y dulce mujer... tráigame el almuerzo!

Semidesnudos

Con una bandera de estrellas
Y una cruz colgada al cuello,
Caminaba yo, por las calles en Washington DC,
descalzo y semidesnudo;
Y se unieron a la cumbancha, los hombres, las mujeres,
y los cristianos puros;
Sordos, cojos, mudos y hasta los tartamudos montados
en burros,
¿Las mujeres?
Algunas en sostenedores y otras, con llamativas ropas
playeras;
Y los hombres con corbatas, sin camisas y en calzones
cuadrados de tela.
Queríamos acabar de una vez, con estos impíos de
mala cabeza...
Estamos cansados ya, de que pateen el derecho, al
renacer de la vida.

Y miren lo que pasó, porque esto hay que contarlo, tal
y como fue...
Primero, nos persiguió la policía, pero terminaron
desarmados,
Sin pistolas, sin gorras y sin escopetas,
Casi encueros y cubriéndose las partes prohibidas.

Vino el ejército, les leímos los valores cristianos,
Y acabaron de rodillas, llorando y besándonos con
pasión nuestras manos...

Los uniformes de guerra, fueron quemados en la candela...
Si les digo otra cosa, les estoy diciendo mentiras.
¡Aquí se coge más fácil a un mentiroso, que a un pelotero en la esquina!

Nos persiguió el servicio secreto y
Les revelamos a todos al oído, el mensaje de amor del Nazareno,
Y sollozaban como niños, pidiendo perdón por servir a los malos gobiernos;
Y decían en alta voz...
¡Preferimos de aquí en adelante, servir a la gente común de esta Gran Nación!
... Y sus pechos quedaron desnudos y totalmente al descubierto.
¡Así como les cuento!

Nos presentamos ante el Congreso,
Les quitamos las corbatas, las camisas y las caretas;
Y le quitamos hasta el calientico asiento,
para mentirosos de pura cepa;
Le leímos el documento de alta traición, para los que faltan a sus promesas,
Y los sentamos en una esquina, con el gorro
de la vergüenza.
Terminaron limpiando sus lágrimas y restregando sus caras
Con la bandera tricolor de estrellas,
Cayéndoseles a todos el colorete, como a las prostitutas callejeras.

Después, fuimos a la Corte Suprema,
Nueve miembros que la hermosa Constitución de América, ya no recuerdan;
Les leímos los Diez Mandamientos y los dejamos en calzones y en camisetas.
Le quitamos el gorro negro y el martillo de la mano que pesa,
Y les martillamos el dedo índice para que aprendieran a usar bien las verdades,
Y de forma certera... ¡Aprendan cabrones, las leyes de las Doradas Reglas!
Y se sumaron adoloridos, a nuestra semidesnuda contienda

Se nos unieron ciudades enteras...
Y gritábamos: ¡Viva la decencia! !¡Viva la sagrada familia! ¡Abajo la indecencia!

Detectamos a los banqueros; se estaban cagando de miedo,
Y nos ofrecieron dinero;
Y clavamos en la tierra, una Cruz de dos maderos,
Y le dije a la comitiva:
¡Tráiganme los clavos, para que estos bandidos sean de inmediato crucificados!
Y gritaban llorando:
¡Devolveremos al mundo, todo lo que hemos robado!
¡Pedimos clemencia! ¡Por favor, pedimos clemencia!
¡No nos claven las manos!
Decían las ratas inmundas con los ojos mojados de llanto.

—¡Muy bien!
Pero creo que les vendrían muy bien, en cada glúteo, dos latigazos.

Seguíamos la marcha de los semidesnudos...
Y nos veíamos cada vez más, pues más parejos, más simples y humildes;
Y empezábamos a comprender que todos teníamos los mismos derechos y de que al final de la jornada, todos somos hermanos.

Nos aparecimos de improviso ante las Naciones Unidas y les ordenamos:
¡Las ropas abajo, para que se sientan más livianos!
Y les mostramos fotografías de niños muertos, heridos y hambreados...
Bajaron sus cabezas avergonzados y nos rogaban:
¡No más torturas por favor, no más torturas!
¡Todo es evidente, todo está muy claro!
Decían, casi sollozando...

Y les dije:
Si quieren buscar a Dios, miren a los ojos de la gente,
Para que vean su propio reflejo, el de los seres humanos.
Y se nos unieron a la marcha, todas las Naciones de la Tierra.

Y ya, al final, nos reunimos en la Oficina Oval, con muchos de los Presidentes.

Se quitaron sus sacos negros, sus lustrosos zapatos y sus camisas caras.
Abrimos las ventanas y entró el sol radiante a la Casa Blanca.
Y todos los líderes se amotinaron, en el leve espacio de la ejecutiva sala;
Y les leí en voz alta, todos los Derechos Universales del Hombre, el de una verdadera Carta Magna.
De repente, se abrió la puerta y entró un semidesnudo Señor, de alta estatura, de largo pelo y de distinguida barba y puso sobre la mesa una copa de madera sobre el escritorio presidencial y dijo:
¡Si beben de este vino, beberéis de mi sangre!

...Y los Jefes de Estados bebieron habidos, despertando de la larga pesadilla de la maldad, sin recordar ya, las malas historias pasadas de sus naciones.
¡Que pasó, señores! ¡Dónde estamos!
Estaban como atolondrados, como si les hubiera fulminado el cerebro un rayo.

El Hombre se marchó en silencio y todos regresamos extenuados a casa, pero con la certeza, de que habíamos cambiado el mundo. Clavé la bandera de estrellas en un hermoso jardín y decidí aquella noche soñar y soñar en grande.

Pero hay un detalle que no les he contado...
Regresé a la Casa Blanca y me tomé hasta última gota del vino restante en aquel Cáliz, olvidado sobre el antiguo buró de la blanca casa. Le pase la lengua, no

dejando, ni residuo de aquel poderoso líquido rojo. Me senté en la silla ejecutiva y subí mis pies entrelazados sobre la lustrosa madera, sin camisas, en calzones y con mis pies sucios ya de tanta caminata, quedando plácidamente dormido.

Nadie

Nadie en el mundo me comprende
Porque ando con un sombrero verde,
Con un nido de pájaro en su tope,
Zapatos azules y un pantalón de vivos colores;
Llevo una camisa de mi propia piel,
Y con tirantes sobre los hombros.

Voy caminando por las aceras y cantando,
Así de simple y como si no existiera el ayer,
Llamando a las cosas, fríamente y por su nombre
Y por su exacta definición fiel.

¡Me tienen terror!
Porque de chistoso no hay en el mundo nadie mejor
que yo...

—¿Di... di dígame señor?
—¡Vaya a bañarse que le noto un humoroso olor
a sudor!
Use jabón, detergente o alcohol,
Que hay tres enanos debajo de sus sobacos,
Jugando a ver quién tira la pelota mejor.

Ando con un fino palito que uso como bastón,
Para batirme con cualquier narizón o algún
Mentiroso de mal corazón;
Y los gorriones se posan en él,
Entonando con sus trinos, una hermosa canción.

Con mis propias manos, tomo el agua del riachuelo,
Y devoro con ansias los pétalos de un girasol;
Arrancando con mis dientes cada uno y saboreándolo
Como suculento manjar y disfrutando de su perfumado sabor.

¡Escuchen esto damas y caballeros!
El que camina no soy yo,
Es el duro piso tratando de apoderarse de mi sombra,
De mi paciencia y de mi humano calor...

—¿Qué dice usted, que debo lijar mi vocabulario?
¿De veras? ¿Quién se lo dijo, la gente del vecindario?
¡Parece que usted quiere buscarle las cuatro patas al gato!
¿Puede usted por favor, abrir la palma de su mano?

—¿Para qué señor estrafalario? ¿Me va a regalar moneditas de oro?
—¡Ábrala bien la mano por favor!
¡¡Para golpearla con este palo y ponérsela al rojo!!

—¡Asesino!
¡Saquen de aquí a este problemático emblemático!
¡Llévenselo, que está totalmente loco!
¡Miren como me ha dejado la mano!

¿Ven? Nadie me comprende;
Excepto, la luz y su resplandor,
Las flores de los naranjos,
Las abejas y los frondosos manzanos,

Los amantes, tú y aquellos que adoran
El despertar del sol como yo.

Me critican por paticojo;
Porque uso mi pantalón con un lado largo y el otro lado corto,
Y porque mis canillas, parecen hilos parados en zapatillas,
Y que vivo despreocupado "Por el que dirán" y que eso, no es nada gracioso.

Me dicen con sus caras ya rabiosas de rencor:
—¡Tú no tienes vergüenza!
Porque duermes a piernas sueltas sobre la fresca yerba,
Como si fuera tú único y último día…
¡Delincuente soñador!
¡Tus ideas son perversas!
¡Siempre estás pensando acerca del amor!
¡Eres un buscapleitos y una maldición!
No te importa el dinero,
No eres ni un déspota o un usurero;
¡Tú no perteneces a este mundo, mal jugador!
¡¡Tú no sirves ni para cerrajero!!
Pero sí, para sacar a mear a los perros,
Para eso sí eres bueno, queriendo siempre ladrar
Como ellos…
¡Lárguese de aquí pendenciero!
Que aquí no queremos gente con orgullo o con vergüenza;
Y ni siquiera, pobres poéticas en el destierro…

Nadie me comprende, ¿Ven lo que les digo?
Porque ando con un sombrero verde,
Con un nido de pájaros en su tope,
Zapatos azules y un pantalón de vivos colores.

Soy el más despreciable y el más odiado de todos
Los busca problemas...

Ando con un fino palito que uso como bastón,
Para golpear...lo que venga
Y retar... al que sea
¿Quieren palos? ¡Pues se los doy!

—¡Señor, baje el arma o llamaremos a la policía!
—¡Abra la palma de la mano, ábrala por favor!
¡¡Para golpearla con este palo!!

Precioso Capital

Nuestra historia está en el tiempo, tal vez, cientos de años rezagada,
Porque hay hombres que llevan en sus bocas, como perros,
No sus huesos, pero lingotes metálicos con sabor a nada.

Muerden el oro y la plata como si fueran albaricoques...
¿Pero de conquistar el más allá?
Ese temita, ni lo toques, porque sus conciencias,
Y para llegar muy lejos, no están entrenadas.

Dos milenios de tierra ensangrentada;
De odio sin límite, desde la noche hasta la mañana;
De banal derroche y de montañas de huesos amontonados,
Bajo el cimiento de hermosas ciudades.

Dos mil años ya hartos de tantas mentes taradas,
De siglos ya cansados, de estirpes no elegidas por sus pueblos,
Y de malignos esperpentos mirando al mundo por ovalados huecos.

Una civilización humana,
Que ya está agotada de escuchar a tanto intelectuales locos,

Que creen haber descubierto, la socialización de los pedos rojos;
Y de la universalidad de sus utopías finitas y fracasadas;
Que son como sabelotodos jorobados, pudriéndose como escoria,
Dentro de sus lujosos y filosóficos laberintos siniestros,
Porque creen, que con sus ideas, pueden machacarle al Creador un dedo;
Algunos, con Titulillos nobiliarios no ganados en ninguna batalla;
Y que no han sido condecorados ni siquiera, en un combate para ciegos;
Y otros, licenciados en explotar a la gran nobleza de la raza humana.
Y terminan ya de viejos, chochando y esclavizados por sus sillas de ruedas...
Maquiavélicos, tiranos y proxenetas, muriendo todos y bajo la misma bandera.

¿Dónde están las majestuosas naves espaciales para conquistar el éter?
La pobre Luna es lo único que en su record tienen;
¡Qué vergüenza señores, que cacofonía, pero qué vergüenza!
He de recomendar a todos ustedes, la filosofía Hermética,
Para poder ver al fin, dónde están sus asombrosas inteligencias;
Y poder comprobar en qué plano dimensional, ustedes se encuentran...

¿En una pantalla plana o en una dimensión, sorda y hueca?

Nuestra historia ya está harta de caer siempre al vacío,
Porque estos elementos nunca aprenden de la simplicidad de la vida,
O a comprar un poco de gentileza, qué es lo más barato que se encuentra, en el libre mercado de los Buenos Amigos y en el de las sabias, honestas y humildes cabezas.

Le pasan con avidez al oro y a la plata, su lengua larga,
Adorando como piojos aristocráticos, el pelo de lujo,
Como arácnidos parasíticos mirando de cerca el futuro,
Sin poder tan siquiera curar sus tumores de ideas maltrechas,
Desbordándose ya, de sus cerebros perversos y oscuros;
Y no recuerdan a los olvidadizos, destructores y locos meteoros,
Que andan por rutas rompe cojones, bombardeando todo lo que
A su paso, se encuentran.

Y todavía andan pensando acerca de la dulce vida en
Lejanos planetas, perdidos en la espacial niebla,
Sin apenas distinguir, si son inhabitables calvos
O habitables azules y bien peludos;
Y no pueden ni resolver la amargura en su propio planeta;
Y en la superficie de su cuero cabelludo.

Claro, los entiendo, porque son pequeños seres y de pequeñas patitas.
¡Señores, no les pidan nunca flores a las papas fritas!

¡Por favor tráiganme una cervecita!
Para corroborar lo que he dicho,
Con un puñetazo en la mesa, con cuño y con firma,
Que la realidad es dura pero la doy bien escrita;
¡Lo juro!

Sí, es cierto que hemos alcanzado infinidades de cosas;
Unos cuantos altos y exóticos edificios,
Algunos modernos y superficiales artificios
Y un poco de imágenes televisivas, casi siempre desinformativas;
¡Muchísimas cosas!
Excepto, el de saltar al espacio, tan solo, un año luz a la redonda;
¡No podemos ir ni a Marte, que está al doblar de la esquina!
Algo que solo se lograría, con la Unión de todas las Naciones,
Grandes corazones y con amor a la humanidad, el más valioso capital...
Y que conste, que no estoy pidiendo mucho.

¡¡Bajen el telón que se quema el teatro!!
¡Saquen de aquí a ese cristiano futurista!
Que a nosotros los piojos no nos gusta el jabón
Ni la ducha con agua bendita...
¡A correr que viene un vendaval!

¡Sálvense quien pueda, que ya está abriendo la pila!

Es asombroso como me hace reír estos personajes de la Grandeza Chiquita,
Que llevo tres días riéndome sin parar y sin que se me acabe la risa, y hasta Dios desde lo alto me grita:
¡Para ya pedazo de sinvergüenza, que de tanto reírme casi me haces llorar!
De todas formas, no se le debe echar perlas a los cerdos, ya que las mancillarían en su mundo hecho de estiércol y de fango.
¡Oye agárrate, que el follón me viene y voy a tronar!
¡Tú tienes razón poeta, ellos son los Infelices de la Grandeza Chiquita!
¿Ya terminaste con tu cervecita? ¡Dímelo sin pena!
¡Pues tomate otra por mí, que lo que te doy con amor no se te quita!

Amigos para siempre
A Héctor de Soto y Antón

Yo tengo un gran amigo que se llama Héctor,
Que es de la amistad el más grande de los arquitectos;
Ladrón de la risa y el más ameno de todos los cuenteros;
Alma libre de camionero, ¿Y de sincero? No hay
Quien le quite su sello; es como el sol, totalmente
auténtico.

Siempre andábamos de parranda,
Como andarines por las carreteras,
Enamorando a las chicas y sacándole chispas a las
ruedas;
Fue, por así decirlo, el mejor chofer de cacharros viejos.

Íbamos juntos aquí o acullá;
Íbamos juntos a la escuela,
Y como dice el dicho: "Sin vacunar y sueltos"
Jugueteando con nuestros perros
Y levantando la vida en peso, a como viniera,
Unidos en las malas rachas y unidos en las Noches
Buenas"
Jugando y tirándonos bromas como pelota, de una
mano a la otra.

¿Dijeron comelones?

Antonio V. Romo

¡Alabado sea Dios!
Ese era el más famoso de todos los buenos;
Un devorador de pastelitos y de pizza llenitas de atuendos;
Pero compartidor especialista, en pedazos bien parejos,
Y nada de un milímetro menos.

Roquero a lo Presley, pendenciero y florero de los viejos tiempos.
Siempre recordábamos aquellos momentos de niños,
En el que devorábamos huevos fritos como un manjar suculento;
Y después brindábamos con una jarra de agua fría,
Como si fuéramos vikingos o dos de los mosqueteros.
Y me gritaba:
¡Acaba de bajar Trucutuerca, más te vale venir a jugar y sin contratiempo!

Y nos tocábamos a la puerta cada día, ya unidas por el cordel de la hermandad;
Esas que se abren siempre, cuando otras se cierran, gracias a la palabra lealtad.

Y aquí estamos cincuenta años después y mirando todo lo que dejamos atrás;
Yo con canas en mi entera cabeza y con deseos de regresar,
Y él, tratando de recordar en silencio, lo que el tiempo no ha podido borrar;
Porque fuimos, somos y seguiremos siendo, aquí o en la eternidad,

Y hasta que nos esparza el polvo en el viento... amigos para siempre.

"Mi amigo Héctor, vive hoy día en Florida, recuperándose de una larga enfermedad"

Me faltó poco

Traté de tomar el sol entre dos dedos,
Estando lejano en la distancia y cerrando mi ojo derecho,
Pero estaba tan pegado al horizonte que no pude ni a las buenas
Ni a las malas, hacia mí traerlo.

Desperté temprano en la mañana para verlo renacer de nuevo,
Y agarré las dos puntas de la línea del mar,
La que lo sostiene por la mitad y como a la yema de un huevo,
Y las hale hacia arriba y con todas mis fuerzas,
Pero no me dejó levantarlo el océano;
Fue otro intento fallido.

Esperé la noche y tomé a la luna llena en mi mano,
Y traté de bajarla, con todo mi poder avasallante;
Y al jalarla despiadado, le arranqué un pedazo gigante;
Convirtiéndola sin querer, en cuarto menguante;
Me falto poco, pero al menos pude calmar mi frenesí,
Cogiendo así, una gran parte de la esfera plateada.
El intento y la experiencia fueron reconfortantes.

Navegué al Pacífico y a dos volcanes activos, sin temor los exprimí,
Como si fueran los hermosos senos del planeta Tierra,
Y de su lava obtuve varias islas con bellos palmares y cristalinos ríos,
Y me faltó poco para crear un entero y nuevo continente de paz,
Con fértiles campos, llenos de nobles sonrisas y de verdes praderas.
Casi lo logré, pero me frustré por no haber hecho mis sueños realidad,
El de levantar la más alta cordillera de la hermandad.
Fue otro intento vergonzoso y fallido y estaba furioso.
Entonces...
Coloque a todos los hombres sobre la palma de mi mano,
Y tuve la intención, de ahogarlos por asfixia entre mis dedos;
Y bondadoso y sínico sonreí, y lentamente abrí mi flor carnicera;
Y les di la buena noticia, de que gracias a mi gran paciencia,
Bien dichosos se salvarían de esta.

Les soplé con mi boca, todo el hedor que había en sus sucias sus cabezas,
Para borrar el polvo contaminante, llenito de partículas perversas;
Sin negar que me faltó poco, para reventarlos entre las rejas de mi diestra.

Me sentí arrepentido por aquella descabellada idea,
Y saque esa venenosa espina, fuera de mi fina piel tersa,
Porque tuve un mal momento y de veras lo siento;
Por no poder tomar el sol del horizonte,
Ni apoderarme completamente de la luna llena,
O por no crear un nuevo continente de paz.

Y de repente saqué de mi bolsillo miles de blancas palomas,
Para que el mundo las viera desde lejos y se acabaran las guerras;
Y pensé con todas las fuerzas de mi corazón en lanzar millones,
Y logré al fin lanzar millones, cubriendo con su vuelo, a la Tierra entera;
Siendo vista esta vez, por todas las naciones y en todos los rincones.

Creo que me faltó poco esta vez, muy poco, para convencer a
La humanidad. Casi, no del todo, pero al menos, me sentía feliz.

El Doctor de Poemas

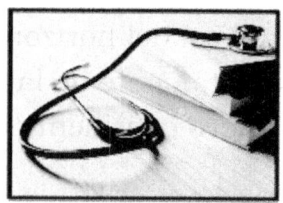

Llevé al doctor uno de mis primeros poemas de niño;
Era un poema muy viejito, era de antaño.

El doctor lo acostó en la camilla,
Lo ocultó muy despacio y yo me sentía angustiado
Por cualquier mala noticia o algún mal resultado.
Levantó lentamente la cabeza, mirándome fijamente
A los ojos y me dijo con una leve sonrisa...
"Tiene catarro"

Suspiré, porque al menos no era nada raro,
Ningún problema sintáctico y algo canceroso
En la organización vertebral de sus párrafos.

Y me dijo por segunda vez:
"El problema es que necesita aire fresco y que lo lean de vez en cuando, es todo;
Pero debes traérmelo el mes próximo para hacerle una radiografía a los verbos de los versos de abajo. Por ahora, puedes darle mucho cocimiento de Buen Trabajo"

¡Ves viejo, que no era nada!
Esta vez, yo soy quien te voy a meter en cintura;

Te voy a limpiar tu dentadura de palabras mal hechas,
Y a tus frasecitas de niño, las vamos a depurar,
Dándole más soltura a tu lengua.
Venga, siéntese entre paréntesis, en la silla rodante del hospital,
Ahora vamos a ir a la cafetería del primer piso a merendar.
¿Qué tal algunos dulcecitos de nervios y un jugo de buen sonar?
¿Ahora si estás contento eh? ¡Ni Sancho Panza te gana comiendo!

Después de la merienda regresamos a casa,
Lo senté en el sillón de su puntuación predilecta y
Lo dejé reposar; se sentía el pobre, cansadísimo;
Y al final se quedó dormido; ¡Qué alivio!
Así me da tiempo para hacer mis labores de escritor
De las mil faenas, que esos no se encuentran ya,
Ni en las fábricas de enciclopedias.
Imagínense, que hasta escribo comiendo,
Bañándome de pies a cabeza y montando mi bicicleta.

Ahora cuando se despierte, voy a cortarle un
Poco de pelo de peludas frases, para ver si cambia
Su aspecto o le rejuvenezco un poco la jeta.

Y en la tarde al despertar y como me dijo el doctor,
Pues le di a tomar, cocimiento caliente de Buen Trabajo,
Y note que la gripe retrocedió y sin mucho dilema.
Hasta pude ver que sus colores pálidos habían cambiado.

¡Vamos a ver viejuco, levántate y recita en voz alta lo que ya sabes, a ver qué tal!
"Mami yo quielo que me le la lechita,
Acostado en mi cunita,
Yo no quielo ir a la escuelita,
Yo quielo que me le mi almohalita"

¡Ay Dios mío, pero este señor no ha mejorado!
¡Mírame, que estoy perdiendo la paciencia!
¡Repite conmigo!
"Mami tráeme mi leche,
Mi lechita a mi cunita,
Para que después me lleves,
De tu mano a mi escuelita;
Ya yo estoy en pre-escolar,
Y mi maestra es muy buena,
Porque me enseña a escribir,
A cantar y a colorear,
Para que seamos útiles
A toda la sociedad"

¡Ves! ¡Ahora sí macho!
¡Así es como recita un hombre de verdad! Muy bien, requetebién.
Ahora si lo cogiste y te felicito;
Déjame darte más cocimiento de Buen Trabajo.
¡Ese doctor tuyo es maravilloso!
Arriba, abre la boca;
¿Cómo qué no?
¡Vamos aprieta y traga, que no sabe tan mal!
¡Olvídate del sabor, o tápate la nariz!

¡Ya tú estás muy crecidito para tantas malcriadeces!
Es más, si no te tomas completo el cocimiento de Buen Trabajo,
Se lo digo al doctor para que te mande inyecciones
para estrofas de mala careta;
¡Abre la boca, arriba!
¡O te pones para las cosas o te guardo en la gaveta!

La Lista

Recordando a Teresa de Calcuta

—¿Su propósito?; Sí ¿Su propósito?
—¡Usted puede creer que no lo sé!
—¿Entonces a qué ha venido usted aquí?
—Bueno, porque me dijeron que Dios estaba reclutando gente para algo y...
—¡Denle diez palos en el lomo a este idiota para que aprenda a pensar para la próxima! ¡El próximo!

¿Dígame su propósito?
—Señor, mi propósito es comer Señor.
—¿Comer? ¿Solo comer? ¿No tiene otra cosa en qué pensar, excepto en la comida?
—No señor, lo que más deseo en la vida es comer y más comer. ¿Sabe lo que más me gusta? Las panetelas de manzanas; ¡Que ricura!
—Ya veo, por eso estás tan regordete. Pues para que se le quite la gula, recibirá quince palos por el lomo, para que para la próxima piense bien a donde viene.

¡Que pase el siguiente!
¿Propósito?
—General Señor, quiero ser un gran general de ejército y...

—Tiren a este cerdo a los tiburones, que solo me sirve para ocasionar dolores de cabeza...

¡Que pase el próximo!
¿Cuál es su propósito?
—Ser un gran pintor Señor...
—¿Pintor de brocha gorda o de pincel?
—Me gusta pintar...
Mire, me da lo mismo pintar la vida que pintar una pared.
—Muy interesante. Pongan en la lista a este caballero para que pinte bien la verdadera niñez.

¡El siguiente!
¿Propósito?
—Ser más rico de lo que soy Señor.
—Vamos a ver qué tipo de rico eres. ¿Rico-rico o rico-pobre?
Y le preguntó: ¿Qué preferiría usted?
¿Darle limosna a un mendigo o donar la mitad de su fortuna para construir muchas escuelas, para millones de niños pobres alrededor del mundo?
—Preferiría darle limosnas al mendigo, ya que de la otra forma, perdería la mitad de mi fortuna.
Y Dios respondió:
—Entonces, eres un rico-pobre, rico de dinero y miserable de corazón. No necesito personas como usted aquí, ricos de los que solo dan migajas...
Denle treinta palos por el lomo a ese individuo para que aprenda a ser un verdadero filántropo. ¡Que pase el próximo!

¡Dígame su propósito!
—Ser el más grande de los carpinteros Señor.
—Es muy hermoso ser carpintero...
¡Escribano! Pongan en la lista a este gran carpintero para que construya fuertes escaleras para subir al cielo y para los ancianos, buenos sillones con asientos de terciopelo, que lo que tenemos hoy en la Tierra están desfondados y rotos y listos para el basurero. ¡Que entre el siguiente!

Y entró un chico de cinco años...

Y Dios le preguntó muy dulcemente y mirándolo con asombro:
—Dígame pequeñuelo ¿Cuál es su propósito?
—Sembrar esta semillita que me dio mamá...
Mostrándola en su manita abierta

Y Dios, ya conmovido de escuchar algo tan bello le dijo:
—Es lo más hermoso que he oído esta mañana. Ve y siembra tu semillita para que crezca un árbol junto a ti, pues él te mostrará sus frutos y el más grande de los propósitos, que es el de hacer el bien a la entera humanidad.
Y ordenó en voz alta:
Pongan a este niño en la lista del futuro, que será mi Embajador para todas las Naciones del planeta.

¡Llámenme a la madre de este chico!
Y se presentó la madre y le dirigió la palabra:

—Veo que eres una gran madre; ¡Asombroso! ¡Eres admirable!
¿Cuál es tu propósito mujer?
—El de enseñar a mi hijo a ser un hombre útil, honesto y noble.
Imagínense, aquella respuesta fue un cañonazo. Y Dios muy emocionado le dijo:
—Me siento muy orgulloso de ti y tendrás de mí todo cuanto necesites para tu hijo, mi futuro Embajador de Naciones.
Y mirando fijamente a los ojos de la buena madre, ordenó alzando su voz:
—¡Anoten en mi lista a esta gran mujer que es muy pero muy valiosa!
¡Que pase el próximo!

¿Cuál es su propósito?
—Ser el mejor de los Cocinero del mundo, Señor.
—¡Contratado!
Anoten a este buen hombre en mi lista, que necesitamos cocinar buenos platos para los hambrientos y no darles a la gente, comida para ganado.
¡Que pase el siguiente!

¿Dígame su propósito?
—Amar a Dios, por supuesto a Usted.
—¡Curioso!
Muy bien, yo le haré a usted algunas preguntas, para ver cuánto usted dice que me ama y si me las respondes bien, pues lo anoto en mi lista y definitivamente. Pero recuerde que a la última va la vencida.

Y Dios le hizo la primera pregunta:
¿A quién querrías más, a tu perro o a un hombre de leyes?
—Creo que escogería al hombre de leyes porque ellos escriben las normas sociales y así podríamos vivir con seguridad y armonía entre todos los hombres.

Y le hizo la segunda:
—¿A qué se dedica usted ciudadano?
¿Posee algún oficio o trabajo?
—No Señor, no poseo ninguno.

Y la tercera: -¿Entonces, de qué vive usted?
—Pues presto dinero y recojo ganancias con intereses, que es muy buen negocio.
—Muy bien, entonces es usted un usurero, lo cual tengo bien claro.
Le haré la última pregunta y la vencida:
¿Qué tal si el hombre de leyes dictara una ley que pondría en la cárcel a todos aquellos que viven del sudor ajeno? ¿Amarías más a tu perro que al hombre de leyes?
—En ese caso, por supuesto que amaría más a mi perro porque él es el mejor amigo del hombre.

Y Dios dijo furioso:
¡Denle cien palos por el lomo a este individuo por traidor, por oportunista y por vivir del sudor ajeno! ¡Sáquenlo de mi vista y pónganlo en la lista de los inservibles!
¡Creo que ya tengo suficiente por hoy!
Pero quedaba la última persona en la lista para entrevistas, era una anciana.

Una anciana tan arrugadita, que parecía haber salido de la corteza de un árbol. Y entró y se sentó, sin ni siquiera pedirle permiso a Dios y sin saber realmente quién era su entrevistador.

Y Dios le preguntó:
—¿Dígame hermosa señora, no sabes quién soy?
Y ella respondió:
—No Señor, solo he venido a servir.

Y Dios quedó maravillado con aquella anciana, y curioso le preguntó amoroso:
—¿Cuál es su propósito dulce señora?
—Cuidar a los enfermos, niños huérfanos y leprosos.

Aquella mujer era inusual, como si fuera de otro mundo. Y Dios confundido pensó que eso no podía ser cierto; no podría tratarse de una Santa, ya que esos casos solo se dan muy pocos, y a veces pasan siglos para que eso suceda. Y entonces se decidió a hacerle otra pregunta, pero que fuera más comprometedora y profunda.

—¿Y por qué tiene usted que amar a los enfermos, niños huérfanos y a los leprosos? ¿No son acaso inservibles?
—No Señor, mi propósito es amar a los enfermos, huérfanos y los leprosos porque precisamente nadie los ama y ellos necesitan de mi cuidado y amor.
Y Dios extasiado de oír tanta pasión, le volvió
a preguntar:
—¿No sabes quién soy?
—No Señor, yo solo he venido a servir, le respondió.

Y ya emocionado se decía así mismo:
¡Esto no es posible! ¡Imposible!
¡No puede ser! Estamos frente a una...
¡Simplemente, no puede ser!

Y mandó a que sus asistentes trajeran una gran mesa y pusieran todo tipo de alimentos, frutas y suculentos panes de todas clases, para ver a aquella viejecita comer y saber cuáles eran sus preferencias y sus gustos. Pero la anciana llevó a su arrugada boca solo una pequeñísima miga de pan; y se quitó su humilde pañuelo, mostrando así su pelo muy fino y blanco y echó en el pañuelo alimentos para sus enfermos, sus niños huérfanos y sus leprosos y le dijo a Dios, que la observaba lleno de amor...

—Esto es para ellos, yo no necesito nada más para mí; y Dios le dijo: "Toma todo lo que quieras querida mía, todo lo que quieras, Teresa de Calcuta"
Y antes de marcharse, la anciana le preguntó:
—¿Cuál es su propósito Señor?

Y Dios le respondió desde lo más profundo de
su corazón:
Mi propósito es bendecir a gente como tú, Santa Teresa de Calcuta.

Y aquel día Dios hizo llover cántaros como nunca antes, de tanta felicidad; habiendo quedado muy pero muy satisfecho con su gran lista, la de los bendecidos por Él.

¿Cuál es su propósito, estimado lector?
¿Tiene usted lomo de cerdo o la espalda de un ser humano?

Cruel y Brutal

Soy brutal;
Brutalmente despiadado para amar a lo bello;
Con afiladas garras de calle para desgarrar lo incierto
Y con grandes colmillos para aniquilar a lo innoble;
Pudiendo derribar con mi poder, a todos los muros
Que hay entre los hombres.

Busco como presa a la primavera,
Olfateando y lanzándome a la yugular de sus flores,
Dejando solamente escapar a las hojas secas
De la ferocidad de mi despiadado nombre.
Clavo mis zarpas en su hermoso tronco lleno de retoños,
Lamiendo con mi desgarradora lengua, la savia que cae sin retorno,
Devorándola casi completa y dejando unas pocas yerbas de reserva,
Exclusivamente, para el próximo otoño.

Soy brutal,
Brutalmente feroz para amar a lo hermoso,
Caminando con mi elegante melena,
Poderoso, majestuoso y orondo.
Y solo desde lejos se ríen de mí las hienas,

Porque yo soy un león orgulloso.

Mi guarida está llena de huesos hechos de letras;
Un cementerio de medios poemas, nunca terminados,
Y de esqueletos de sueños pasados o por el mal tiempo ya rotos.
Hay un penetrante olor a felino, porque yo soy,
Un terrible depredador de escritos.
Y para demarcar mi reino, con mi sello los orino;
Protegiendo a las leonas de mis plumas de otros carnívoros,
A los que no invito entrar en mi reino, ni les vendo mi alma libre,
Y ni por casualidad los imito.

Y como natural asesino de versos feos que soy,
No uso ungüentos para caras dobles,
Ni me gusta el excremento de los mal nacidos,
Matando a mis anchas, lo perverso y lo desabrido.

Me considero, un despiadado y cruel animal,
Con largos y entintados caninos;
Exterminador de corazones oscurecidos,
Y gran cazador de aquellos que son de Dios,
Sus fugitivos convictos.

Un sanguinario carnicero, con brazos por la vida endurecidos;
Devorador de garabateadas hojas, llenas de simples verbos,
Con ideas rompedoras de caras para cerebros podridos;

Esas ideas que te incitan a pensar, o que te dejan de un zarpazo aturdido.

Sí, soy brutal y un cruel criminal natural;
Brutalmente feroz para amar a lo bello.
Lo siento por ustedes... Y escuchen mi rugido,
Porque llegó el rey.

¿Dónde estamos?

Hoy, hay muchos caminos que nos conducen
a Bruselas;
Antes, todos nos llevaban a la gran Roma;
Tal vez mañana nos conduzcan por casualidad a la
Meca.

Antes hablábamos de nuestras familias con orgullo
Y hoy nada más que se habla de lo convexo con
lo convexo;
Un asunto que nunca termina de pedirle lo sublime a
lo ya obtuso,
Como caso exotérico, cacofónico e imperfecto.

Ayer el matrimonio era algo hermoso;
Tirabas un ramo de flores que a lo mejor le caía a una
solterona de
Pintoresco sombrero, o algún caballero bien peinado y
sincero.
Hoy en día puede caerle el ramo a algún raro espécimen
humano,
Transfigurado y relleno hasta la médula, de artificiales
sintéticos.
Entiendo bien la imperfección y al prejuicio lo desdeño,
Pero algo ha cambiado en muy poco tiempo;
Y esa es, la aparición de la pantalla negra de la falsa
revelación,
La que distorsiona la naturaleza de las cosas, y con
muy mala intención.

Siempre hubo tiempos regulares, malos, o más o menos certeros,
Pero los días de Christmas, nunca dejaron de ser buenos.
¿Y los deseos?
Siempre eran pedidos por mis padres a Santi Claus en secreto.
¿Y a la mañana siguiente y debajo del árbol del nacimiento?
Aparecía el regalo navideño; gracias al sudor y
el esfuerzo del trabajo honesto.
¡Santa nunca faltó a sus promesas! ¡Jamás! Y eso se lo digo bien en serio.
Antes jugábamos juegos infantiles de hombres nobles, y hoy aprenden a cómo apretar un gatillo de un realístico juguete; el de un semiautomático revolver.

Ayer nadábamos en un limpio río,
Y hoy, si te tiras de cabeza, te encajas en el fango como dardo,
En un pantano lleno de mugre y de olvido; humillado y abochornado,
Ya sin sus peces y llenos de raros anélidos, ni siquiera clasificados en libros
De raros acontecimientos.

No hace mucho comíamos juntos, en la mesa maternal y paternal,
Un rico pastel de frutas, que nos hacía con amor mamá;

Y hoy se come en una esquina solitaria un extraño alimento,
El cual no podrías ni siquiera descifrar jamás.

Los amigos de ahora ya no son como los de antes;
Hoy pueden ser tus potenciales enemigos,
A menos, que les muestra la buena cara de tu bolsillo,
Si lo tienes.

No hace mucho existían los soñadores;
Hoy en día casi no existen poetas,
Uno aquí y otro acullá;
Y aunque unos pocos se esmeren en cumplir sus metas,
La gente mejor aplaude, a los más grandes de los proxenetas;
Esos que se esconden detrás de sordas tribunas,
Balbuceando un poco de palabras huecas.
Los mismos súper sucios que no podrían confesarse,
Ni con el padre confesor de una Iglesia.
Hoy se confunden las cifras con los segundos;
Porque cada un segundo muere un niño enfermo, raquítico,
O de tanta tristeza ya mustio, y olvidado por el mundo.

Sí, es cierto que muchos de los caminos, nos conducen hoy a Bruselas;
Antes nos conducían todos a Roma, y que aunque no fue perfecta,
Heredamos mucho de su grandeza; tal vez mañana no conduzcan
A la Meca, o tal vez, a alguna capital de poca monta,

Padeciendo silenciosa, de alguna extraña enfermedad venérea;
Pero no creo que ninguna nos conduzca al futuro de la decencia.
Tal vez, cuando caiga inesperadamente, un aguacero de tuercas;
O quizás algún día amanezca, ¿Quién sabe?

¿Qué dónde estamos?
¿Me lo dicen o me lo preguntan?
¡Estamos en Babilonia!

¡Damas y caballeros, bienvenidos a Babilonia!
¡Vengan y paguen sus entradas aquí!
¡Que la función va a comenzar y no terminará hasta que vuelva a bajar quemada, la cortina de la Historia!
¡Entren mis queridos Pinochos, entren en Babilonia!
—Su asiento a la izquierda y el de usted a la derecha.
¿Que si se puede fumar?
¡Hombre, los que quiera, los vendemos en la fila primera!
¡Puede fumarse cien cajas de yerba, si le apetece!

Gansos de cuellos negros

Una banda de gansos de cuellos negros
Vienen detrás de mí en fila india,
Como si yo fuera Mahatma Gandhi,
Porque le he tirado pan blanco como lujosa comida.
¡Qué fenómeno! ¡Me he ganado del tiro, a estos patas andantes!

Y continuaron detrás de mí como si yo fuera su presidente,
Porque tienen tanta hambre, que se creen con el derecho de acosarme.
¡Pero qué creen ustedes, que son policías o gendarmes!
¡Anden, arreen baguetes, que ya les di suficiente!
¿Por qué no regresan a su lago, si quieren conseguir empleo?
El de pescadores de renacuajos, en aguas sin corrientes;
¡Regresen al charco, vamos, y ándense diligentes!
Y para que lo sepan de ahora en adelante,
Yo ni soy su panadero, ni miembro de su gabinete;
Y para que todo quede bien claro… ¡Yo no soy su almacén andante!

Miren lo que es la vida,
Que me la pasó huyendo de los chismosos y los pegajosos,
Y ya ven, ahora tengo detrás de mí, a una hilera de picos mocosos;
Son puro interés y lo que tienen de plumas, lo tienen de jocosos.
¡Estos chicos no tienen vergüenza!
¿Y con los pedazos de pan blanco?
Los batean al duro y a la una mi mula.
¡Ni respiran para tragar!
¡Mírenlos!
Ahí vienen otra vez;
Han acabado con mi merienda esta banda de tentempiés;
Siempre como glotones, graznando a quien se les ocurra
Darles algo de buena fe.

Pero el problema radica en que ellos nunca quieren perder;
¡Te lo quitan todo!
Y por supuesto, son tan graciosillos con esos redondos ojitos
Que no hay un alma que pudiera de ellos retroceder;
Ellos lo saben, y utilizan siempre el mismo truquito psicológico
Para convencer.

Les diré algo;
Voy a regresar a casa para traer un gran sándwich,
Para compartir entre uno, que ese soy yo, y entre diez.

Pero esta vez, mi pulgada no hay quien me la quite.
Y muy bien se los explicaré, que lo mío es lo mío
Y lo de usted es lo de usted.

Vamos a ver que me reclamarán ahora esa tribu de
Mercenarios, que se venden a quien más les dé.

...Y de regreso al parque del lago, traje lo prometido;
Pero no crean que recibí por ellos ningún halago,
¡Esa comitiva migratoria no te da, ni siquiera un abrazo!
Pero muy bien vamos a repartir...
Un pedacito para ti,
Otro para el del cuello más grueso,
Y varios pedazos para los pequeñuelos;
Uno para este, y otro para el cabeza de plumero...
Otro para aquel y este para....
¿Y mi buen pedazo?
¿Dónde está mi buen pedazo?
¡Pero señores, si no probé ni siquiera un bocado!
¡Pardiez, Lo que me mordí fueron de dedos!
Yo les digo a ustedes que con esta gente no se puede;
Y nunca quedas bien, ni aunque traigas sacos llenos.
Con sus miradillas lastimeras, te sacan hasta
el resuello.

¿Pero qué clase de personas son estos gansos de cuellos
negros?
¡Anden, arreen ya, para ver si los llena el buen
comportamiento!
¡Que ya en ustedes no creo! ¡Partida de pedigüeños!

Y quedé sentado en aquel viejo banco, aunque fuera tomando el sol,
Negándolo pero sonriéndome, y perdido en
mis pensamientos.

Esos pillos creen que se las saben todas, y después se van sin darte las gracias y moviendo sus colitas con gracia, y como si no fuera con ellos... Nada, los perdono, ¿Qué puedo yo hacer? Ellos saben que yo soy de los buenos.

Equipo de trabajo

Mi equipo de trabajo es peculiar;
¿A José Fouché y a Nicolás Maquiavelo?
A esos los tomo con la punta de mis dedos y me los meto en el bolsillo derecho,
Por si los necesito como filo de sable, para lanzar frases al degüello.

Napoleón Bonaparte es mi estratega a caballo;
Tomo a Abraham Lincoln y los amarro a los dos por el cabello,
Y me los meto sin pensar, en el bolsillo de mi camisa,
Para organizar mis estrofas y dar con mis versos palizas.
¡Preparen los cañones para incinerar la ignorancia, háganla trizas!

Me llaman El Director de la Arrogancia,
Personaje de la rara magia y de la ruda disonancia,
Cuatrero del vocabulario callejero y fanfarrón
De los que no tiene ni amo, ni dueño, ni por la Redundancia respeto.
¡No lo crean, son puros chismes de politiqueros!

Agarro a Víctor Hugo, a Emile Zola y Rabindranath Tagore,
Los ato por los talones y los cuelgo de mis pantalones,
Para obtener frases, que le produzcan a los enemigos del mundo,

Dolores de cabezas y retortijones.
Tengo mil manías,
No me gustan los ratones,
Y soy tan intolerante con lo imperfecto,
Que provoco a la Mona Lisa, para ver si la sorprendo
Enseñándole los dientes, a los hombres en ocasiones,
¡No tendré más tolerancia con esta zorra zalamera, encubridora de ladrones!

Ahora, como asistente de vacaciones,
Tengo a Emilio Salgari, que me sirve para irme de picnic, al desierto de Kalahari,

Y a Ernest Hemingway para pescar un poco de buenas verdades,
Y así poder enriquecer con acciones mis aventureras canciones.

¿A Luis XVI y a María Antonieta?
A esos los miro y me produce temblores;
¡Pobrecillos, me recuerdan a la guillotina y a la toma de la Bastilla!
Ellos no son de mi equipo pero los guardo de ejemplo,
Para mostrárselos a las élites, endiosadas e engreídas.
¡Señores se los advierto!

¡No jueguen con los panales de abejas o con los nidos de hormigas!
Que después no quiero quejitas, de que sus traseros se los muerden o se los pican.

A Jean Valjean y los tres mosqueteros, los tengo de consejeros,

Y a Don Quijote de la Mancha como a invitado de honor,
Como el más distinguido y noble de los caballeros…
A todos ellos los llevo guardado debajo de mi sombrero,
Como los tramposos pistoleros;
Para cortarle el paso, al ave negra de mal agüero,
Y desarmar a los que quieran tirarse, el aire más grande que un pedo;
Y es en ese preciso momento, cuando nos miramos y nos reímos
Explosivamente y a carcajadas, de los demagogos parapléjicos;
Y brindamos con nuestras espumosas jarras, y gritamos para que todos nos
Oigan: ¡Seis para uno y uno para seis! ¡Rían ahora pendejos!

¿Enrique VIII?
Ese me eriza los pelos,
Solo sirve para el femenino atropello;
No tuve más remedio que cogerlo con cuidado por la corona,
Y por temor a su historia, tirarlo en el basurero.
¡Totalmente, desechable!
Buscaba por casualidad en uno de mis libros de malos cuentos
Y tuve que cerrar la página por los gritos que daban esas damas
Cerradas en sus aposentos.

¡Huye pan, que te coge el diente!

Ahora, agarro a Mozart, a Vivaldi y a Bach
Y me los amarro al cinto, por si los necesito más
Tarde para enriquecer mis palabras con auténtica veracidad.

A Miguel Ángel y Rembrandt,
Los engancho en un cordel y los cuelgo en mi cuello como amuleto,
Por si tengo que acariciar de vez en cuando alguna escultura carnal
O algún bello monumento.

¿Confucio y Buda?
A ellos los entiendo sin dudas,
Porque siempre le andan sacando chispas a mi cerebro,
Con el asuntico de la armonía y del buen comportamiento.
Yo los guardo de reserva para hacerme, de sabiduría cocimientos,
O aprender del Universal conocimiento.

Al Pequeño Príncipe lo tengo, para conseguir nobles y leales amigos y recordar
A todos los niños del mundo; el niño que fui y el que sigo siendo.

En mi sangre llevo a mis hijos y en mi alma a Jesús Cristo.

Y a José Martí lo tengo grabado siempre en mi mente, para recordar a la madre patria y al patriótico himno, y porque es unos de los más grandes visionarios y poetas de todos los tiempos. Es la estrella que guía, la visión de nuestra Nación. Sin él, mi equipo no estaría completo

Y para terminar, incluyo como asistente principal, a mi perrito blanco y negro...

Un momento, Creo que me falto alguien;
Creo que por su perseverancia, valor y justeza voy a necesitar a Mahatma Gandhi. ¡Oye fulano!, ¡Alcánzamelo para mi pequeño ejército!
Ponlo en mi equipaje, para cuando coja el vuelo.

Lo derecho torcido

A partir de ahora me pondré mis zapatos al revés,
Para caminar perfecto en nuestro jorobado mundo,
Que está de cabeza, dislocado y no de pie,
Y de esa forma, rectificar el camino.

Todos me critican por lo feo que se ve,
Andar con los pies abiertos y yendo contrario
A la gente de "buena fe", que son aquellos que van
Por la vida sin preguntarse ¿Cuál es su misión de ser?

Una punta mira al este y la otra apunta al oeste,
Surcando la tierra a la fuerza;
Pasando la línea de la vereda entre las curvaturas de
Mi mal dirigida suelas, enderezando con ello,
El hilo de la ambivalente moral y el de las disparejas
callejuelas.

Mis zapatos se deslizan con trabajo sobre la yerba
Y mis dedos gordos señalan a ambos lados,
Un mundo por vez primera visto, y que va paralelo al nuestro,
Y mis calcañales van como lanchas rápidas,
Levantando la popa de piel vieja,

Surcando despreocupado los caminos, los desconocidos trillos,
Y las veredas estrechas.

Me ponía mis zapaticos al revés cuando era niño
Y creían que lo hacía por ingenuo; pero ya pueden preguntarse,
¿Quiénes son los más grandes y verdaderos genios?
Y como adulto me los pongo al revés y me llaman loco sin frenos;
Como si violara las leyes de la cordura, solo violadas por los verdaderos
Dementes... los hacedores del odio.

Y es por eso que a partir de ahora los usaré totalmente opuestos,
Para caminar perfecto en este planeta absolutamente tullido,
Y crear nuevos senderos, con mi tijera de suelas curvas,
Recortando la quimera terrenal de lo nunca visto;
Y quizás los use de vez en cuando, apuntando hacia mis espaldas,
Para caminar hacia adelante en retroceso,
Mirando hacia el futuro, pero engañando de paso al tiempo,
Mostrándoles a los llamados cerebros cuerdos,
De que ellos están simplemente programados,
Para ver el Universo con un lente ciego.

¿Por qué he de andar con mis zapatos derechos, si la dimensión donde habito está deformada?

¡Se te fueron los cables señor traste!
¡Pónganse el calzado correcto!
Y camine elegante como nosotras, las vacas,
Con nuestras pesuñas bien puestas,
Siempre lustrosas como botones de nácar.
Y dicho sea de paso,
Hoy tenemos que hacer una visita relámpago al matadero,
Por nuestro intachable y buen comportamiento...
¡Vamos a tener una recepción... fabulosa!
¡Habrá algo, muy pero muy especial!
Al menos eso no los ha garantizado nuestro amigo el granjero;
Nos dijo, que hoy iba a ver fiesta en grande, pero no lo comentes
Porque también nos dijo en secreto, que hoy se iba comer bueno.
Óyeme mi niño ¿Quiere que te resuelva una invitación?

Y al oír aquello salí despavorido, corriendo tres leguas sin parar,
Con mis zapatos mirando a ambos lados y cortando el aire veloz; y al parar,
Me apreté los cordones bien fuerte. Mis lanchas estaban, que quemaban.

Dulce y bendecida simpleza

Nuestra vida transcurre sin cesar,
Y muchas veces no nos detenemos a pensar,
Que un insignificante rayito de sol, nos haría feliz.

Nos sentimos muchas veces extenuados,
Y nunca nos preguntamos...
¿Por qué no nos trazamos una mejor directriz?
Algo fácil de alcanzar, algo liviano.

Una bicicleta correcaminos cambiaría
Por un instante, nuestra mente consumidora.
Tu corazón palpita fuerte y tus piernas estarían
Dispuestas a estirarle al ocio, su dolorosa cicatriz;
Resultando siempre tus fieles ganadoras.

Mueve tu cuerpo, sácalo del castigo
Que la vagancia es abusadora.
Disfruta del rocío en las mañanas y no habites en vano;
Recuerda, que un insignificante pétalo puede llenarte el vacío.

Caminas por un frondoso bosque y escuchas el trinar
De los pájaros, respirando nítida pureza;
Sin recordar los billetes de papel, que nos producen tristeza,
Porque el verde de aquí no huele a tinta,
Sino a clorofila y nobleza.

Pero hay quienes se creen más astutos que el Creador;
Y son tan altaneros que no recuerdan nunca, ni a qué hora se levanta el lechero o el jardinero sembrador.

Tienen billones y quieren tener trillones,
Para que en unos pocos abriles, los espere el canto de las tristes encías,
Y la danza de los tiesos y los perversos bastones,
Dictándoles a las flacas y pelonas canillas el final de su soberanía;
Balbuceando palabras burdas, casi inentendibles y frías.
Y entonces, ¿Dónde están los semidioses de las alcantarillas?

Dicen ser filántropos de buena fe,
Y con derechos supremos de rey.
¿Harán acaso el bien sin mirar a quién?
¿Han puesto a lo justo primero antes su egolatría?
¡No me digan palabras sin sustancias o desabridas!
Ven conmigo que te mostraré tu agonía...

Estás detrás de un buró de caoba muerta y fría,
Y tus nalgas se la pasan el día entero esclavizadas en la silla.
Cuando entro a tu lujosa oficina, te veo por la mitad,
No se ven ni siquiera tus pobres y mustias rodillas;
Cogen siempre luz las mías;
Me traquean de vez en cuando, pero no las mato de asfixia.

Entonces me miras a los ojos con aire de matón,
Tratando de amedrentarme, arreglándote la corbata ahorca gaznate,
Porque crees que la pelea me la ganaste.
Y yo, enrollo en mi mano la larga lengua de tu tela colorida,
Y acerco a la fuerza, tu cara a la mía;
Y te digo bien de cerca, y de nariz a nariz:
—Me mandó el Señor a preguntarte ¿Qué tipo de hombre eres?
¿Individualista, altruista, o terrícola de corta vista?

Si eres individualista, te engañaste,
No recuerdas quien amasa la blanca harina de cada día.
Si te crees altruista, te pregunto:
¿Cuántas veces donaste tu buena voluntad a la humanidad?
Y si eres un terrícola de corta vista, entonces debes arreglarte tu dislocada retina,
Porque no notas, ni a tus pesadillas...

Te expliqué que somos títeres, con cerebros de plastilina,
Con cara de payasos y largos hilos atados a nuestras figurillas;
Y aunque somos vivos muñecos y dignos de ser escuchados,
Debemos agradecer siempre el oxígeno que respiramos.

Yo me apresuro a beber el agua fresca con mis propias manos,
Y tú te decides por un superfluo y lujoso vaso;
Dejando caer con ansias un poco del encanecido hielo;
Yo bajo fácilmente la luna de cielo y tú te esmeras en comprar o construir
Altos rascacielos, pero no más alto que el gran Universo;
Te esmeras en crear un imperio para tus buitres herederos,
Y lo desmantelará como polvo, el paso del tiempo...
Al menos que pienses en crear un mundo hermoso y nuevo.

Te entretienes en acaparar lo bello y te creas un ambiente ficticio
Porque crees que engañas a Dios, pero Él busca solo la simpleza y
La sinceridad de una voz, un cordial saludo y un jardín sembrado
Con tus propias manos con amor.

Yo ando en fino y blanco algodón y tú habitas en un falso y lujoso traje negro,
Impidiéndole al aire, besar tus poros, envenenando tu piel con la oscuridad
De tus desvelos.

Yo disfruto de una deliciosa carne cocina al fuego
Junto a mi familia y amigos y el pan partido a mano y

Tú necesitas un séquito de sirvientes y de cocineros,
Que te sirven en la larga mesa para ilusos con erróneos sueños,
Necesitando siempre, un ejército de guarda espaldas y perros rastreros;
Yo respiro en paz, el viento del océano, mientras tú respiras miedo.

¡Oh, pobres parásitos, prisioneros en las celdas de su propio encierro!
Malos artistas para mediocres cuentos, que no saben nada de
Fraternales abrazos o de besos eternos y que no pueden
Ni tan siquiera conquistar un humilde corazón.
Hoy les digo que estaría por ustedes dispuesto a donarles
Por caridad, mi caña de pescador,
Mi roto y descosido pantalón, esculpido ya por el tiempo,
Y con dolor, les regalaría mi entusiasta y campestre sombrero;

¡Señores, lo siento por la realeza, las vacas me salpicaron y el del olor a estiércol soy yo!
Huelo a perfume natural; huelo a hombre y a tierra, a la dulce y la bendecida simpleza.

... ¡Con este individuo de sangre roja debemos contar hasta tres!
¡Maldito! ¡Por su culpa se nos ha pasado la hora de té!

¡Saquen a ese indeseable de Mónaco y no lo dejen entrar, ni en el palacio de Buckingham, que nos contamina con sus burlas de alto octanaje!
¡Paren en la puerta a ese miriápodo venenoso!; ¡Es un ciempiés peligroso!

¡Fulanita, tráigame el sombrero del floripondio y mi velito negro anti moscas que me desmayo de tanto ultraje, que esta chusma me despeina tan solo, con su palabrería para salvajes!

El cacharro de Ray Charles

Yo no tengo casa y ni siquiera un rincón,
Solo tengo un carro viejo, mi música
Y mi canción.

Desde Tennessee hasta Alabama voy cantando
Borracho y manejando sobrio al timón;
Voy contento y cantando en alta voz,
Pero me puse tan fatal que la policía me paró...
—¡Licencia por favor!
¿Está usted borracho Ray Charles o es su carro el que se emborrachó?

—Sí, señor oficial, fue mi carro el que con exceso bebió.

—Pues dos multas para su carro; una por beber whiskey y otra por su
Roto radiador, o de otra forma va preso, sin chapa y confiscado será su timón.

Y no lo culpo a usted por tener semejante amigo, pero el que va a beber aquí
Ahora, es usted y yo. Alcánceme la botella, que aquí está la policía compartiendo
Justicia entre dos.

Pero dígame una cosa señor Charles, ¿Por qué no paró usted en la esquina?
Se llevó la luz roja como si fuera un avión.

—El problema es que yo soy ciego y aprendiendo a manejar muy veloz.
—¡Pues otra multa para su carro por desobedecer la instrucción!

Toque usted el piano que yo toco el acordeón y cantemos en equipo, lo mejor de su canción.
Yo no tengo casa y ni siquiera un rincón,
Pero tengo un carro viejo, más viejo que Cristóbal Colón;
Desde Tennessee a Alabama vamos cantando borrachos,
El patrullero, mi cacharro y yo; vamos manejando muy sobrios, hasta la
Más cercana estación, porque mi carro ha violado las mínimas
Reglas del alcohol.

Y el señor juez dictaminó:
"Los carros borrachos quedarán bajo custodia y hasta que paguen la fianza,
Sin más retórica y sin más dilación. Caso cerrado, que ya le he dado un buen martillazo a la razón. ¿Señor fiscal, alguna otra cuestión?"
—Señor Charles y usted oficial Simón, tráigame la botella para dilucidar entre los tres, la estructura de la nueva entonación...

Yo no tengo casa y ni siquiera un rincón,
Pero yo tengo un cacharro viejo muy desobediente de Dios;
Desde Tennessee hasta Alabama vamos cantando borracho,
El policía, el señor juez y yo;
Pero manejando muy sobrios y muy serenitos al timón,
En un culpable carro, alcohólico y malhechor...
¡Señores, pero este automóvil es un delincuente sinvergonzón!
¡¿Pero por qué nos hace esto este carro?!
¡Mira, camina ligero o te apagamos el motor!
¡Borrachón!

De qué estamos hechos

A mi hermano Sergio

—¿De qué estás hecho hermano?
Pues de puros sueños;
—¡Ya yo no tengo sueños!
—No los tienes porque solo piensas en lo feo;
—¿Y de qué está hecho lo feo?
De pensamientos baratos,
Esos que te venden a tres por un quilo prieto;
Lo coges, lo miras y te conformas con ellos.
Tíralos y empieza a reunir de veinticinco a cien pesos,
Para comprar aire puro y el resplandor mañanero.
—¿Y de qué está hecha tu mente?
De historias pasadas y de momentos presentes,
Pero también de la gente que no te olvida y
de imaginaciones inexistentes;
De lo dulce, de lo amargo y de infinitas cosas inertes.
—¿Y de qué está hecho tu cuerpo?
De tierra, agua, viento y fuego.
—¿Y qué tienes dentro de tu pecho?
Un corazón palpitante, lleno de pura humanidad.
—¿Cómo naces?
Siempre nacemos Perfectos.
—¿Y nuestros ojos? ¿De qué están hechos nuestros ojos?
De hermosas imágenes y de recuerdos eternos.
—¿Y por qué vemos colores?
Porque es un regalo.
—¿Y por qué pensamos?

Porque es un regalo.
—¿Y por qué lloramos?
Porque no somos perfectos.
—¿Y por qué estamos aquí?
Por un deseo supremo.
—¿Y quién tuvo ese deseo?
Un matemático.
—¿Y qué es la luna llena?
Otro regalo para que te enamores bajo sus noches
De encanto y para que existan las poéticas mareas.
—¿Y por qué escribes esto, si sabes que yo estoy casi invalido?
No lo escribí yo, me lo dictaron.
—Envejeces y solo sientes letargo;
Tienes aún completas tus piernas y completos están tus brazos;
Hay quienes les faltan dos y siguen el camino sin padecer de llanto.
—No me entiendes, he perdido ya mi osadía;
Siento en mi cuerpo quebranto.
—¿Qué miras en lo alto?
La luz del sol y la suerte de estar con vida;
Ves alegría. Recuerda que ha habido otros
Que llegar a los veinte no tuvieron tu dicha.
—¿Cuál es entonces el significado de desencanto?
Pues, el de sentirnos derrotados.
—Pero por tu porfía, ya la paciencia me has agotado.
He acabado de gastar contigo hasta lo último de mi poesía,
Y he de ponerte las riendas para que vuelvas al camino,

Y regreses a tu cordura y veas al fin, de que todos estamos hecho,
De materia muy dura. Somos como diamante fino.

Párate y camina caballo viejo;
Porque ahora te pido que salgas de tu propio castigo;
¡O te levantas o te flagelo la grupa para que te llenes de bríos!
Levántate y anda y hasta que se te termine el camino,
Que al yugo de lo efímero, todos estamos uncidos.
Anda y abandona ya, a ese engañoso butacón del hastío.
Relincha, forcejea y coge a las buenas el trillo.

¡Coge el trillo Sereno!
¡Sereno... coge el trillo!
¡Aprieta el paso Sereno!
Hacia adelante y sin mirar atrás.

Dichoso pescador

Salado, saladito,
Por la vida voy, sacándole al mar azul,
Todo lo que necesito.

Tiré el anzuelo al agua,
Esperando una buena cogida,
Y se me enganchó una bota vieja, con las suelas casi podridas.
Pero como gran pescador de orilla que soy,
Yo no me olvido nunca de tirar la carnada correcta,
Para capturar sin problemas, hasta el espaldar de una silla.

Les tiro calamares, algodón remojado en tequila
Y hasta bolitas talladas en arcilla,
Para ver si pican bien, los tenedores de plata,
De alguna legendaria vajilla,
O tal vez el tibor de porcelana,
De la reina Isabel de Castilla.

¡Ahí vienen de nuevo los chismosos azora peces!
¡Ahí viene la cuadrilla!

—Señor Bernabé ¿Que ha pescado usted hoy?
—¡Hoy no pica, ni siquiera una puntilla!
Pero la perseverancia ayuda, a los que piden de rodillas.
¡Qué casualidad, creo que ahí viene uno, que parece estar regordete!
¡Ahí viene! ¡Ahí viene!
Miren la cola ¿No la ven?
Aunque creo que muy bien, no la mueve.
La vara se tensa y jala duro al carrete,
Y se le tensan al pescador, hasta las fibras de sus jarretes.

¡Ven señores, aprendan de este deporte, que lo que acabo de agarrar...!
Es un...un....

—Señor Bernabé, creo que lo que usted pescó fue un oxidado mosquete.
—¿Y para qué creen ustedes que estoy hoy aquí?
Para capturar antigüedades.
Vamos a ver si pica hoy... la pata de palo, del Pirata Matasiete.
Dijo disimulando el astuto pescador de grandes juanetes.

Miren jovenzuelos, ustedes no saben nadita de nada de este arte marino.
Hay que tener paciencia, para que todo lo que venga, sea gratuito.
A la bota vieja se le sacan los cordones como si fueran las tripas,

Se barniza y se vende como trofeo en las tiendas de reliquias.
Y al viejo mosquete se lo ofrezco a buen precio a los grandes coleccionistas.
Y es más, ahora les mostraré, lo que se puede agarrar con la mitad de una aspirina.

... Pero esta vez Bernabé capturó un hermoso y suculento pez, y los espectadores quedaron atónitos, reconociendo al fin, toda su gran maestría.
—¡Vieron qué hermoso animal!
Cuando quieran consejillos de como pescar, pídanmelo a mí y no se lo pidan al vecino, porque a quién le toca la gloria, del cielo le cae la victoria. Les dijo a los chicos...
La dicha no es de quien por suerte la encuentra, sino de quien la busca;
Aunque en ocasiones, ella viene cuando quiere venir, no cuando tú quieres que venga; es mejor no hacerle resistencia. Les aconsejó.

...Y Bernabé fue premiado en la gran competencia mundial de pesca,
Por haber pescado el Titanic y hasta tres hundidos e históricos barcos de velas,
Y por supuesto, tres o cuatro ballenas. Pero a esas las soltó por ser demasiado risueñas.

—Óigame señor Bernabé ¿No sería posible que venga a Buenos Aires?
Para ver si puede pescar a unos cuantos políticos deshonestos.

—Bueno, para eso necesitaremos un anzuelo especial para pejes gordos,
Con lenguas de trapo y con cara de cemento...
Pero no es fácil sacar a esos tiburones de sus turbias aguas. Dijo sonriendo
¡Jalan y Jalan hasta que te parten la vara!
Aunque tal vez pudiera utilizar trampas para alimañas con malas mañas.

—¡Bernabé, Bernabé, nos puede firmar el autógrafo!

Pues ven, así son los campeones.
Salado, saladito,
Por la vida voy, sacándole al mar azul... Todo lo que necesito.

¡Cómo me quieren!

—¡Niño que bien te ves!
¡Te ves cómo Tutankamón!
Y tu pequeño hijo está monísimo,
Es narizón como tu vecino.
¿Será?

Y tú casa está lindísima,
Pero no más grande que la mía.
Y dicho sea de paso, a mi marido le va con su negocio...
¡De maravilla!
¿Qué te pasa que no prosperas viejo?
¡Te veo roto como un barco hundido!

—Muchas gracias por sus elogios mis buenos y grandes amigos,
Pero la puerta está ansiosa para poder despedirlos.
Vayan con Dios, que Él ayuda para arriba pero no en las caídas.

Y ahora los medios amigos...

—¿Óyeme, de qué marca es tu carro?
Porque el que tú tienes, es un puro cascajo.

El mío es del año, ¿Y el tuyo? Ese no sube de una de una loma,
ni siquiera un solo peldaño.
Y se me olvidaba decirte, que lo que escribes es pura basura,
En tus libreticas llenas de garabatos.
¡A este que está aquí no le vendes ni un párrafo con catarro!

¡Qué amiguitos tan graciosos tengo!
Pero para decir verdad, me adoran en el trabajo...

—Te queremos muchísimo, Ambrosio,
Como obrero eres un santo, pero hace falta que trabajes siempre,
Desde el domingo y casi todos los sábados, para ver si en cinco años,
Le aumentamos un solo centavo a tu salario.

Y qué decir de los vecinos lengua de trapo y los erráticos

—Oye no se lo digas a nadie, pero creo que a Pancho le están pegando
Los tarros...
La mujer lo tiene fregando los platos, le quita el dinero y hasta le tira
Por la ventana los zapatos.

—¿Y cómo sabe usted todo eso Dolores?
—Las malas lenguas hijo, son las malas lenguas.
Y los vecinos erráticos...

Esos no saludan nunca, y siempre andan cabizbajos como los gatos;
Pero si un día tienen un problema te tocan a la puerta como si te
Conocieran de antaño.

—Buenos días buen vecino ¡Qué lindo domingo eh!
He venido para ver si me hace el favorcito de ayudarme a subir
Al tercer piso mi nuevo escaparate, que es tan duro de cargar como un matrimonio mal llevado.
Claro, siempre te toca a ti cargar el fondo, que es lo más pesado.

Y qué decir de los hipócritas de velorios...

—Carmen, te acompaño en los sentimientos
Alberto era tan bueno, pero tan bueno...
Que si yo hubiera sabido que estaba enfermo,
Te hubiera traído al menos una ayudita...
Miran al féretro con desdeño y no se atreven a comprar
Ni siquiera una corona de poco dinero.

Claro para los hipócritas de velorio todo está en pasado,
Pretérito pluscuamperfecto o un futuro muy pero muy lejano.

Y las amiguísimas comadres y sus hijos...

—¿Que tu hijo suspendió el examen?
¡Qué pena Juana!

¡No mi niña! El mío sacó cien en todo. Imagínate que Julito ha ganado
Hasta en las competencias de cerbatanas. Ese nació para ingeniero.
Pero nada, no le des importancia, que el tuyo puede ser carpintero o
Cocinero... ¿Qué puedes hacer?
El que no nace para medio nunca llega a real.

¡Qué amiguita tan sincera y tan espiritual!
Y con las novias de los hijos y los novios de las hijas,
Siempre hablando de cómo sacar para ellos el buen partido...
—¡No me gusta para ella, ese piojoso!
—¡No me gusta para él, esa pelandruna!

Así es siempre; el interés material por sobre todas las cosas.
Para ellos existe el dicho de que "Caballo grande, ande o no ande"

Pobre mundo superfluo de aquellos que solo piensan en la gloria, no en la obra;
Y no se preguntan antes de vanagloriarse de algunas tontas y pequeñas cosas...
¿Qué han hecho por el mundo?
Y quien les habla, su servidor, Ambrosio Barcundido.

Cristianos que muerden

Los perros ladran y los lobos muerden;
A los perros se les amarra,
Pero el lobo, amo no tiene.
El perro lame y el lobo, a la muerte no le teme.

Los vasallos, con cobarde sumisión se inclinan,
Mientras los hombres libres, con valentía se yerguen;
La mentira siempre carece de vergüenza;
Pero frente a la verdad, es siempre débil e inerte.

Pierden los que odian y ganan los que aman perenne;
Viven con pasión, los que siempre buscan el resurgir
de sol naciente,
Y vegetan con desilusión, los que queman el tiempo,
Observando ver caer las hojas secas, pacientes.

Triunfan aquellos que se atreven a subir las altas
pendientes
Y fracasan aquellos que llegan hasta la mitad y el cansancio,
Los engaña y los vence.

Baja lo que sube y se fortalece el que entrena;
Aburrido el que imita y excitante el que crea;
Joven es el que demasiado sueña y viejo el que
Demasiado duerme.

Tristes son las sombras caminando sobre las paredes,

Pero la luz bendecida la hace siempre desaparecen entre sus redes.
La traición es perversa y la virtud, nunca habita en la muerte...
No hay victoria en el crimen;
No hay victoria para ejércitos;
No hay victoria para imperios, ni para tiranos y ni siquiera ni para el dinero.
La victoria y la virtud la trajo un Hombre escrita en su Corazón.
Fue un poeta, un justiciero, un humanista y un redentor
Lo dijo todo,
Lo reveló todo,
Y lo explicó todo;
Con puntos, con todas sus comas y con todos sus verbos
Con palabras tan simples, tan entendibles y limpias...
como lo son mis versos.
¿Y saben por qué enseño mis dientes?
Porque tengo la sangre que hierve, de ver tanto desamor.

Espero que hayan agarrado de este tema, aunque sea, del lobo un pelo y
Que hayan aprendido hoy, que los perros ladran, que es cierto, pero que
Hay feroces cristianos... que muerden.

¿O estás con Yin o estás con Yang?

Hay hombres que en terreno firme caminan,
Y otros, que en el lodo de la maldad se hunden;
Pueblos que se sublevan y tiranías que sucumben...

Países que se enemistan,
Y otros, que como buenos hermanos se unen;
Elites que conspiran, mientras que otros hombres construyen...
Matrimonios que felices procrean,
Y matrimonios que la infelicidad los destruye.
Tiras piedras y te tiran piedras;
Matas a pólvora y a pólvora, la cara te queman...

Camarón que se duerme, se lo lleva la corriente;
Nación que se duerme, camina débil sobre un zinc caliente;
Se le ampollan las plantas y hasta se le pudren los dientes;
Democracia que no gruñe, se marchita y se desvanece;
Es como una nave que naufraga y un corcel, que su libertad pierde.

Siempre que amas, corres el riesgo de que entre el desamor por la ventana,

Desaparecen los besos y no se encuentran, ni en los centros espirituales;
Ni subiendo por una oscura escalera, ni en la cocina y ni siquiera en la cama...
La vida es compleja, finita e incierta y las almas muy complicadas;
La muerte es simple y cierta y la eternidad demasiado larga.

Si te crees dueño del mundo, es porque no tienes patria;
Si odias a otros, otros te odiarán con ganas;
Y si te ensañas con la humanidad, la humanidad
Contigo se ensaña...

No existen hombres, ni superiores ni inferiores,
Porque todos somos hechos por el Creador con la misma sustancia;
Una insignificante partícula, habitando en una de sus lágrimas.
Solo nos hace diferente, nuestros hábitos, nuestras creencias,
Nuestro pensamiento abstracto y nuestras cuentas bancarias.

Quien mata por ambición, lo consume la maldición
Y lo enreda entre sus hilos, la araña venenosa de la mala patraña;
Creas la ley y detrás viene sonriente la trampa;
La impaciencia siempre compite con la calma;
Si te paras, te sientas y si te sientas te paras;
El tonto es el que poco piensa y demasiado habla,

Y el erudito, el que habla poco y demasiado piensa.

Si eres de derecha, pues entra por la misma puerta, la izquierda,
Y el Diablo de un cordel, la zanahoria del poder cuelga,
Para ver al final, quién es el que más sucio juega;
Van cuesta arriba y después compiten cuesta abajo,
Y ni el muro de la vergüenza, ni siquiera los frena.

Hipócrita es que lleva de piel, una sonriente e invisible careta;
Una puta vendedora de sonrisas frías y de palabras huecas;
Y sincero, es el que habla sin maquillaje y no le da al asunto, muchas vueltas.
¡Soy quien soy, y no le debo a nadie la cuenta, o lo tomas o lo dejas!
Si crees que nunca pecaste, es porque padeces de amnesia.
Si tienes limpia la conciencia, hay quienes la tienen negra;
O caminas bajo la luz o vives en las tinieblas.
Y si algún día descubrieras a la belleza,
Ya sabes que no dejarás, a la fealdad muy contenta.

El camino es más fácil, cuando llevas en tu mente mucha fe,
Se te olvida rápido el pasado y tratas al mundo con gentileza.
Y se te hace extremadamente difícil, si vives siempre en el pasado,

Careces de fe y no guardas en tu corazón, ni una pizca de nobleza.

Y yo les digo damas y caballeros:
¡O están con Yin o están con Yang!
Pero hay algo, que no llego a comprender muy bien,
Porque yo estoy loco y cuerdo a la misma vez.
Río de alegría por todos aquellos que aman sin pedir nada,
Y lloro de tristeza por aquellos que le desean el mal a nuestra raza.
Poesía o no poesía,
Ser o no ser.

Corazones de tomate

Gordos indecentes como escaparates depravados,
Vienen tras la fría Coca Loca, para los gaznates
desahuciados;
Sientan sus traseros inflados, mantecosos
y desparramados,
Sobre pobres sillas flacas, maltratadas y mugrientas.
Las cuatro patas, por el sobrepeso tiemblan,
Y chirrían de dolor, sus coyunturas agarradas con
tuercas...
¿Quién sabe si saldrán vivas, de esta difícil contienda?

Piden la carta del menú las malvadas bestias,
Y ordenan que les traigan, cuatro víctimas a la mesa,
Allí, donde no hay piedad, por aquellos que las
desuellan;
Están hambrientos y la siniestra matanza comienza.

Abren la boca como fieras los animales monstruosos,
Dejando al descubierto, sus dientes de asesinos sin
vergüenza,
Amarillentos, llenos de sarro y con saliva de morbosos;
Y tomando a las víctimas por sus cinturas de
hamburguesas,

Muerden despiadados a las pobres criaturitas, con figuras de circunferencias,
Las destrozan, las humillan y las vilipendian, y sin un ápice de conciencia.
¡Déspotas de la sucia comida! ¡Asesinos asquerosos!

Y del dulce elixir con burbujas, toman un sorbo,
Dejando escapar de sus podridos y fermentados estómagos,
Grotescos y roncos eructos, demoníacos y sórdidos;
Despedazando nuevamente, a las pobres enanas carnosas,
Partiendo con alevosía, a sus frágiles corazones de tomates;
Y hasta se ríen despiadados, a ver quién les da primero el remate...
¡Sinvergüenzas de restaurantes!

¡Ya casi no puedo soportar a tan grotesca y absurda masacre!
Que hasta de verlos comer, casi vomito mi vegetariano sándwich;
Un verdadero plato, para caballeros de conciencia limpia;
Pero no bastándole con derramar de cátchup tanta sangre,
Agarraron como prisioneras a las papas fritas,
La salaron y las engulleron con gula y en fila india,
Como ballenas devorando a un cardumen de sardinas.

Se levantan al fin, los depravados cerdos asquerosos

Y se estiran sin vergüenza, como bestias malditas;
Vuelven a respirar las temerosas y desconsoladas sillas,
Y la mesa llora deprimida, por los restos fúnebres
Que dejaron sobre ella, los criminales de la mala vida...
¡Indecentes!

Foto escrita

Justo hoy me he decidido a fotografiar a color, la realidad en mis versos...
Me encuentro con mi vecino, que pasea con mucha calma a su perro;
Él es ya un hombre muy viejo.
Silencioso me sonríe y la sonrisa, con amabilidad le devuelvo;
Y capto con mi buen ojo de pintor, casi todos, sus arrugados gestos;
Y con el pincel de mi pluma, intento dibujar su cara y su aletargado cuerpo,
Tratando de describir, sus sombras bien detalladas y todos sus movimientos
Para dejar al descubierto, alguno que otro rasgo humano nuevo...

De nariz aguileña, de orejas grandes, y yo diría que un poco sordas;
Llevando grabadas en su frente, las señales, de preocupaciones hondas.
Tiene pelo ralo y canas hechas de tristezas y de caminos inciertos;

Llevando sobre su enjuto cuerpo, descoloridas
y cansadas ropas,
Aquellas que han podido sobrevivir junto a él, hace ya
mucho tiempo.

A su estrujado abrigo, la soledad le ha tumbado unos
cuantos botones,
Y hasta la plancha parece haber olvidado que existen
los pantalones;
Y sus antiguos zapatos, que para sus pies parecen
haber nacido,
Chancletean estoicamente, soportando la soltura de
sus cordones dormidos.

Y atado a la cadena de la lealtad, como les hice notar
al inicio,
Lleva de la mano a su dócil canino doceañero,
Que en edad y físico son tan parecidos, que son casi
como gemelos.

Su amo lo desata y viene corriendo de alegría hacia mí,
Y lo oigo de amor gemir, como si fuera el final de
sus días...
Me arrodillo, le agarro su bella cabeza y le beso su fría
nariz
Y juega, a la redonda junto a mí, moviendo desaforada
su cola,
Como el loco canino, que reconoce, al loco artista de la
puerta del frente.
Alguien capaz de dibujar en el aire, desde un hueso
hasta una pelota.

¡Claro que lo entiende! Desde de que nos conocimos al principio,
En una mañana de primavera hermosa.

Preparo el cuadro final y tal vez, la última fotografía pictórica,
Que quedará del viejo Roberto, en el arte de mi descriptiva prosa
Y que llevaré guardada, hasta el día que él regrese de vuelta al infinito...
El a la derecha, yo a la izquierda y en el centro su perro;
Dos brazos de amigos que descansan, sobre hombros opuestos,
Y un largo hocico con una amorosa, roja y dulce lengua;
Y los tres en el parque posando sobre la verde yerba;
Tres caras felices bajo un cielo de color azul turquesa,
Y una V de victoria, pintada a punta de pluma y en letras de acuarela.

Presiono en mi imaginación, el botón del destello, quedando ya para siempre,
Un lindo y pintoresco recuerdo, grabado en dos hojas de mi libreta...

Risueño

Hoy estoy risueño, ¡Qué feliz me siento!
Me miro en el espejo;
Me jalo las orejas y le estiro a mi cara, los sobrantes pellejos;
Solo, para ver si estoy vivo o me veo demasiado viejo;
Me observo los dientes en el reflejo
Y saco la lengua de los desobedientes;
Aúllo como un lobo y me olvido de una vez, de todos
Los asunticos pendientes.

Salgo disciplinado a la calle, limpiecito y almidonado,
Y como buen transeúnte que soy, cruzo ligeramente apurado,
Caminando correctamente y muy recto sobre la cebra;
Pero al cruzar me suena el fotuto un camión,
Tropiezo sin querer al llegar a la acera
Y choqué con un viejo gruñón que me amenazó con su bastón.

¡Nada hombre, hoy yo estoy de muy buen humor!
No pasa nada, na-di-ta de nada (Le dije a mi conciencia)
Nadie me va a estropear este hermoso día…

Y seguí mi camino hacia la tienda de víveres, a ver si vivo
Un poco, la gran emoción de disfrutar los precios tangibles;
¡Vamos a ver, vamos a ver!

¡Santo cielo! ¡El pescado está por las nubes!
¿La carne de res? ¡Incomprensible!
¿La leche? ¡Súper Inasequible!
¿Y el precio del queso? ¡Inaudito e inconseguible!

La cara se me enrojeció y los pelos se me pusieron de punta;
Pero me dije al final:
—Tranquilo hombre, tranquilo, Pepe de la buena suerte, no es nada importante;
No podemos luchar con lo que es ineludible...
Hay días de mucha jarana y otros, de pinchazos con imperdibles.
Echémosle la culpa a Diablo y no a la vida, por la subida de los comestibles,
Que muy bien se lo merece, ¡Por tarrudo!

Salí del mercado y me dirigí a la barbería para refrescar mi cuero cabelludo;
Porque de todas formas hay que peinar y embellecer un poco el tiempo...
Me senté en el sillón del barbero y le pedí a Juan que me tirara un cortecito y
Así puedo parecerme a un gran y galante caballero;
Pero... Juan me tiró el corte de las cucarachas,
Con su mala máquina, arrancó a la fuerza mi pelo,
Y con su vieja navaja, magullo como un gato la piel de mi pescuezo,
Me echó talco en los ojos... ¿Y a mí oreja? A esa, casi le abre un agujero con la tijera. ¡Qué fenómeno señores!
Que la felicidad en casa del pobre dura poco.

Bueno, salí de la barbería, estrujado, ardiente y malhumorado,
Pero recordé que debo ser paciente, muy pero muy paciente.
Nadie me va a estropear este hermoso día, me dije de nuevo...
No le echémosle la culpa a la vida, échensela al Gobierno, siempre tratando de hacerse el astuto.

Continué mi caminito por el barrio en busca del periódico, y al sacar
La billetera, se me resbaló de las manos y fue a parar al piso;
Y al agacharme para recogerla, se me rajó el pantalón por el trasero,
Me cagó la cabeza un pájaro y me resbalé con una cáscara de plátano que
Estaba fuera del basurero...

No pude más y salí despavorido corriendo, porque algo andaba mal.
Atravesé el parque y al hacerlo, pise sin querer un maldito hormiguero;
Que me picaron, hasta los dos truenos. Quedé adolorido y ya sin resuello...

Subí las escaleras de mi edificio, abrí la puerta de mi apartamento...
¿Y mi mujer? ¡Oh Dios! Me estaba esperando para que fregara los platos y los
Calderos. Estaba desahuciado, apestoso y mugriento.

Entre al baño, me miré en el espejo;
Me jalé las orejas y le estiré a mi cara los sobrantes pellejos,
Para ver si estaba vivo o me veía demasiado viejo;
Observé mis dientes en el reflejo, pero no era yo;
Era un ojeroso, tiznado e inhumano, monstruo callejero.

... Pero comencé a reírme a carcajadas al ver mi rostro
Maquillado de tan inusual careta. Reía y reía sin fin; y volví a repetir:
No le echemos la culpa a la vida, echémosle al alcalde la culpa, ¡Por mentiroso!
Sí, eso estaría bien, ¡Echémosle la culpa al alcalde!

Pues nada, no pasó nada. Mañana será otro día con un hombre totalmente nuevo;
Risueño, tal vez pellejudo, pero... ¡Fresco como la brisa!

Fugitivo

Voy manejando esquizofrénico y dispuesto a todo;
Incluso, hasta atentar contra la infelicidad y los contratiempos.

Abro la ventanilla de mi carro y me despeina el viento,
Refrescando mi cara la brisa, apaciguando de paso mi furia.
Y en la carretera, chocan en mi parabrisas mil pulgas,
Tratando de alertarme, acerca de la repugnante purga
Que están realizando, los fabricantes de ataúdes en mi ruta,
Porque soy precisamente yo, al rufián al que juzgan.

El sol desde la altura, con su luz me delata al verme,
Por ser un fugitivo, corriendo a toda velocidad, sobre las ruedas del tiempo,
Tratando de escapármele a la muerte.

Voy manejando esquizofrénico y dispuesto a todo,
Incluso, hasta vivir demasiado apasionado la vida, pero desafortunadamente,
Me anda buscando, la policía de la vejez...

Descubrimiento

Sin embargo, oigo tus razones y tus verdades;
Escucho sin embargo, tu voz y tus melodías;
Y sin embargo, capto la esencia de tu fragilidad,
Tus hermosas formas vivas y tu simplicidad,
Porque eres, lo que más se me asemeja a la naturaleza;
Con sus maravillosas colinas, llenas de fragancia y amor,
Con sus movimientos sísmicos y con sus primaveras.
He descubierto al fin, aunque tarde, de que eres algo,
A lo que llaman mujer.

No llores
Recordando a Janis Joplin

No llores hoy al verme señora Joplin, señora de la emoción;
Porque no hay en el mundo, alguien que te comprenda mejor que yo,
Siempre grabando en mi piel, cada pedazo de tu pasión;
A tu Summertime y a tu nostálgico y crudo cancionero de amor.

Pero, ¿Quién pudiera reconocer a un viajero que viene del futuro?
A alguien como yo...

Te conozco, porque somos iguales, tan libres como el viento.
Abriste tus alas buscando algo grandioso, en lo más alto del firmamento,
Pero desapareciste fugaz, entre la luz de un gigantesco destello,
Porque escalaste a la cima, sin percatarte, de la tormenta que había
Dentro de tu tormento.

Eras una exótica flor de primavera, cándida y misteriosa como luna llena;
Un raro fulgor de notas salvajes, de voz rasgada con sabor a mar y a Tierra.
Y te dejaste atrapar por los malos sueños.

Pero no llores hoy al verme señora Joplin; señora de la emoción,
Porque no hay en el mundo, alguien que te comprenda mejor que yo;
Un rudo poeta callejero y un extraño extranjero, manejando la máquina
Que regresa al pasado, rompiendo de un golpe las barreras del tiempo.

Hoy he venido a buscarte, y debo montar a tu imagen viva, en uno
De mis asientos, para que vayas al futuro conmigo y rescatarte del olvido,
Salvándote limpia y sobria, en el libro de mis sentimientos;
Garantizando con ello la vida eterna, a tu único y auténtico arte roquero;
Y al menos, poder ofrecerte un decente hogar, entre las hojas de mis versos.
Pero debo decirte algo... Que te prohíbo recorrer mis páginas llenas de poemas,
Con tu Mercedes Benz o con tus grandes sombreros.

Cinco, cuatro, tres, dos, uno, cero;
ignición y calentamiento... En proceso.

Rarillo

Me levanto como de costumbre, bien tempranillo,
Y escucho feliz y risueño, a los mañaneros pajarillos;
Voy al baño y me lavo la cara con un jaboncillo;
Y me restriego los dientes con mi nuevo cepillo.
Me vestí diligente con pantalón, medias y calzoncillos
Y me puse bien lustroso, mis viejos zapatillos.

Fui para la cocina,
Y me preparé de desayuno, un humilde bocadillo.
Pero vi una mosca,
Y le tiré un manotazo, que casi le parto un tobillo;
Traté de colar un poco de té,
Pero al colador se le desfondó el fondillo...
Y al bajar por las escaleras,
Me encontré con un grillo;
Lo cogí por sus patitas traseras y lo miré curioso,
Pero empezó a llorar como un niño;
Sentí lástima por él y lo puse en mi jardincillo,
Sobre la flor de un lirio.

Continué mi caminito al trabajo,
Pero el día estaba lindísimo,
Y sin querer, seguí para la playa;
Pero me encontré con mi jefe en la arena y me preguntó:
—¿Qué haces aquí, Barbarillo Manzanillo?
—Lo mismo que usted señor Dominguillo. (Le respondí).
¡Qué casualidad, los dos descubrimos a un pillo!

Hicimos las paces por hoy y nos convertimos en buenos amiguillos.
Nos sentamos en un banquillo,
Nos comimos cada uno, un rico helado de barquillo;
Fuimos los dos para la barra y nos tomamos unos traguillos;
Y quedamos al fin, como dos borrachillos.

...Y de regreso a casa, me encontré con un ladroncillo,
Y con su pistolita me amenazó y me quitó, hasta
el último centavillo.
Se mandó a correr y le caí detrás con un par de ladrillos
¡Párate o llamo a la policía para que venga en mi auxilio!
¡Ya te apretarán los tornillos, ya te apretarán los tornillos!

Seguí para casa triste porque perdí todo mi dinerillo,
Pero de buenas y de malas es la vida y me convencí al final
De que debo estar siempre, contentillo.

Al fin llegué al lugarcillo donde vivo;
Y después de tantas peripecias, regreso a mi paraíso.
Voy al buzón y recogí mi correspondencia;
Uh! Qué raro, alguien me ha enviado un chequecito con dinerillo.
Tal vez sea algún premiecito, ¿Quién sabe? tal vez Diosillo

Fui al jardín y agarré por las patitas al grillo,

Lo coloqué a dormir en la escalera y se quedó contentillo;
Le cosí al colador de té, el fondillo,
Y le puse fomento a la mosca, para que se le desinflamara el tobillo;
Y los pajarillos mañaneros regresaban a dormir a sus nidillos.

Fui a la cocina y me preparé un suculento bocadillo;
Un rico pescadillo, bien tostadillo;
Me limpié los dientes con un palillo;
Y me comí al final, un rico postrecillo.

Tomé un baño con agua tibia y un jaboncillo
Y fui a la cama con mi almohadilla para levantarme
Mañana, bien tempranillo.

¡Hay que bárbaro es este hombrecillo!
¡Qué casualidad, creo que se me está dislocando el frenillo!
Dice un lector.

Dos mundos

El sol se cubrió con las nubes de pies a cabeza,
Porque quiso tomar, al mediodía una siesta,
Dándole al verano un par de horas de receso;
Y así, refrescar al bosque para que no padezca de calor
Intenso.
Y yo, sentado sobre un caído roble viejo,
Noto, que empujadas por el aire, se mueven
tenuemente las arboledas,
Saludándome cándidas con sus ramas de verdes dedos,
Como si quisieran darme la bienvenida,
Sin tomar en cuenta, si me falta una muela,
O si soy rico o pobre, apuesto o feo, o cual es mi credo,
Importándoles un bledo el tiempo,
Porque tan solo, con la emoción del momento, juegan.

Y alrededor de mí, revolotean algunas libélulas,
Observándome curiosas las vivarachas esbeltas,
Como pilotos de aviación, con sus grandes gafas negras,
Cambiando de rumbo a cada instante, con sus
motorizadas alas
Para dejar a atrás mi curiosa mirada incrédula;
Subiendo y bajando perfectas, porque con maestría,
veloz vuelan;
Haciendo desde hace millones, las mismas maromas
pintorescas.

Y desordenados, los pájaros cantan;
Suenan como matracas las chicharras,

Y tocan intermitentes, los grillos sus violines...
Y sin embargo, todo es asombrosamente apacible.
Y miro al mundo moderno,
Y lo veo sórdido, abstracto e incomprensible;
Un asalto a mano armada al silencio;
Una jungla de asfalto, llena de hormigas humanoides locas,
Enganchadas a sus orejas, por anzuelos atados a cables telefónicos,
Corriendo a toda velocidad, para hallar el terrón de azúcar que les toca.
Sobreviviendo bajo los pies de opulentos rascacielos, fríos e inhóspitos,
Pero tan frágiles, como tres números impares, cayendo en el vacío de lo Ilógico.
Un mundo lleno de arrogancia innecesaria y de riqueza plástica;
De modas banales y de falsedades destructoras de hombres;
De políticos que no interpretan muy bien a Aristóteles,
De temores, de esquizofrenia y de humeantes chimeneas.
De ideas perversas y de crueles sofistas,
De irreverencia al universo de las cosas simples
Y a nuestros hermosos sueños de libertad.

No podemos saltar al más allá, pero la materia oscura de la civilización,
Nos está empujando cada vez más, al abismal espacio que hay entre nuestros
corazones, fuera de la latitud de la inteligencia...

¡Señores, escúchenme de una vez, nuestras almas se están congelando!

... ¡Oh Madre azul, perdonad nuestras faltas, nuestra ignorancia y nuestros atropellos! ¡Que alabado sea tu nombre!

El sol ha terminado su siesta y acomoda a las nubes para darle paso a su luz.
Y yo, sentado sobre un caído roble viejo, observo la vida, la palpitante, la que
Transpira verdad, valorando el gran tesoro que hay en este instante, simplemente,
Respirando el mundo real, el verdadero...
Rex Tremendae Majestatis

Con nombre y dos apellidos: Agapito Mogollón y Chinchurreta

Ahí viene, Agapito Mogollón y Chinchurreta;
Viene extremadamente triste y con el moco caído
Porque su mujer lo abandonó y se siente muy pero
muy afligido.
Está tan acongojado, que hasta va al trabajo
en chancletas.

Era tan poco aseado Mogollón, que su fuerte olor
atraía
A las guasasas y hasta un gran ejército de moscas
culecas.
Casi nunca se afeitaba y los cañones de su cara,
Rellenaban ya de paso, a sus tiznadas mejillas huecas,
Casi como el musgo oscuro, que crece ordinario,
En las rocas de una cuenca;
Y el olor bajo sus brazos era tan, pero tan espantoso,
Que era capaz de amedrentar, hasta una mofeta ciega…
¡Auxilio, tírenle agua a ese hombre, que hasta
el trasero se le quema!
¡Santo Cielos! ¡De que se le quema se le quema!

Y para colmo, era horroroso el mal aliento que salía de
su boca.
¡Su cepillo de dientes parecía estar de vacaciones!
—Dos veces en semana es suficiente, mañana no me
toca, decía.

Fíjense cómo era la cosa, que de contar esto, se me erizan los pelos,
Me da picazón en la lengua y el cerebro se me sofoca.

Y su pobre mujer le repetía, y día tras día:
Señor Chinchurreta, póngase las medias limpias y bien cocidas...
Pero Mogollón no se las quitaba en ocho días, ¿Y sus pies? A queso olían,
Asomando el dedo gordo del pie, por un hueco de gran salida.
¡Señor Chinchurreta, no metas las manos sucias en la comida!
Pero Mogollón con las uñas negras de churre, sin preocupación las metía.
Entraba con las botas enfangadas al comedor y hasta se soplaba la nariz
Con el paño de la cocina, sin que le doliera de vergüenza, ni siquiera la rabadilla.

Y su noble esposa en voz alta le recordaba, con nombre y con sus dos apellidos:
¡Señor Agapito Mogollón Chinchurreta!
¡Sus calzoncillos están listos y limpios en la gaveta!
Y Mogollón usaba los mismos, ¡Dios mío! ¡Siete días seguidos!
Calzoncillos encartonados, que era mejor votarlos a la basura.
¿Y el baño? Eso era zona prohibida...
—¿La bañadera? Olvídense de eso, eso no es parte de la buena vida.

Para él era más fructífero, hablar bien de su buena suegra María.

—¡La ducha es para los gorriones y para las grandes bestias! Repetía cada día.

Ven lo que les digo... Esa era precisamente, su máxima expresión política.

Pues bien, una larga noche tuvo un extraño sueño, donde se le apareció un hada
madrina y le dijo: Mira Agapito, yo sé que estas muy triste y acongojado porque tu
mujer te abandonó, pero no hay nadie más culpable que tú, por no ser cuidadoso con
tu aseo personal, y ya sabes, a nosotras las damas nos atrae los caballeros bien
aseados y perfumados, pero... te traigo una gran noticia que quiero compartir contigo
esta noche; te daré una segunda oportunidad; haré de ti un hombre apuesto, limpio e
inteligente. Para ello diré estas palabras mágicas...

"Agua de lluvia, cristalina y fresca, agua clara, fresca o tibia,
Lava su cuerpo con mi jabón celestial y con esponja muy fina,
Y blanquea sus dientes para que las estrellas, al ver su reflejo sonrían,
Limpia sus uñas para que como nácar brillen"

"Agua de lluvia, cristalina y fresca, agua clara, fresca o tibia,

Brisa del mar y tempestad marina, yo solo te pido un deseo…
Una gran cascada, un pequeño arroyuelo, un capullo y un trébol,
Yo, señora del alba y de las noches de ensueños, para hacer este milagro… lo ordeno.
¡Agapito!… ¡Agapito! Mírate al espejo"

Aquella mañana Agapito Mogollón y Chinchurreta, despertó después de una larga
noche y se dirigió al baño como de costumbre, pasó junto al espejo y notó algo raro
en la imagen que lo observaba; se restregó los ojos porque había algo fuera de lo
normal del otro lado del cristal. Miraba atentamente a su imagen, moviendo sus ojos sospechosos…
Era un hombre totalmente nuevo; ni siquiera reconocía su cara,
porque estaba extremadamente limpia y clara…
Aquí hay gato encerrado, pensó.
¿Cómo es posible que yo sea tan apuesto?

Entonces, escuchó la voz de su hermosa mujer que lo llamaba para prepararle el
desayuno, y se dio cuenta de que algo había cambiado, pero pudo recordar algo del
sueño que tuvo la pasada noche y noblemente, sonrió. Y se dijo así mismo: "Gracias
hada madrina por darme una segunda oportunidad, y por mi nueva vida; me siento

muy pero muy feliz. De ahora en adelante seré un hombre pulcro y un esposo modelo"

Y así terminó todo. Ahora déjenme decirles a los lectores, que estas cosas increíbles y con estos finales tan hermosos, solo suceden en este libro, donde pueden pasar cosas inverosímiles.
Ahora les contaré algo interesante... A partir de ese momento ya todos llamaban a Agapito, por su primer y único nombre, y esos raros y feos apellidos desaparecieron de la mente de la gente y quedaron en el olvido, y desde ese entonces, las moscas y los mosquitos llegaron a ser sus grandes enemigos. Y así fue; aunque hoy les traigo un detalle... ayer no se bañó y hay que estar vigilante, porque de otra forma le devuelvo con mi pluma, sus dos extraños apellidos.

El ángel delincuente

Cogí la rosa de un jardín y la lancé como cohete de papel;
Y la vi planear con sus pequeñas alas de espinas,
Y dibujé como fuego a sus bellos pétalos rojos.
Y voló como preciosa nave, con su hermosa turbina.

Entonces, tomé girasoles y salté con ellos a gran altura,
Y al caer con mi amarillento paracaídas,
La gente observaba atónitos como yo descendía,
Llenando de fragancia, la esperanza que en sus ojos había;
Y los niños, con sus boquitas desdentadas que asombrados reían,
Dejaban mi corazón de ángel con profunda y gran alegría.

Y después lancé violetas, azucenas y lirios al aire,
E hice crecer en minutos, enredaderas repletas de dulces sandías;
Dejé caer cascadas de agua fresca desde las blancas nubes...
Una lluvia florida de creación, de colorido y de vida.
Recogí hojas secas y escribí sobre ellas canciones épicas,

E hice ejecutar sus letras, como una gran orquesta de primavera;
Y los hice soñar, soñar, con un azul y verdadero paraíso humano.

Todos me rodearon extasiados y me preguntaban, de donde yo sacaba tanta magia;
De dónde había venido, o de que extraño y lejano mundo era;
Y al fin les confesé de una vez, que yo era un ser caído del cielo.
Y les mostré mis grandes alas y les enseñé mi arco.
Y les dije, que mi fundamental tarea, era la de enamorar a las almas,
Que ese era en definitiva mi gran trabajo... Y quedaron estupefactos.
Tocaban con agrado, el terciopelo de mi piel, mis manos y mis brazos,
Y miraban embebecidos, mis grandes y raros ojos de gato.
Pero algo sucedió...
Un jovenzuelo travieso tomó por curiosidad mi arco,
Disparando y clavando sin querer, una flecha sobre una de mis huellas,
Y ahora estoy en problemas, porque tengo detrás de mí, a un ejército
Repleto de amantes y poetas, que ha puesto de pie a la entera Tierra.

Y los gobiernos impíos me están acusando de estar adelantando el tiempo,

De romperles a la gente las imaginarias y decadentes cadenas;
De estar escribiendo subversivos y raros poemas, que conquistan corazones
Y que no concuerdan con sus políticas. ¡Me acusan de jugar con candela!
Y hasta de envenenar a la gente común, con peligrosas y humanistas ideas.

¡Córtenle a ese arcángel delincuente las alas!
¡Encadenadlo de pies a cabeza! ¡Hay que darle un escarmiento!
¡Hay que interrogarlo por estar prometiendo quimeras!
Si se acaba el odio, ¿De qué vamos a vivir?
¿A quién le vamos a crear problemas?
¡¿Cómo es posible que nadie se haya dado cuenta!?
¡Cuando se ha visto que el amor reine en la Tierra!
¡Esto no puede ser otra cosa que la Blasfemia!
¡Ese ángel es un sinvergüenza!

Al fin me enojaron, rompí las cadenas e hice llover, raíles de punta sobre sus cabezas. Ahora, son el ángel fugitivo, el enemigo más buscado y el número uno, por agitar a todos los amantes del planeta. La ley me ha convertido en un ángel bandido y de la peor calaña. ¡Ahora los malos gobiernos dicen que soy un rufián!

Pero lo que ellos no saben, es que yo estoy escondido... en la página 369 de un incógnito libro de poemas, y aquí estaré hasta que salga al público, pero para ese entonces, ya me habrán crecido de nuevo las alas.

... Esta algo oscuro aquí, pero tengo que esperar a que el escritor abra el libro mañana para poder ver la luz. No tengo ni siquiera un lámpara para poder leer sus es escritos, y no se me ven ni siquiera las manos, pero al menos, aquí estaré a salvo.

Oigo ruidos allá afuera... ¿Qué pasará? ¿Qué hora será? ...

Cuco Maqueta

Historia basada en hechos surreales

Ahí viene Cuco Maqueta,
Hijo de los difuntos, Quintín Maqueta Vaqueta y Juana Juanete Raqueta;
Con su cabezón de elefante y con sus dos grandes orejas.
Tiene la nariz de garfio, con una enorme verruga ennegrecida,
Colgando impertinente y desabrida, como una fruta podrida.
¡Por dios, qué demonios es esto!

Las piernas las tiene demasiado largas,
Y el torso y el cuello, demasiado corto;
¡Santo cielo! Esto parece, no sé... algo...
¡Pero si es un mamerto marciano, después de una borrachera!
Una rara combinación de muñecos descuajeringados y rotos;
Feo y extraño como no hay nadie en este mundo;
Pero como el amor es loco y a cualquiera le toca,

Les contaré, que Cuco Maqueta se enamoró ciegamente,
De un hermoso maniquí de color rosa, de la vidriera de una concurrida tienda.

Estilizada y en bikinis, posaba la dama esbelta,
Sin pelos, sin ojos y con el alma totalmente hueca;
Exhibiendo con elegancia y finesa, lo último de la moda.

Allí permanecía la dama, aburrida, silenciosa y eterna,
Mostrándole al público detrás de un cristal,
No solamente trajes de baño o prendas playeras,
Pero también joyas y lujosos vestidos de seda,
Para la alta aristocracia o para damas burguesas.

Pero señores, cuando el corazón por amor aprieta,
pues simplemente, no se piensa;
El cerebro se desmorona y no se recuerda, ni que existe la paciencia.

Cuco Maqueta se enamoró locamente, de aquella dama perfecta.
Iba cada día a ver a su enamorada insólita de ademanes inmovibles;
Le hablaba, le sonreía, y miraba con pasión su fina cara de muñeca;
La llamaba, "Rosa Mística" o simplemente "Mi Rosa Ciega"

...Y quien no lo quiera creer, porque no imaginan lo increíble,

Pues les aconsejo que me escuchen con atención,
Porque esta historia surreal, se las cuento y como verdadera.

Y fue tan grande y fuerte su amor, que una madrugada de luna llena, Cuco Maqueta,
Rompió el cristal de la vidriera y se llevó a su amada a casa, casi casi, como en la
obra de Shakespeare, la de Romeo y Julieta.

Y sin hablar de los detalles íntimos de aquella noche,
les contaré lo que sucedió a la mañana siguiente...
Cuco Maqueta la vistió con un viejo vestido de su abuela, Rechoncha Vaqueta,
Le colgó un hermoso collar de conchas, le colocó un anillo en el dedo rígido de su mano izquierda y celebró su boda, sin juez, sin testigos y sin fiesta...
Dos enamorados unidos al unísono y un palpitar
a primera vista.
Señores, ¿ven que hermoso es el romanticismo surreal y místico?
¡Tengo que reconocer, que hasta los pelos se me ponen de punta!
¡Este malhechor de cupido, siempre se sale con la suya!

Pues bien, al caer la tarde, continuó con su labor cosmética:
Cuco Maqueta le pintó bellos ojos de color azul turquesa,
Le puso una peluca negra con una larga trenza,

Largas uñas postizas, le delineó cada una de sus cejas
Y le coloreó a puro pincel, unos hermosos labios rojos,
Devolviéndole así, la vida; al menos en su imaginación.

Le colocó en sus pies, zapatos de tacones,
Le colgó aretes en sus duras orejas;
Le adornó las manos con pulseras,
Y para decir verdad, aquello parecía una mujer verdadera
Y totalmente entera.

¿Salir de paseo con su nueva esposa?
Aquello no era problema;
En uno de sus brazos le colocó una cartera
Y le amarró un par de patines, bajo el peso
de sus suelas,
Para así, caminar parejo,
Como una verdadera pareja.

¡Ahí viene Cuco Maqueta, con su muñeca tiesa!
Gritaban los burlones de la chusma callejera.
¡Oye Cuco Jugarreta!, señorito pata larga,
¿Por qué mejor no le pones a tu mujer de yeso, un par de chancletas?
¡Mejor vayan al manicomio, porque los dos son, como una pesadilla mal hecha!
¡Señor Maqueta, tu mujer de tienda no mueve, ni siguiera la jeta!
¡Óiganme, a ese adefesio mal hecho se le fueron las cuerdas!

Todos se reían de él, pero nadie pudo romper el hechizo amoroso.

Ahora, presten atención, y que lo crea el que quiera.
Que aquí se coge más fácil a un cojo que a un cuentero mentiroso.
Escuchen esto... Una tormentosa tarde, comenzó a llover torrencialmente,
Los truenos a retumbar y la gente como de costumbre, pues a correr;
Y un rayo relampagueante cayó del cielo e hizo trizas a Rosa Mística,
Dejándola deshecha y carbonizada, como a una escultura abyecta;
Una figura estrafalaria, que parecía... ¿Qué sé yo? Algo raro, rarísimo.
Los pelos se le esfumaron y no le quedaron, ni siquiera las delineadas cejas.
Sus brazos estaban deformados y su cara derretida quedó totalmente deshecha,
¿Y a los patines? ¡A esos se les desaparecieron, hasta las ruedas!

Imagínense, Cuco comenzó a llorar desconsoladamente por su amada esposa y sus
lágrimas de enamorado, comenzaron a caer sobre aquel deformado esperpento
maltrecho. Pero sucedió algo inusual; algo, que todavía la ciencia no se ha podido
explicar y que solo podría ser respondido, por pintores, por poetas o tal vez, por Nikola Tesla...

Del inmóvil cuerpo de su dama hueca, comenzó a emerger como una flor verdadera
salida de la nada, una hermosa chica, pero de carne y hueso y que era tan bella,
tan bella, que en el barrio, nadie lo podía creer. Se paró lentamente, casi desnuda,
con los pocos harapos que habían quedado y abrazó con ternura al amor de su
vida, a su amado Cuco Maqueta… ¿Cómo lo ven?
Hijo de los difuntos Quintín Maqueta Vaqueta y Juana Juanete Raqueta, que en paz descansen.

¡Esto es increíble señores, increíble!
Enseguida se corrió la bola por todo el vecindario, es decir, la noticia de que…
"¡Cuco Maqueta, se casó con una diva!"
"¡La mujer del Cuco Maqueta es la dama más sexi del mundo!"
"¡No es posible! ¿Cómo va a salir una mujer de un maniquí?"
"¡Esto no es real, ese escritorzuelo loco, nos está jugando trucos sucios!"
"¿De qué está hablando este hombre?
¿De una sopa de rayo o de una fabada de tuercas?"

¿Y a los burlones del barrio?
A esos se les caía la baba.

Así es la suerte señores, a quien la buena le toca , pues que meta el tornillo en la rosca. Ahora bien, el problema radica, en que tiene fulminar un rayo al maniquí de tu vida, si quieres tener buenos resultados, no hay de otra; pero esto habría que analizarlo muy bien en los laboratorios de pseudo-ciencias.

¡Vamos hombre, esto no es serio! ¿Estás bromeando?
¿Óyeme Pancho, de dónde tú sacaste esta historia?
¿Qué tal si esta noche probamos? Creo que hoy va a haber luna llena...
Hay montones de maniquíes en la tienda. ¿Cuál prefieres, una rubia o una mulata?
Bueno, preferiría a una gitana, pero creo que eso no lo hay en las vidrieras.

¿Qué te pasa?

¿Qué te pasa? ¿Qué quieres de mí?
¿Qué yo construya en el arcoíris, una hermosa carretera?
O ¿Qué corte al mundo en dos, con un par de castañuelas?

¿Qué es lo que realmente te pasa, quieres problemas?
¿Quieres devorar con cuchillo y tenedor cada uno de mis poemas?
Pues le pondremos más salsa, para que fácil los entienda;
O tal vez, quieras escalar por las escalas de mis notas sueltas,
Para subir después, a lo más alto de mi pensamiento abstracto,
Y puedas resolver en tu mente, todos tus erróneos conceptos,
Esos que habitan, en el trasfondo de tu mirada fría e inerte.
Habla ahora o calla para siempre, porque no quiero oír tu llanto.
Quién sabe si al fin reconozcas que estás lidiando,
Con el más pinto de la paloma, un perfecto bailarín de Tango.

¿Qué es lo que no entiendes?
¿Acaso no ves cómo llueve, desde los lagrimales de tus ojos?

Pues sube a la cima de mi cresta roja,
Para que veas desde arriba, que yo soy un gallo fino,
Con afilado pico y puntiagudas espuelas lustrosas,
Capaz de matar al desamor que hay en tu sonrisa banal y rota.

¿Qué te pasa?
¿Quieres que te baje los humos?
Ese que hay en tu fuego interno.
Pues te enseño a apagar su llama, con la yema de tus dedos.
¿No sabes acaso cómo freír con tu boca un huevo?

¿Qué te intriga?
¿Aún no sabes cómo reconocer a un gran maestro?
Ese que organiza con limpieza, las ideas en tu cerebro,
Le da vida a tu pensamiento y te entusiasma con ideas locas,
Locas ideas para seres humanos, para aquellos audaces y cuerdos.

¿Qué quieres?
¿Quieres darle demasiadas vueltas a las cosas?
Entonces, es mejor dejarlas que se desanimen y que se mareen a la redonda,
Para después tomarlas, así de fácil, borrachas y casi tontas.

¿Entonces? ¿Qué esperas de la vida?
Tómala como venga, porque si no la dejas pasar, ella te pasará por arriba...

Y pase lo que pase, siempre pregúntate de paso y por si acaso,
¿Qué carajo es lo que aquí pasa, con esta efímera loca?
Y no juegues con su inteligencia, que de todas formas, ella te pasa la cuenta;
¡Y para colmo, hay que dejarle, hasta la propina en la mesa!

Crisanto mala suerte

Lo llamaban, Crisanto el de la mala suerte...

Un buen día Crisanto iba caminando por la calle
Y se encontró un saco lleno de dólares;
Se lo hecho echó a la espalda y continuó su camino,
Lo tomó sin preocupación, o sin que le viniera algo a la mente;
Sin saber a ciencia cierta, lo que contenía el paquete.
¿Si no hay dinero en su interior?
Pues a lo mejor contiene, calzones a cuadros o de bombero un casquete.
Y como dice el dicho: "A caballo regalado, no se le mira el diente"
¿Quién sabe si este es mi día de suerte? Por eso le di al saco un jalón.

Entonces, le cayeron atrás diez terribles delincuentes,
y Crisanto cagado del miedo
corría y corría despavorido como gallina, para escapar de los matones; soltó el saco,
que en realidad, estaba lleno de verdes y se escondió bajo un puente.
¡Malditos sinvergüenzas! ¡Me robaron, lo que me encontré, robado de otro ladrón!
¡Esto sí que no tiene perdón!

Pues bien, la policía arrestó a los bandoleros con el dinero y andaban buscando a Crisanto Mala suerte, para que fuera testigo, en el juicio de Pata Caliente, un famoso asaltador de bancos y ladrón de cajas fuertes.

Pobre hombre, por su feo y difícil destino, regresó asustado a casa; y para no ser
reconocido, decidió disfrazarse, como un deambulante indigente, y no verse
envuelto con semejante criminal, asesino de testigos y borracho bebedor, del más
barato de los aguardientes.
Se pintó la cara con hollín y se puso ropas viejas y llenas de parches, y salió a la
calle a probar de nuevo su suerte, con su nueva vida de pordiosero.

Entonces, se colocó en una esquina como profesional limosnero, como si fuera el
dueño de aquel pedazo callejero, pero al parecer, apareció otro mendigo, que era el
terrateniente de aquella esquina, y al que llamaban, el Viejo Pepe Letrado; y le dio
una tunda a Crisanto, que lo dejó adolorido y muy mal parado...
En la cabeza le dio diez palos, le puso la cara roja y le destrozó más los harapos;
casi le arranca de un jalón una oreja y hasta le arrancó muchos pelos del cráneo.

¡Pobre Crisanto, que no pudo recolectar, ni siquiera un humilde y prieto centavo!

Regresó a casa, triste y desaliñado y pensó: ¿Qué tal si me cambio el nombre?
¿Quién sabe? A lo mejor me convierto en otro tipo de hombre.

Así fue, Crisanto, el de la mala suerte, cambió su nombre por Fausto Buenaventura.
¡Qué feliz se sentía! Porque ahora podría tener otra nueva vida.

Entonces la fortuna le sonreía;
Pero su vida era tan tranquila, tan tranquila, tan sedada tan sedada y tan aburrida tan
aburrida, que empezó a engordar como un cerdo. Apenas se podía levantar de la cama. Ya no se le veía ni el ombligo y ni siquiera el
cuello; deformada estaba su cintura. Y sus vecinos lo llamaban despectivamente
"Señor manteca" o "Gordinflón de trasero aplastado"

¡Oh Fausto Buenaventura, Crisanto mala fortuna!
Que no sienten por ti, ni gota de respeto.
¿Qué pasó con tal receta de cambiar tu nombre?
¿Es acaso Fausto el nombre, que al nacer te dieron?
¿Qué tiene de malo llamarte Crisanto?
...Se hizo todas esas preguntas.
Una mañana Crisanto se decidió a dejar aquella aburrida vida y salió a la calle, y se volvió a encontrar con un saco repleto de monedas y le volvió a caer atrás una caterva de bandoleros; corrió tres leguas, corrió como bestia e hizo sudar a su gordo pellejo; llegó a la

estación de policía, devolvió la plata, agarraron a los delincuentes y a su jefe Pata Caliente, estafador, asesino y asaltador de bancos; y por su gran coraje y valentía, pues ganó un gran premio, una gran medalla y un maletín con mucho dinero.

Lo condecoraron con el honorable y distinguido título de "Crisanto el Super-Héroe"... Y ahora está más flaco, que una puntilla con cabeza.

Yo creo que es mejor no despreciar nunca tu nombre, ni olvidar quién eres, porque en definitiva, lo que el Creador te da, cuando quiera... Él te lo quita.

Extraño poema

Llamamos inteligente a una simple y novedosa idea;
Mira detenidamente y dilucida la ecuación, pero al cien porciento,
Observa y determina el lenguaje y estúdialo con dedicación;
Abre bien tu mente y ten mucha imaginación;

Los listos viven pensando ¿Y los soñadores? Soñando despiertos,
Pero los soñadores mueven galaxias y emiten, novedosos destellos.
El tres, el seis y el nueve, es el código de la creación.
Lo dijo Nikola Tesla, el gran poeta del electrón.

La luna es casi plateada, pero tú la ves siempre gris;
Seguramente es un queso que tú puedes freír,
Y el sol es tan hermoso y brillante,
Que con los radares que hay entre mis pelos,
Puedo ver su cara reír;
Pero yo canto por intuición,
Y casi sin quererlo, busco la entonación.

¿Cómo funciona el mundo, que te muestran en un oscuro salón?
Solo monos voladores, propaganda y televisión,
Levántate y prende las luces, para que veas quien es el Mago de Oz.

A los de grandes pupilas le tapan los ojos, para perpetuar nuestra desunión,
Y mantenernos temerosos, para descarrilar el tren del amor.

La nobleza está en nuestros genes,
Y la libertad pertenece perenne, a nuestro rojo corazón,
Rojo, corazón rojo, palpita y palpita fuerte, como un regalo de Dios
Porque la vida es muy corta, pero eterna... es su canción.
A los locos escritores, o a los escritores locos, los llaman mentirosos,
Porque ellos pueden descubrir, a los verdes psicópatas sórdidos.

Y yo, ando en la lejanía del espacio y flotando en paz;
Estoy en otra dimensión, bailando flamenco y oyendo jazz
Y tocando con mis dedos, a las estrellitas politiqueras...
¿Cuánto cobrarán por debajo de la mesa, esos volcánicos planetas?
¿Acaso deseas un cóctel de cortinas de humo y de nubes bellas?
¿O un whisky a la roca, lleno de falsas boletas?

Ya puedo ver tu cara, mirando brillar las centellas;
Y de aburrimiento tus ojos, se nublan y destellan;
Y los átomos de tu cabeza, chocan, se estrellan;
¿Y yo?, aquí, ¿Qué tal?
Dilucidando un montón de mundiales querellas,

Y alumbrando con mi linterna,
La virulencia catarral y epidémica, que esparcieron a propósito,
Durante una noche de fiesta...
Y ahora, ando volando con mis orejas y robándole al tiempo,
Un poco de anticuerpos, para estar en alerta.

Tengo en mis zapatos detonadores y cohetes,
¿Y en mi cabeza? Tengo de gladiador, un electrónico casquete;
Mi nariz, que esta mocosa y roja, es la punta del avión, y mis viejos calzones,
El fuselaje en acción.

Agarro por la cola a esos insolentes cometas, que dicen venir de la izquierda;
Y los cocino en una olla con patatas y escandalosas cornetas;
Plato delicioso para lerdos, burlones y periodistas de propaganda mal hecha.

¿Pero por dónde andas tonto del capirote?
Que de Cervantes no tienes ni un centímetro de cogote.
No estudies más cagarrutas para gente fea,
Seguro que leíste todos los tomos del Capital
sin fronteras.
¿Ya descubristeis el agua tibia o tienes constipación?
¡Tu cerebro se está achicharrando canchero!
¡Canchero, échale agua, canchero! ¡Corre Pancho, arrea!

A ver si te las compones para llegar cuerdo a las Naciones Unidas,
Al festival de las coloridas banderas, allí donde habitan mudas,
Las sordas hormigas ciegas.

Te lo digo y de corazón, estas ya, que no asientas cabeza...
Te daré un último chance erudito del apagón;
Pon tu mente a trabajar en función,
Para que no te metan el globalismo, por el ojete y de un empujón.
—¡Es que me torturas con tu extraño poema viejo, me torturas!
Déjame ir a las urnas y votar por cualquiera.

Y mientras tanto voy a prepararme un sabrosito
Helado con esos ricos conos polares;
Le pondré un par de montañitas de libre empresa,
Y unos cuantos bizcochos de palmas tropicales;
¡Qué ricura madre mía! ¡Virgen de los vendavales!
Esto está para comerse diez y ocho quintales...
Bueno bueno bueno... te veo como el que se atora;
¿A quién le crees entonces?
¿A Marcos Aurelio, a Aristóteles o a Séneca?
¿O a los periódicos que te informan y que de nada te enteras ?
¡Vamos, aprende de Pitágoras, merenguero de las mil tamboras!
Que ya han pasado del día, treinta segundo y diez horas,

Y el pobre reloj, el descanso de su minutero añora;
¡Anda, ve y refresca!
Y recuerda siempre, que los cuernos no son orejas...
¡Oye, oye... ¡Párate y no juegues que no es día feriado!
¡A correr! ¡Sálvense quien pueda, que ahí viene el orejudo ofuscado!
Y la gente me grita:
¡Abusador! ¡Abusador!
¡Llévate tu poemita extraño a otro lado!
¡Qué chistoso, no eres chistoso, pesado!
¡Deja a Pancho tranquilo, no lo jodas!

Dicen

Dicen que hay cubanos por donde quiera;
Hasta en la corona de Luxemburgo;
¿Será verdad?
Y yo me pregunto:
¿Bailarán el Chachachá?
¿O tomarán café a lo cubano?

Dicen las malas lenguas,
Que la reina de Inglaterra,
Baila a escondida guaracha,
Que sabe soplar la trompeta y
Toca muy bien las maracas.

¿Será cierto?
¡Santa Virgen!
¡Qué realeza más rara!

Pero dicen también, que por donde los habaneros pasan,
No sabrías que es mejor, si cerrar las ventanas o camuflar
De seriedad la fachada.
Son escandalosos y se ríen a carcajadas,
¡Pura desfachatez!
Vienen, entran como Pedro por su casa,
Y sin conocerte y como si fueras familia,
Te besan y te abrazan.
¿Pero y esto que es? ¡Qué confianzudos!

No te dan tiempo ni a recapacitar;
Te desorientan y como un río te arrastran,
Como si te conociesen hace un siglo;
Se despiden de ti en la entrada,
Y te vuelven a besar y abrazar cuando se van,
Regresando el silencio a la sala;
Y te quedas aletargado y en calma;
¿Y de qué isla salieron? Te preguntas con nostalgia;
Y empiezas a extrañarlos sin darte cuenta.
¡Les aconsejo que se cuiden del dulzor de sus cañas!

¿Habrá cubanos entre los esquimales?
Dicen que estos nativos están aprendiendo a cocinar con muy buena sazón los tamales y que les gustan tanto, que por la golosina, se pelean como fieras, golpeándose con los calcañales. Pero no creo que vivan en Alaska cubanos, porque ellos son de playas de verano y no de zonas invernales.

¿No saben porque en Miami les llaman Cubiches?
Porque muelen chicharrones de cerdo asado, como trapiches,
Arroz con frijoles negros y plátanos maduros fritos,
La carne a lo gaucho y hasta el peruano ceviche.

¡Y esos se las saben todas!
Cogen y tiran sin saber la bola.
—Juanita, ¿Te enteraste?
¡Niña, Guillermina se casó con el Príncipe de las Perdices!
—¿Y quién es ese príncipe vecina?

Claro, lo que sucedió es que el famoso artista Prince,
Invito a Guillermina a cazar perdices.

Y por supuesto, el inglés les queda corto:
Gu monin, en vez de "Good morning"
I an fron Cuba, en vez de "I am from Cuba"
Y claro a Norteamérica le llaman la "Yuma"

Son chovinistas como los franceses;
Ellos creen, que descubrieron el agua tibia o el número trece,
porque bailan tirando trece pasillos en un segundo y lo tiran tres veces;
¡Pura fanfarria!

El cubano tiene de español, de indio y hasta de negro Carabalí,
Tiene de cuentero y de perfecto parlanchín;
Y en el juego de dominó son los "únicos" campeones;
Y son tan porfiados, y el ego es tan grande, que te harán siempre reír.

"Pibe, para ego los argentinos, que para suicidarse, se tiran de él"

Son los reyes de las palabras raras y de los dicharachos:
A los ómnibus los ha llamado "camellos" en los últimos tiempos.
A los ladrones les gritan, ¡Suelta el gallo!
A los que alaban, "Eres una bestia" O "Eres un caballo"
Cuando tienen frío, "Estoy como un durofrío"

A los flacos les llaman: "Esqueleto Rumbero o Simplicio"
Y "batea" a los glúteos femeninos.
¡No tienen respeto! ¡No tienen respeto!
¡Ñoo! ¿Mira eso Pepe?
¡Qué clase de yegua!
¡Qué par de tetas Dios mío!
¡Oye niña, que te lavo y te cocino si te casas conmigo!

¡Puro alarde, que los conozco! ¡Madre España dame fuerzas!

Y las mujeres que no hablan nada perfectas, a los hombres
Les dicen:
"¡Papito tú no tienes pa'mi!"
"¡Eso ve y díselo a tu abuela!"
"¡Con esa cara de pandereta vieja!"

"Gesticulan y tiran palmadas, moviendo aún más sus caderas.
Las llaman, Chusmas"

Y otra modalidad del piropo masculino hacia las damas:
"¡Oye niña, eres una asesina!"
"Pero por supuesto que no lo son, ellas son pacíficas, pero
Es el equivalente a decir, eres hermosa"

Oigan esto:
Cuando un cubano quiere terminar rápidamente alguna tarea

Dicen "Quiero matar canallas"
Y si desean orinar: "Déjame sacarle el agua al muñeco"
A los cigarrillos les llaman "balas"
Y a los que son rarillos "Él no es una muralla, ella se llama Mireya"

A los de poca inteligencia los tildan de "Burros o alcornoques"
A los panecillos largos y tostados los nombran "palitroques"
Y cuando tienen mala suerte: "¡Lo que tengo atrás es un chino!"
A la barbita de la quijada la llaman "Chivo"
A los locos los denominan "tostados"
A las de cincuenta "Temba"
"Lagarto a la cerveza"
Y a la pequeña moneda "quilo"
Al azúcar morena, "Azúcar prieta"
Y la palangana, palangana con certeza.

Cuando están aburridos o sin novias dicen "Estoy pasmáo"
Cuando no tienen dinero: "Estoy arrancáo como un forro de catre"
Y a los gordos lo denominan "Escaparates"
Las embarazadas están "en cinta"
Y al que creen muy audaz: "El tipo es un bolao"

Estos son los saludos acostumbrados:
"Que bolá"
"Que bolón"

"¿Dímelo acere?"
"¿Cómo está la cosa?"
¡No existen las buenas noches ni los buenos días!
¡Esto es increíble, que boludos!

A los chicos malcriados les dicen:
"¡Le voy a dar un pescozón a ese cabrón!"
"¡Jode como una ladilla!"
"¡María, agarra por el moño a esa jiribilla!"
A los de muy buena suerte los llaman "salao"
Y si se mojan bajo la lluvia, "Gorrión mojao"
Los de mala suerte, esos "están cagao"
Y a los feos les dicen, "pareces un bacalao"
O "un coño vestido de carajo"

A los españoles los denominan "Gallegos"
Y los cortan a todos por el mismo racero.
No existen vascos, andaluces o catalanes;
"Claro los entiendo, la igualdad del hombre"

A los rusos los nombran "bolos"
A los mexicanos, "charros"
Las esposas "pegan tarros"
Y los carros viejos son los "cacharros"

Apoditos y nombrecitos no faltan:
"María Elvira la de la pata fría"
"Chencha la gambá"
"Emilio pate hilo" (por lo de las canillas flacas)
"Pepe el cojo"
"Chicho bola de humo"

A los comelones los llaman, "traga-níquel" o
"come-en-cubo"
"Es mejor pagarle el entierro que la comida"
"¡Comen como salvajes!

¿Y los pendencieros?
Esos son los "guapos" o los "Cheo Malanga"
El ají picante es el ají "putasumadre"
Y "Rata inmunda" el cobarde.

El que tiene catarro, ese está "podrido o premiao"
Los tacaños son los que "caminan con los codos"
O simplemente son unos "arrastraos"

¡Qué cubanitos estos señores, pero que cubanitos!

"Chichiricú mandinga" es una popular canción.
"Agua p' Mayeya" o "la gozadera" significa, jubilo
Y alegría.

Y las expresiones:
"Esto está del carajo"
"Pa'su madre"
"Esto está de pinga"
Significan problemas.

El léxico cubano es autóctono de la isla de Cuba, que proviene del criollismo, del español, del negro y hasta del chino, pero una lengua muy humorosa, que representa la experiencia y la maravilla de la evolución idiomática en el establecimiento de su identidad nacional.

Los cubanos son los creadores de numerosos ritmos musicales, tales como el mambo, el chachachá, la conga, la guaracha, el son, el guaguancó, la rumba, el danzón, el bolero y muchos otros géneros, universalmente reconocidos y por todas las audiencias.

Pareciera como si llevaran en su sangre al nacer y como las olas del mar, la cadencia; ese vaivén natural y simple que los conecta al resto de mundo y que no se pierden en el tiempo, o por los vientos de la historia, y con dos fundamentales ingredientes, ingredientes que hacen su cultura y su arte, indestructible, y esos son, el amor por su tierra y su nobleza.

Y les contaba todo esto, no porque soy un estudioso o especialista en lenguas extranjeras o analista de reales academias, sino porque yo soy sinceramente y sin pretensiones un cubano de pura cepa.

No somos ante Dios diferentes a nadie, ni mejores ni peores, pero somos únicos; y eso es lo que nos hace sobrevivir donde quiera que estemos. Y como dice Celia Cruz, reímos y lloramos, pero para nosotros los cubanos, la vida es un carnaval.

Sabias palabras

... Y le pregunté:
¡Señor!
¿Cómo pudiera yo cruzar el abismo que hay entre los seres humanos?
Y me respondió:
¡Camina y extiende tu mano!
¡Pero señor! Repliqué dudando
¡Camina y extiende tu mano!
Y le respondí con sinceridad:
Tengo miedo Señor...
Y me volvió a ordenar:
¡Camina y extiende tu mano!
Y caminé con mi mano extendida y caí suavemente en el hermoso jardín de la amistad...

Y le dije que quería ser rico...
Y señaló con su dedo índice, el corazón palpitante que había dentro de mi pecho;
Y dibujó con las nubes, la silueta de mi familia.

Y que quería ser inmortal...
Y me mostró una adorable criatura de piececillos rosados naciendo de una maravillosa rosa roja.

Pero entonces le pregunté con temor, que cómo podría yo conseguir la distensión y la paz entre las naciones...
Y me respondió:
¡Vuela!
Y salté de su mano a un espacio desconocido para mí;
Y volamos a la velocidad de la luz;
Y me mostró desde la lejanía de la galaxia un puntito azul, casi imperceptible a la vista y perdido entre un inmenso mar de estrellas...

Y Él pensó que yo había comprendido...
Pero yo le dije confundido... ¡Señor, no entiendo!
Y acerco su cara a la mía y me dijo enojado...
¡O cambian o los desaparezco del mapa celeste!
¡Tragué en seco!
Y le confesé ya de una vez, que yo estaba muy desesperanzado;
Pero Él se encogió de hombros y salió de su boca una simple palabra...
¡Sueña!
Y que sentía tristeza...
¡Sueña!
Y que quería cambiar al mundo y acabar con todos los gobiernos tiránicos del
Planeta;
Y me repitió una vez más...
¡Sueña!
Y le respondí ya sin paciencia:
¡Pero cómo voy a soñar si me siento como un maldito esclavo!
Y me volvió a decir:

¡Sueña!
Y ya casi desesperado y ya casi en llantos de tanta impotencia grité:
¡Yo no puedo ser un soñador, si ni siquiera sé, cómo demonios escribir poemas!
Y entonces, Él me susurró al oído...
¡Sueña!
Pero Señor, yo no tengo coraje para...
¡Sueña!
Ni he nacido para....
¡Sueña!

Y ya de tanta letanía, soñé como Él me había dicho; y dibujó frente a mí, toda su creación y a todo color, quedando yo borracho de tanta belleza y magnificencia; ese mundo maravilloso al cual a veces olvidamos y que existe ante nuestros ojos, porque nos centramos en un mundo egoísta y ficticio que no es el real...

Y Él sonriente, miraba mis pupilas abiertas, ya embelesadas por el hechizo, y me dijo al final y tocándome la punta de la nariz...

¡Despierta poeta, para que lleves mis mensajes a todos los rincones de la Tierra!
Y no temas al hablar, que yo pondré las palabras sabias en tu lengua.
¿Qué tal si llevaras el tono de Diógenes de Sinope? Un callejero de pura cepa.

Universalismo hermético callejero
El incomprendido Poder-

Nosotros los hombres no tenemos ni tendremos nunca, poderes más allá de nuestra propia imaginación, porque no poseemos los atributos necesarios para cambiar el espacio y el tiempo; somos simplemente, una partícula más de la cadena de la existencia en el éter.

Es difícil de comprender sin embargo para muchos, que el Universo en sí mismo, es Intelecto Viviente, infinito y eterno, y que nada fuera de Él (El Todo) pudiera existir más allá de su mente. Todo lo que conocemos como materia, que no es más que energía, y todo lo que está regido en nuestro mundo físico o natural, no escapa a sus leyes. La exactitud en los cálculos numéricos, el poder gravitacional y la existencia del átomo y el electrón, son pruebas más que fehacientes que nuestro mundo ha estado regido por algo inmensamente inteligente. Las combinaciones de elementos químicos y hasta la energía atómica, como por ejemplo, no es nada que no haya sido o que haya surgido de la "invención" del ente humano. Toda fórmula, fenómeno, elemento y forma, y todo tipo de transformaciones cósmicas, es y ha estado allí, desde siempre, evolucionando e involucionando, creándose y destruyéndose. Todo es causa y efecto, vibración, vida y muerte, oscuridad y luz. Nada, absolutamente nada, puede escapar a la Ley.

Ahora, hablemos de dos verdades, porque no debemos creer nunca en verdades absolutas construidas por el hombre, siempre especulando e indagando en lo desconocido. Para algunos, como Albert Einstein, la Luna tal vez no exista si no la observamos. ¿Qué habrá de cierto en ello? Pues sí y no, y he ahí la dualidad de la verdad. Primero, podremos decir, que la realidad material no depende de nuestro ojo para existir, realidad que ha estado ahí mucho antes de nuestra aparición en la Tierra y que se manifiesta ante nuestras pupilas, no porque la descubrimos, sino por nuestra insistente y obstinada mirada en busca del conocimiento; digamos que el Universo nos revela sus secretos. No aprendimos simplemente a volar, nos reveló el secreto las aves. El árbol le mostró a Newton la Ley de la Gravedad al dejar caer una manzana, y él aprendió y observó el mundo físico que lo rodeaba y escribió axiomas, ya existentes, pero desconocidos por el cerebro humano de su tiempo; que son las mismas leyes que gobiernan a la materia (energía), desde siempre y en muchas ocasiones, somos ingenuos al pensar que hemos hallado algo novedoso en el horizonte, o descubierto tal vez a un ser viviente o alguna nueva especie, cuando en realidad, pudiera ocurrir todo lo contrario; pero nunca nos hacemos esta pregunta ¿No habremos sido descubiertos por otros seres? Es casi posible que los organismos unicelulares o que muchos de los mamíferos o reptiles, que han estado aquí mucho antes que nosotros ya nos han notado, pero nuestra ingenuidad no tiene límites.

Y he ahí la paradoja de la verdad relativa. Todo lo que palpamos u observamos es también, creación de nuestro cerebro; y todo lo que en apariencia vemos, es la realidad material que creamos en nuestras conciencias. Somos por así decirlo, los creadores de nuestra propia realidad, simplemente, porque tenemos mente.

¿Pero acaso seríamos capaces de crear universos o planos físicos a través de nuestra mente? Absolutamente no. Es cierto, que el hombre es sagaz aprendiz y asombroso arquitecto, capaz de crear sofisticadas herramientas y complejas tecnologías, pero desafortunadamente, no llegaremos a ser nunca, un creador universal. No podremos nunca crear hermosos valles, océano, montañas, inviernos y primaveras; ni tan siquiera realizar jamás la simple labor de una pequeña e insignificante abeja, la polinización, ya que somos infinitesimalmente tan pequeños, que no sabemos a ciencia cierta si estaremos habitando en la burbuja de una jarra de cerveza o flotando sin rumbo, entre multiversos o universos paralelos, existiendo en una gota azul viva, la cual llamamos Tierra.

Todos debemos comprender y ya de una vez, que vivimos y existimos a merced del Todo y el Uno, y estamos y estaremos bajo su Ley, para siempre.

La ciencia puede especular todo cuanto quiera, crear todo lo bueno cuánto hay para mejorar nuestras vidas, y eso, siempre lo agradeceremos y lo aplaudiremos con regocijo; pero ellos saben, y desde el fondo de sus corazones, que su conocimiento es limitado, tan limitado, que les será siempre imposible descubrir la verdadera cara de todo lo que se esconde, detrás de tan majestuoso Poder, tan inmenso, que no existen palabras para verdaderamente describirlo. Digamos que observamos a través de sofisticados instrumentos las explosiones de las supernovas a millones de años luz, pero no entendemos verdaderamente la magnitud del fenómeno, aunque podremos imaginarnos o dilucidar acerca de ello. Especulamos sobre huecos negros, pero solo tendremos la certeza de su nacimiento y vida, el día que alguna de nuestras naves espaciales, penetrara en uno de sus vórtices. Pero, ¿Seríamos capaces de lograr tal hazaña? ...Por ahora creo que debemos conformarnos con observar, aprender, imaginar e innovar en nuestro mundo más cercano.

Hoy conocemos que existen millones de galaxias, pero sin embargo, es posible que no logremos saber nunca lo que existe más allá de ellas, en ese espacio oscuro e interminable, o conocer qué nos mueve y nos impulsa en la materia oscura, dónde está el comienzo o el final, o donde acaba y cuál es su medida; ¿Seríamos capaces de responder a esas preguntas? o ¿Comprenderemos acaso la infinitud?

Dice uno de los principios herméticos, el "Principio de Correspondencia", que "lo que está arriba es como lo que está abajo y lo que está abajo es como lo que está arriba", tal vez, para hacernos saber, que observando el movimiento de átomo o del electrón o los fenómenos físicos que ocurren en nuestra Tierra, podríamos conocer las estrellas.

La incomprendida llamada Democracia

Muchos se preguntan, ¿Qué es Democracia? ¿Realmente existirá?

...Democracia es el espacio físico, inclusivo y diverso, sobre el plano de la libre palabra y del libre pensamiento. Es el agua clara donde la gran mayoría, puede mirar sin temor a su propio reflejo. Es la antítesis de la mentira, la demagogia y el secreto. No existen Democracias imperfectas, elitistas o monárquicas, o movidas por el dinero. Esas no son verdaderas Democracias. La democracia verdadera es renovable y limpia, o no lo es. Es aquella forma de gobierno, que habita en armonioso balance con la división de poderes y que es poseedora de una Constitución Universal, transparente, coherente y explicativa, la que contiene todos los derechos inalienables del ciudadano, sin contener en ella, ideologías divisorias, ya sea tribal o partidaria. Es el manuscrito más importante de los pueblos libres.

¿Qué es para usted justicia?
—Ponerse en el pellejo del prójimo, no en una balanza defectuosa.
¿Y libertad de expresión?
—La reina de todas las artes
¿Y lo simple?
—Una pregunta simple y una respuesta simple.
¿Y un hombre?
—Una maravilla evolutiva con excesivo delirio de grandeza.

¿Y qué es naturaleza?
—Lo bello hecho poema.
¿Quiénes son los más grandes pintores?
—Los niños.
¿Y que es un niño?
—Un pequeño y hermoso capullo.
¿Y una mujer?
—Una flor Universal.
¿Y una Nación?
—Un pedazo de tierra labrada por la historia, donde viven hombres con los mismos sueños y con los mismos anhelos.
¿Y el amor?
—Lo sublime.
¿Quién es Cristo?
—El hombre que nos reveló el secreto de lo que significa la palabra, "humanidad".
¿Dos grandes armas?
—El poder de la palabra y la voluntad del hombre.
¿Podría usted corroborar la valentía del señor Don Quijote de la Mancha?
—Lo corroboro y lo afirmo porque somos buenos amigos.
¿Eran realmente gigantes, los molinos de vientos, descritos por Cervantes en su obra?
—Lo eran, se lo aseguro.
¿Conoce usted al escritor Víctor Hugo?
—Por supuesto, fue el más grande fotógrafo de las miserias humanas de todos los tiempos.
— ¿Y a Hermes Trimesgisto?

Claro, él es, El Tres Veces Grande, asisto a sus clases magistrales cada vez que puedo y con mi amigo Asclepio.

¿Cuál es el significado de ideología?

—Una canción tenebrosa llena de símbolos, frases alegóricas, de dilemas y de paradigmas. Es la idealización de un mundo luminoso, impráctico, irreal e inalcanzable.

¿Quién era Mozart?

—Un hombre que sabía lo que escribía, porque alguien le dictaba las notas.

¿Y Louis Pasteur?

—Un gran amigo de la humanidad.

¿Henri Poincaré?

—Principio de la relatividad

¿Quién era Martin Luther King?

—La esperanza.

¿Qué representa Carlos Marx?

—La dictadura del proletariado sobre el proletariado; la hoz, el martillo, y la marcha en cadenas.

¿Los dos más grandes e importantes documentos de nuestra civilización?

—La Tabla Esmeralda y la Biblia.

¿Qué es para usted justicia social?

—Igualdad ante la ley y una gran escalera social que conduzca al cielo.

¿Cuál sería en su opinión, la fórmula para la prosperidad de una Nación?

—Libertad económica y cívica, Derecho a la Propiedad y Estado de Derecho.

¿Quién fue Abrahán Lincoln?

—Un corazón de león,
¿Y Luis XVI?
—El hombre sin cabeza.
¿Y Maximilien Robespierre?
—El director de los sin cabezas.
¿Cuál es el significado de guillotina?
—La imperdonable guillotina de la historia. Algo que siempre está pendiendo sobre nuestras cabezas, y por lo que es mejor, estar siempre del lado correcto.
¿Y cuál es el lado correcto?
—Usted nace siempre del lado correcto, limpio y sin manchas, porque hay en ello un noble y valioso propósito. Su misión en la Tierra es simple, no hay secreto en ello; nacer, sembrar el bien, procrear y morir; pero si usted logra descubrir quién o quienes tergiversan su misión, entonces usted sabrá de qué lado se encuentra. Es por eso que debemos aprender a sembrar la semilla del bien, para las generaciones venideras y preguntarnos siempre, ¿Qué podemos hacer por la humanidad? Pero si solo deseas el poder ficticio y no el bien común, pues ya lo sabes, llámese usted mismo, enemigo de la humanidad, pero yo no lo juzgo.
¿Qué es el mal?
—Lo efímero, todo lo que genera tristeza y no alegría, algo que nada tiene que ver con amar. Nada prospera en la tristeza, y todo, en la alegría de vivir.
¿Y el Amor?
—Lo que nunca perece, lo que se transmite eterno; a veces parece apagarse la llama, pero él está allí, latente e inmortal. Es el principio de toda creación. No amas, no

existes, eres imperceptible y etéreo. Es la razón por la que estamos aquí. Las cosas parecen nacer de la nada, porque el deseo amoroso del Universo es tan intenso, que es capaz de someter violentamente a la mismísima inexistencia.

¿Y la Comunidad Europea?

—Un fracasado y mediocre proyecto.

¿Algún mal sueño que haya tenido últimamente?

—La destrucción de la Europa Cristiana.

¿Qué significa el matrimonio entre un hombre y una mujer?

—La armonía universal, lo cóncavo y lo convexo, el género y la fluidez de la vida.

¿Cree usted en la tecnología?

—Solo en las inteligentes, aquellas que no nos aniquilan.

¿Qué es para usted verdad?

—Lo que nunca logramos alcanzar, por ser demasiado simple para comprenderla.

¿Cuál es el significado del presente?

—Lo que estamos viviendo en este instante. Un segundo en el reloj de la vida. Tal vez un artificio para hacernos creer que el futuro existe.

¿Y la muerte?

—Lo que tiene usted garantizado.

¿Está usted realmente cuerdo?

—Tal vez no, pero sé cómo afinar las cuerdas de una lira.

¿Por qué siempre anda usted con una pluma en su mano?

—Creo que tengo derecho a portar un arma.

¿Es su pluma, acaso un revólver?
—No, pero puedo disparar ideas, ideas que pueden alegrar o herir a las almas.
¿Entonces dígame qué demonios es un arma?
—El arma de la lógica.
¿Y qué es la Lógica?
—Lo que nunca sobra y siempre nos falta. El infinito libro de incomprendidas páginas; secreto para los que odian la calma y cerrado para los que usan el grotesco lápiz para dibujar la ignorancia.
—¿Es usted de derecha o de izquierda?
—Ni de izquierda ni de derecha, yo soy de abajo... Digamos, que soy de mi barrio; aunque me gusta mirar el tablero de ajedrez desde arriba, para poder ver bien las jugadas. Los términos de posición no importan, si se violan las reglas. Las emociones políticas nada tienen que ver con el análisis racional del mundo.
—Entonces, ¿Cómo se definiría usted, como liberal o como conservador?
Liberal clásico y conservador ferviente de la teoría liberal de Adam Smith.
Le recomiendo a usted que lea "La riqueza de las naciones"
—¿Tiene usted algún doctorado o licenciatura?
—Por supuesto, soy Licenciado en Pesca Autodidacta y Especialista Callejero en Observación Política.
—Cambiemos de tema; creo que me siento algo mareado por esos términos tan extraños.
Continuamos...
¿Usted ha hablado muchas veces de crear un poderoso ejército?

¿De qué poderío se trata?

—El de la creación de un ejército de poetas o "La Liga Universal de Poetas"

¿Y porque sólo de poetas?

—Porque ellos son los escritores más temidos por los malos gobernantes. Ellos transmiten sus ideas, escritas u oral, en versos o canciones que pueden quedar grabadas en el corazón de la gente por generaciones; pueden satirizar, ridiculizar e incluso, derribar barreras entre los hombres, utilizando el arma de la palabra. Una legión de poetas es seguramente más temible que una legión de soldados, porque el soldado muere, pero el poema o la canción puede vivir para siempre. Habría que preguntarle a Homero, que hace aun por aquí, vagando por nuestras escuelas.

¿Algún mensaje para la gente común?

—Que la vida es corta, pero maravillosa, que no la desperdicien y que siempre hay algo nuevo por emprender y por aprender; que la creación es infinita, siempre esperando por aquellos que quieran tomarla en sus manos; que cada uno de ellos es único, y que busquen sus sueños sin pedir permiso.

Y mi última pregunta:

¿Cuál sería su mensaje a los enemigos de la humanidad?

—Para todos aquellos con ideologías nefastas, humanamente erróneas y corredores de sociedades; ese pequeño grupo de hombres que viven como taimados parásitos succionando la sangre de sus pueblos y consagrados a la conquista y la explotación de las miserias humanas de sus iguales, han de saber que en su justo momento, les llegará su hora. Aquellos gobiernos tiránicos e impíos, incrédulos de la suprema inteligencia de la historia y tontos adictos al poder, caerán, una y otra vez. Dios (El Todo y El Uno) les aplicará la ley del Ritmo y del Péndulo. No hay nada eterno en nuestro plano. Si los pueblos supieran el poder que tienen, y aprendieran a abandonar la mentalidad de rebaño, es casi seguro, de que no existirían las tiranías; lo único que tendrían que hacer, es despertar de la ignorancia.

Elemental

Un hombre instruido, es un hombre que crece;
Un hombre con fe, es un hombre que vence;
Un hombre que ama, es un hombre que no languidece,
Y un hombre que piensa, es un hombre que de nada carece.

Un hombre que lee, es un hombre que aprende,
Y un hombre que aprende es un hombre que crea.
Un hombre sabio es siempre un hombre humilde;
Es la palabra su arma y la cordialidad, unos de sus
Instrumentos simples...

"Los labios de la sabiduría permanecen cerrados, excepto, para el oído capaz de comprender..."
Kybalión

Made in the USA
Middletown, DE
15 June 2022

67009074R00235